天蝎幻想三部曲

SCORPI TOME 3

天蝎Ⅲ：假面之坠

CEUX QUI TOMBENT LES MASQUES

Roxane Dambre

[法] 罗克珊·当布尔 著　何欣怡 译

西南师范大学出版社
国家一级出版社 全国百佳图书出版单位

万墨轩图书
WIPUB BOOKS

天蝎家族成员行为准则

第一条：没有报酬，我们绝不行刺。

第二条：我们不杀害妇女和儿童。

第三条：在任务完成前，即使猎物支付更高的报酬，我们也不会杀害委托人。

第四条：如果对我们的家族构成威胁，上述准则皆不适用。

前情提要

亚当是天蝎家族的继承人。天蝎家族，黑暗世界中最强大的杀手组织。夏洛特·拉罗什是一位年轻的会计，也是亚当·莱萨特的未婚妻。

两个月前，夏洛特与亚当一起住进了天蝎庄园——世界上最后几个庇护神奇生物的家园之一。如今，夏洛特已经适应了与这些竭尽全力保持着人形的神奇生物一起生活。

一个月前，夏洛特、亚当和他们的朋友丹尼尔·巴拉尔警探联合消灭了一个以神奇生物的器官无限延续生命的人类和一个受其雇佣的猎灵人。出于对可能存在的猎灵人团伙的担心，天蝎家族展开了调查。天蝎家族的宿敌瓦尔德·德拉古尼斯，以拉扎尔·莱萨特的妻子朱莉娅的安全及两大家族的联姻为名，声称要接手这项调查。

然而……

1

意外！

男人的头部被猛烈一击！

“约翰·多尔蒂，你将永远无法再危害这座城市！”正义使者通过变声器呵斥道。

“举起手来！”另一个声音高声喊道，“警察！不许动！”

正义使者慢慢转过身，试图继续把自己的脸隐藏在漆黑的夜色中。

“警察先生，我们的立场相同。”他平静地说道，“我可以把约翰·多尔蒂交给你。但是，他是一个危险的黑手党教父。”

“闭嘴！对于公众而言，你，就是一个威胁！我要逮捕你，因为你开枪袭击了……”

“杀人犯与罪犯，对吧？我跟你说过，我是站在你这边的。”

“你别做梦了！我发誓要将你缉拿归案，为此我已经好几个月没睡安稳了！我一定会说到做到！”

我坐在光线幽暗的客厅里，仰望着天花板。

“这个警察可真蠢。”我喃喃地说道。

“我也这么认为。”巴拉尔警探语气平和地表示赞同。

“啊，真的吗？”艾利亚斯吃惊地问，“人类警察该不会都是如此吧？”他正坐在银灰色格子沙发上，膝盖上放着一桶爆米花。

“不，我的孩子，他们不都是这样。”

“可是，无论如何，你也试图逮捕亚当！”

丹尼尔·巴拉尔默默地打量艾利亚斯，然后抓起一把他的爆米花，将视线投向电视机的巨大屏幕。电视连续剧继续上演着。

“你哥哥可不是一个正义使者，”巴拉尔警探耐心地解释道，“他是一个杀手。”

“是不是因为他没有穿紧身衣，也没有披斗篷？”艾利亚斯不安地问道。

“不，因为他的雇主都是应该入狱的家伙。”

“啊？”艾利亚斯歪着头做思考状。

这时，连续剧里的警察遭遇了一个可以预见的彻底失败。我盯着屏幕，但我只是心不在焉地发呆。在必要的情况下，比方说今天下午，我学过的自卫术是否足够给瓦尔德同样的一击呢？我不能确定……我的视线不知不觉投向时钟。这已经是 28 分钟里的第 8 次了。现在是十点四十八分，还有 1 小时 12 分钟，天龙家族的首领就要来到我们的庄园，向拉扎尔汇报自己的最新进展。天龙是天蝎的宿敌。哈哈！

“如果亚当不受雇于人，没有酬劳，”艾利亚斯继续说道，“那我们可能就没办法保住这个庄园了。所有的仆人将会任凭人类摆布。”他的话打断了我的思绪。

“我知道，我的孩子，”巴拉尔长叹一口气，“但是你们可以找到其他赚钱的方法。”

艾利亚斯对此表示赞同。

“我们可以成为独裁者！”他欢呼着，“或者是总统！我们可以得到一大堆金钱，人们会心甘情愿地把钱给我们！”

巴拉尔撇了一下嘴，神情疑惑。他的表情把我逗笑了。差不多在一个月前，这位警探来到庄园并住了下来。说服他留在这里只用了 7 秒钟！我最喜欢的仙女铁线莲跟他略微提了一下，说那些小矮妖没有他的设备就无法查到暗网上的信息。我并不明白这句话的含义，但是巴拉尔银灰色的眼睛闪烁着光芒。然后，在绝大多数时间里他都待在庄园中，和两个看起来就像是吵吵闹闹的孩子在一起。与此同时，报纸上登出了一连串通缉令，这些罪犯还出现在了政府的黑名单中。报纸上还没完没了地出现了一些关于摧毁犯罪网络的消息。一开始，巴拉尔警探还会给我们详细讲讲自己的新发现。后来有一天，他那些人类同事的活计被别人捷足先登了。

那天晚上，巴拉尔突然出现在客厅中，挥动着一份葡萄牙语报纸咆哮道："亚当！这是你干的好事儿吗？"

从刊登的照片上我们可以看到十几个男人被人打伤后捆绑起来，他们的身体被有序地摆放在地面，呈一条直线。

"是的，"亚当回答，"他们的身体被我摆放得很整齐，不是吗？"他边说边露出了一个微笑。

"你为什么要这么做？是谁在他们头上贴了一份契约？"

"没有人在他们头上贴了契约。如果真有契约的话，我早就把他们都杀了。"

巴拉尔警探差点儿就哽住说不出话来："可是，可是，你为什么要这么做？"

"我决定和你比赛。那些被你通缉的家伙，我俩谁先把他们抓住，谁就有权将他们绑成大香肠。我觉得这个想法非常刺激。"

"你把他们都痛打了一顿！"

"当然啦，因为他们不会任人摆布。"

从此以后，巴拉尔不再告诉别人他每天都做了些什么，甚至连我也不例外。从某个方面来说，我可以理解他的这种做法。他和亚当都把时间花费在我身上，以便了解对方都在精心策划些什么。算了，不提也罢……

拉扎尔非常高兴巴拉尔的入住。他下令说，仆人们要把巴拉尔看成一直以来都住在庄园的家人。虽然，巴拉尔时不时会在早上碰见那些没变换成人形的生物，被他们吓一跳，但他还是站在超自然生物这边的。除此之外，他与艾利亚斯还有着一个相同的爱好，那就是看美国侦探连续剧。他们会在庄园北楼二楼的客厅里花上个把小时一起看剧。巴拉尔警探很欣赏艾利亚斯，艾利亚斯对他也表现出毫不掩饰的喜爱。铁线莲曾经在私下告诉我说，我们不在的时候巴拉尔试图反复将一些同情与正义的概念灌输给这个天蝎家族最小的孩子，并希望可以看到他“重新走上正途”。我认为，巴拉尔就是在白费力气。艾利亚斯对亚当与拉扎尔异常尊敬，以至于除了成为雇佣杀手，他不会去思考其他任何职业，一秒钟都不可能。

我慈爱地抚摸着小男孩儿棕色的发丝。这时，电视里播放的这一集连续剧在一段充满悬念的音乐中结束了。

“我赌三块儿桂皮饼干，正义使者会在这一季结束之前和警察的女儿上床。”我平静地发表了自己的看法。

“哦！”艾利亚斯大声说道，“你真的这么认为吗？”

他惊愕地盯着宽大的电视屏幕，仿佛片尾情节可以给他一个解答。我不知道他为什么会对此产生怀疑，光是看着这姑娘的大长腿，我就知道她甚至很有可能在下一集就跟这个正义使者上床。幸亏我没活在美国电视连续剧中，否则我那 1 米 5 的身高会令我孤独终老。

巴拉尔嘀咕一声表示赞同，然后站起身问道：“你们的朋友还会在正午时分过来吗？”

“他不是我们的朋友。”艾利亚斯抗议道。

“好吧，他也不是我的朋友。今天我打算出去转上一小圈儿。我没有必要冒这个险，特别是在不能将他投入监狱的情况下。”

我瞥了他一眼，眼神中半是好奇，半是羡慕与嫉妒。

“夏洛特，请你不要试图打听我要去哪儿。”巴拉尔警探在无意中察觉了我的目光，“我什么都不会告诉你。”

啊！他要去调查，那他根本不可能带我一起去。这可真遗憾！

“无论如何，我都送你到门口吧！”我装出一副受伤的表情哀叹道。

“当然可以。”

“那我呢？”

“今天早上你跟亚当说自己要进行训练，”我提醒他道，“直到现在你也没有练习些什么。”

“啊……”

“夏洛特，你这是在鼓励他吗？”巴拉尔警探愤慨地问。

我的脸沉了下来。

“只要地球上还有天龙的存在，”我低声抱怨道，“我更希望艾利亚斯可以把他们痛打一顿。”

艾利亚斯变得骄傲起来：“夏洛特，请你要相信我，我将变得像爸爸那样强大，可以保证你不会受到任何伤害。”

在我还没来得及回答之前，艾利亚斯的身影就消失在一阵凉爽的风中。至少，我的话语激励了他。

我和巴拉尔走出客厅，沿着走廊向前走，闲聊着，酒红色的厚地毯让我们的脚步声变得轻柔。上午温和的阳光透过窗户照进走廊，光线略显黯淡，仿佛夏季即将过去。装饰独脚小圆桌的夏季花束慢慢被一些更加耐寒的花束和黄褐色观叶植物所取代，这些植物使得屋内的空气中盈满汁液的味道。我们跟两个年轻仆人擦肩而过——至少，他们看上去非常年轻——他们干劲儿十足地为家具打蜡。他们挥舞着手中的抹布跟我们打招呼。作为回应，我也朝他们挥了挥手。在面对庄园里居住的这些神奇生物时，我明显自然了很多，达到了镇定自若的程度。不过，当我在楼道拐弯处撞见他们时，还是会有些神经紧张，不知道在魔力的背后隐藏了怎样的面容。

我们来到了门廊处。

“夏洛特！”一个冷漠的声音开口说道。

我转过身，是拉扎尔的第二任妻子朱莉娅。她穿着橙红色晚礼服，笔挺且高傲地站在楼梯的红色丝绒地毯上。她的这身打扮跟上午十一点的门廊完全不搭！跟往常一样，她将自己金色的头发向后梳起，紧紧盘成一个发髻，这使得她瘦削的面庞看起来更为严厉。尽管与她相距甚远，我还是对她的打扮深感惊愕。

“早上好，朱莉娅。”我嘟嘟囔囔地说道。

“我只是想事先知会你一声，”她生硬地说道，“如果她知晓了一切并且要将我们的庄园置于险境的话，我会亲手把她的舌头给揪出来。”

我错愕不已地看着她。这个身穿橙红色晚礼服的女人如同公主一般转身离开，大步消失在楼梯上方。但是，她到底在说些什么呢？她想将谁的舌头给揪出来呢？

“这位‘和善’的女人可真是有病。”当我确定她听不到我说话的时候低声抱怨道。

“我可怜的夏洛特，”巴拉尔警探对我的话表示认同，流露出怜悯的神色，“你是在等什么人吗？”

“啊，没有，不过……”

我向楼梯上方又恶狠狠地看了一眼。那个精神有些失常的女人已经离开了。

我们走在一尘不染的石板台阶上，花园披上了秋日的颜色，花草树木变成了金黄色或者绛紫色，在金黄与绛紫之间还交错着一条条白色的砾石小道。

“好了，”巴拉尔警探宣布道，“夏洛特，就在此留步吧。祝你有一个愉快的……不过，那究竟是个什么东西？”

我顺着他惊愕的眼神望去，看到亚当刚刚从偏厅中走出来，肩上扛着一只被捆绑在木板上的狂怒鳄鱼。啊！是的，我想起来了……

我向亚当的方向挥了挥手。“祝你好运，亲爱的！”我脱口而出。

亚当远远地对我露出了微笑：“我中午会回来吃午饭的！一会

儿见！”

“夏洛特！那究竟是个什么东西？”巴拉尔吃惊地将身体转向我问道。

“是小赖皮。”我回答道。这不是指我的未婚夫亚当。

“小赖皮？”

“是的，就是一部儿童动画片,《小鳄鱼小赖皮》。你不知道吗？”

“但是，那条鳄鱼可并不小！”

“当然，在天蝎家族收养它之后，这条鳄鱼长大了一些。”

“那亚当要和小赖皮去干什么呢？”

亚当走出天蝎庄园的大门，与小赖皮一起消失在了阴影中。小赖皮试图通过发疯地挥动四肢来触碰亚当。

“他要去非洲处理一个走私药品的不法商人，”我解释道，“雇主要求让他看起来像自然死亡。”

巴拉尔警探瞪大了双眼：“被一只鳄鱼吃掉，这能算是自然死亡吗？”

“啊，总归比一枪射进他的脑袋里自然些。”

巴拉尔警探翻了翻白眼儿：“夏洛特，看来亚当对你有很大的影响。”

我耸了耸肩膀，一头雾水。

巴拉尔警探离开天蝎庄园，走向了车库，他将自己租来的车停在了车库里。我叹了口气，现在我需要回书房处理一些文件。

我的手机在口袋里震动，我将手机取出，看到一个名字出现在手机屏幕上——苏菲。我微微一笑，我这位居住在巴黎的朋友给我来电话了，她难道还抱着我会邀请她来庄园度假的希望吗？

“喂？”

“夏——洛——特，惊——喜——！”

“惊喜？”

“猜猜我在哪里呀！”

“嗯……在上班？”

“得了吧，夏洛特！今天难道不是周六吗？”

啊，是的，确实如此。

“你是不是还没起床？”我试探地问道，“还是说你在游泳？”

“没猜对，都没猜对！”

我甚至可以透过手机感受到她的兴奋。

“我现在在贝尔福火车站！”苏菲继续说道。

“你来贝尔福干什么？”我惊得下巴都差点儿掉了下来。

“我请了一个星期的假过来看看你！你高兴不？我有太多太多事儿要讲给你听了！”她开心地大笑起来。

我有点儿缺氧。

“可是……”我结结巴巴地说，“可是……”

“你的未婚夫真是太太太棒了！”苏菲继续兴奋地说道，“我们秘密地将所有的一切都准备好了，就是希望你完全不会心生猜疑。好了，现在我到了！”

我大吃一惊，将身体转向 1 分钟前亚当消失的方向。他究竟背着我做了些什么？

“啊，我想这是为我准备的。等我一会儿……”

“是苏菲小姐吗？”我立马就听出了这是路易的声音！路易是巨魔园丁。

“是的，您是？”

“我叫路易，我是来接您的司机。我将带您去庄园，请跟我来……”

“夏洛特，待会儿见！”苏菲继续说道，“我迫不及待地想要见到你！”

苏菲挂断了电话。我眨了眨眼睛，震惊不已。苏菲来了？苏菲真的来了吗？不过，好吧……我的天哪！朱莉娅说的那个人原来是苏菲！

我感到胃在抽搐！我拨打了亚当的电话。如果幸运点儿的话，他还没有到达工作地点，还可以接听我的电话。他会不会就在阴影里等待着我打给他呢？

“喂？”

“亚当，我没有打扰到你吧？”

电话那头传来架子倒塌的声音，一个男人的呻吟声在他身后响起。

“不，不，完全没有。”亚当保证道。

啊，好吧，如果他这么说的话……

“苏菲来了吗？”

“啊……是的，”我嘟嘟哝哝地说，“不过……是你邀请她过来的吗？”

“惊喜吧！”他开心地大叫着，“你高兴吗？”

哦，我的天哪！这么说来，这一切都是真的！多么可怕，简直就是灾难！我又要编造多少故事来解释庄园居民的古怪行为呢？

“可是……你为什么要邀请她过来呢？”

回答我的是小赖皮愤怒的叫声。

“我的甜心，我知道对你来说在庄园里的日子并不是每一天都那么好过，特别是这段时间。我想如果有一个人类朋友可以陪在你身边，你会很开心的。这样一来，你也可以放松一下……”

“让我放松一下？”我吃惊地问，“你在瓦尔德来庄园汇报进展的时候邀请苏菲过来，这能让我放松吗？”

“啊，这个……这两件事情撞到一起真是太倒霉了。你别担心！瓦尔德知道如果他动了受我们保护的人，特别还是在我的地盘，会给自己招致何种危险。他没那么蠢，而且，他不会在庄园里待很久，差不多就一个小时的样子，最多两小时。那时候我也回来了。”

“朱莉娅说，如果苏菲发现了庄园里的任何秘密，她就会宰了苏菲。”

两个男人的哀号从电话另一端传来，我不得不将手机从耳边拿开。那两个男人叫得可真够大声的！小赖皮在干什么呢？

“我把所有的事都想到了，”我的未婚夫对我保证道，“仆人们都收到了命令，他们不会在苏菲面前做任何古怪的事。”他的声音盖过了周围喧闹的噪声。

“你倒是说得轻巧，”我低声抱怨道，“如果他们可以控制自己不去做古怪的事就好了！”

“我让娜塔莎在庄园里坐镇，连妮科莱特都会严守规矩。”

我的心情好了一些。报丧女妖娜塔莎，不就是天蝎家族的老保姆吗？如果说有人可以控制住这个小小的世界——包括瓦尔德和那些稍显过分热情的仆人们的话，那一定就是她了。娜塔莎穿着一身20世纪的英国保姆服，拄着一柄疙疙瘩瘩的手杖，她的目光可以将所有人熔化。也许，到最后也不会生出什么事端。

“无论如何，我都迫不及待想看到活生生的苏菲了！”亚当兴奋地说道，他的声音不断地被沉闷的敲击声打断，“在邮件里，苏菲给我一种非常热情的感觉。”

我的朋友当然非常热情!

“那你呢？”我一边拨开轻挠着我鼻尖的金色发丝，一边不安地问道，“谁监视你呢？”

“得了吧，夏洛特，”亚当嘀咕道，“我每天都在观察人类，我知道应该如何跟他们相处。”

好吧，要真是这样的话，我对他的怀疑就更有理由了。因为他从来都不会去观察品行端正的人。

“你派了一个司机去接苏菲，是吗？”

“是啊，怎么啦？”

“正常的人类是不会有司机的。”

“不，他们有司机。几乎所有被我干掉的人都有司机。你想不想问问我面前这几个家伙呢？他们中还有一个人可以开口说话。”

“不，这样就可以了，谢谢。”

我就知道会是这样！

2

意想不到的生日礼物

20 分钟后，我在高高的铸铁大门旁等待着苏菲的到来。我背靠着一处爬满常春藤的旧石墙，凝视着一条直直通向这里的土路。落叶将这条路覆盖起来，将它变成了一块红色与赭石色相间的地毯。一阵寒冷的风将地上的落叶刮起，我裹紧了围在脖子上的平纹织布方巾。这几天温度下降了不少，亚当认为不久之后就会下雪。现在不过 10 月底的样子，这样的温度让我非常震惊。

在小路的转弯处，我看到了一辆蓝色汽车。汽车在泥泞的路面上颠簸，渐渐减速。我站直了身子，认出了开车的那个家伙就是园丁路易，他稠密的头发上永远都戴着那顶草帽。在他身边，苏菲那红棕色的浓密长发随着地势的起伏有节奏地上下跳动。她看到我，挥动起手臂。我也以同样的热情回应着她。不久之后，车就在我身边停了下来。我的朋友从车里跳出来："夏洛特！"

苏菲一边大叫着，一边向我猛扑过来："真是太久没见到你了！"

"我真是太想你了！我无法相信你真的来了！"

我们热烈地拥抱在一起，与此同时，路易将苏菲的箱子从后备厢中拿了出来，还装模作样地让人觉得这只箱子很重。在正常情况下，这个瘦弱的男人可以轻而易举地将这只箱子托起，这种轻而易举会让所有不知道他真实相貌的人觉得与他的瘦弱不甚协调。这个森林巨魔的真实身高可以达到 3 米多，强壮得就如同一棵橡树。因此，他费了很大劲儿让自己的双颊鼓起，仿佛用尽了全力一般。我感到轻松了一些。毕竟，亚当非常简明扼要地告知了他该如何去做。一切都很顺利。几声狗吠回荡在我耳边，一只可爱的黑褐色小猎犬从打开的车门中蹦了出来。我的大脑卡顿了一秒，苏菲把丸子也一起带来了吗？这简直就是一个灾难！丸子会像追逐母鸡一般紧追那些山怪！丸子向我们跑了过来，在我们周围打转，发出一阵阵欢愉的叫声。

"是啊，能再见到你，我也很开心。"苏菲一边弯下身子抚摸着丸子的脑袋，一边说道，"我们会在这里度过超级棒的假期，这里有足够的地方可以蹦蹦跳跳！"

我的天呀……亚当也考虑到这一点了吗？

我们身后的大门缓缓打开，大门的开关都是由庄园里懂得意念控制的生物远程操控的。路易一边向前走，一边挥舞着一个黑色塑料匣子。

“这是遥控开关。”路易解释道，展露出一个迷人的微笑。

苏菲有些困惑地皱了皱眉头，在我耳边小声问道：“他为什么要跟我说这件事呢？”

好吧，已经开始了。

“这是一扇新的远程遥控大门，是他让人把这扇大门安装起来的，对此他感到非常自豪。”我有些夸张地说道。

“啊，好吧，他挺古怪的，不是吗？”

“为什么？”

“我不知道。他一路上不停地跟我说庄园里通了电，还说这是很棒的事儿。他之前是不是住在一处山洞里呢？”

哈哈！无论如何，路易说得有些过分了。等一下，实际上，天蝎庄园以前是没有通电的，是这样吗？

当我在思考这个相当重要的问题时，门关上了。

“一直以来，大门的开关都是自动的。”路易严肃地说道。

我向路易投去厌倦的目光。幸运的是，苏菲没有再注意到路易的唠叨。她出神地凝视着染上了秋色的花园，吃惊不已。这个花园如同宝盒一般将那栋巨大的白石城堡包围起来，在城堡背后，花园继续“蔓延”，一望无际。为了不让箱子在白色砾石地面上滚动，路易让箱子稍微悬空了一点儿。我们跟在他后面，我的朋友忙着欣赏那些被修剪成各种动物形状的小灌木丛，并没有发现路易展现出来的有些超自然的能力。我挽着苏菲的手臂，将她拉向了城堡。

“夏洛特！”她赞叹不已地说道，“这儿真是太漂亮了！简直就是公主的待遇！”

“我们会尽力做到最好。”路易神气活现地插嘴道。

好吧，走着瞧吧……这一周将会变得漫长又可怕。

一群孩子在被芦苇环绕着的水边玩耍，两个年轻女子坐在完全用树枝与常春藤搭起的长椅上，她们神色轻松地看管着那群玩耍的孩子。我眯起了眼睛，那把长椅，我差不多可以确定它昨天晚上还没有出现在那儿。一定是昨天夜里有人施了法。这两个年轻女子向我们友善地招了招手，自然而然，我们也对她们挥手示意。丸子猛地一下冲向了那群正在玩耍的孩子，还发出了兴奋的叫声。那群孩子就像一窝小麻雀一般开心地叫着四散开来。

“丸子！”苏菲有些尴尬地想将它叫回，“回来！丸子！”

丸子继续在这群欢乐的孩子中间跑来跑去，我们也不得不跑了过去。在这群孩子中，最小的那个看上去甚至还不满4岁，他一动不动地站在这混乱的场面中凝视着丸子，他那绿色的大眼睛里满是快要溢出的爱意。他怀里还抱着一个针织玩偶，这个针织玩偶很容易被人们误认为是一颗微笑的西兰花。天啊，他是一个小巨魔……

丸子停在了他面前，嗅着他的气味儿。

“请两位不要担心！”苏菲立刻赶过来调解，她对那两位坐在长椅上没有任何行动的年轻女子解释道，“它非常乖巧，也很喜欢小孩子，不会咬人的。”

“没关系，”其中一个女子平静地说道，“我们并没有担心。”

是的，在这里除了我之外，没有任何人会惊慌不安。我试图估算在接下来的一周时间里，丸子存活下来的概率有多大。

这个小巨魔将手伸向了丸子的嘴。

“漂亮的狗狗，你叫什么名字呀？”他用孩子特有的嗓音咿咿呀呀地问道。

“它叫丸子。”我迅速帮这只小猎犬回答道。

这个孩子神色严肃地表示接受，他说道：“你好，丸子。我叫汉斯。”

丸子热切地叫着，不断舔着小巨魔的双颊，他哈哈大笑起来，用他的针织玩偶蹭着自己的脸蛋。这两个女子善意的目光让我安下心来。不管怎样，在这个花园里，没有人会吃掉丸子。其他的孩子也靠近丸子，想要抚摸它。苏菲看起来也是长舒了一口气。这些孩子都拥有着同样耀眼的绿色眼眸。如此可知，他们便是天蝎庄园的下一代森林巨魔。从现在开始到今后的几年时间里，他们中的绝大部分会取代现在为我们服务的园丁。一想到这里，我浑身上下都颤抖了起来。实际上，虽然对于绝大部分生活在庄园里的生物来说，他们的寿命要比人类长很多。但是，有一些生物的寿命则更短，巨魔就是其中之一。当我知道园丁巨魔的头领——老古斯塔夫——才刚过完 30 岁生日的时候，我都惊呆了。而汉斯甚至还不满 1 岁。此外，既然我们已经说到了年龄这件事，我又想到了路易开车去火车站将苏菲接到庄园，那他又是什么时候拿到驾照的呢？他可才 7 岁！

园丁路易一直将我们送到小城堡的台阶处，菲尔曼和拉扎尔在那里等着我们的到来。如果说菲尔曼这位天蝎庄园管家穿着一套整洁的西装十分笔挺地站在那里的话，拉扎尔这位庄园的主人看起来则面露微笑，非常轻松。拉扎尔身材魁梧，满身肌肉，不过他的脸庞略显粗糙，当他用自己冰蓝色的眼睛扫视时，无论是谁都会僵在原地。

拉扎尔走下台阶，露出了一个迷人的微笑。

“这应该就是大名鼎鼎的苏菲小姐吧！”他一边向苏菲伸出手一边欢呼道，“我总是听夏洛特说起你，欢迎来到庄园！”

“谢谢您，先生。”我的朋友羞怯地回答道。她的手指完全被拉扎尔的大手包裹了起来。

“请叫我拉扎尔吧！”

苏菲点头表示赞同。很明显，拉扎尔给她留下了深刻的印象。即便苏菲要比我高出 20 厘米，但是与拉扎尔这个彪形大汉相比，她还不及他的肩膀。

菲尔曼走向前说道：“如果您同意，我会将您的行李送到房间。请您在午餐前先休息一下。如何有任何需要的话，请一定要告诉我们，我们会尽力让您满意。”

“好的。”苏菲结结巴巴地说道，“谢谢。”

在菲尔曼的示意下，一个穿着制服的男子将苏菲的箱子拎了起来，说道："请您跟我来吧。"

在苏菲跟拉扎尔道谢之后，我们紧跟着男仆的步伐走上楼。

"这儿简直太不可思议了。"当我们来到铺着红色天鹅绒地毯的巨大大理石楼梯前，苏菲在我耳边悄声说道，"这和你之前跟我说的真是一模一样！"

"你不相信我吗？"我开玩笑地问道。

"啊……我觉得你说得有些夸张。"

我悄悄向后看了一眼，菲尔曼与拉扎尔还站在门口。他们殷勤好客的神情已经消失不见，换上了一副阴暗的面容。我忍住没有皱眉，他们在门口台阶处等的人并不是苏菲，而是瓦尔德。

"哦，我的天哪！"当我们来到房间时，苏菲惊呼道，"这真的是一个房间吗？"

我顺着她的手势看去，她指着房间里的装饰。屋子里挂着红色天鹅绒窗帘，地板上铺着米黄色地毯。帷幔床旁边是一个大衣柜。在房间深处有一扇半开着的门，可以让人猜到那里有一间舒适的浴室。丸子好奇地到处嗅着，然后走到一处巨大的落地玻璃窗前停了下来。玻璃窗正对着花园，丸子一边摇晃着尾巴，一边吐舌头。苏菲没有注意到丸子，她倒在铺着巧克力色绸缎床单的床上。她红棕色的长发散开了，如同光晕一般围绕着她的脸庞。

"你的未婚夫还有兄弟吗？"苏菲保持躺下的姿势恳求道，"那个家伙想不想娶我呢？”

“除了艾利亚斯之外，我想他恐怕没有其他兄弟了。”我回答着苏菲的问题，走到站在窗户旁的丸子身边，抚摸着它。

“啊……我挺喜欢艾利亚斯的，可是他把你当成妈妈，让他娶我这事儿就变得非常复杂了，还可能因为诱拐未成年人进监狱。不了，谢谢，还是不要了。你觉得那些仆人有没有愿意娶我的？”

“你是说路易吗？”我微笑着问道。

“哦，不，其实我想到的是庄园管家，就是那个菲尔曼。他跟我说他会满足我的所有需求，不是吗？还是说他们几个人都会满足我的需求呢？无所谓了，他就是我命中注定的男人！”

我俩开始咯咯地笑起来。可以再次看到苏菲，真的让我非常开心，即便这会让我再次想到……

“工作上的事情还算顺利吗？”我问道，我尽量让自己的声音听起来漠不关心。

苏菲瞥了我一眼，她没有上当。

“自从你离开之后，这是你第一次向我问起这件事。我还以为你永远都不想再谈起这件事了。”

我假装将注意力放在丸子身上，它懒洋洋地趴在地毯上，舒服快活。苏菲翻了个身，趴在床上，用肘部将自己的身体撑了起来。一个灿烂的笑容在苏菲那布满雀斑的脸上绽放开来。

“你都无法想象，你的辞职究竟引发了多少流言蜚语。”

“怎么会这样？”

“你的邮件就像电脑病毒一样在整个公司传播开了！大家相互转发，这件事都传到大老板的耳朵里了，他还组织了一次内部调查。”

尽管我努力地克制着自己，但手指还是不由自主地抓住了丸子身上的毛。五个月之后，我还是回想起了曾经遭受到的骚扰，这还会让我感到不舒服。丸子看向我，眼睛里满是不解。

“我尽全力回击了托马斯，你是在怀疑这件事情吗？”苏菲的双眸越发闪烁，“不过，真正让事态有所变化的还是公司里另外两个女同事的证词。她俩不愿意透露自己的姓名，因为一直以来她们对托马斯都心怀畏惧，即便她们受到托马斯的骚扰已经是好多年前的事情了。所以，你不是第一个被这个蠢货伤害的人。另一个女同事还说，她曾经看到在托马斯手底下干活儿的一个女同事被不明不白地开除了，从此之后，她像躲避瘟疫一样躲避着托马斯，因为她很嫌恶他。”

“这是真的吗？”我惊呼道，“但是，从来没有人抱怨过什么！”

苏菲幽幽地看了我一眼，脱口而出，语气中充满了责备：“你呢，你也没有抱怨。你还记得自己最初的计划吗？你不打算采取任何行动，你想等着托马斯冷静下来。如果不是你的未婚夫出手掰断了那个混蛋的手指，你就……”

“好吧，好吧！”我打断了苏菲的话，没有让她继续说下去，“那现在呢，托马斯被解雇了吗？”

苏菲耸了耸肩，非常失望地说道："没有，在咱们公司的头头儿中，除了男人就是男人，他们可是非常齐心协力的。特别是你也没有抱怨什么。他们没有把托马斯开除，不过他们将托马斯换到了另外一个岗位上。还有，玛丽安娜也被调职了。当时你不是试图跟玛丽安娜说自己被托马斯骚扰的事情吗？我把玛丽安娜的回复公之于众了，从此之后所有人都对她避而远之。"

我惊呆了，玛丽安娜，我的前上司，她也被波及了吗？

"不知情是可以被原谅的。"苏菲竖起了一根手指说道，"知情但是又毫无行动就让人无法忍受了。取代玛丽安娜的人是爱洛伊丝。"

"哦……"

爱洛伊丝是我们部门的一个会计，三个孩子的母亲，她完全可以胜任领导的岗位。

"这也就是说，"我的这位前同事用双手托着自己的下巴，像一个无辜的小天使一般继续说道，"根据我得到的消息，那些流言蜚语也跟着他们去了新的科室，托马斯与玛丽安娜都一样。所有人都将他们视为肮脏的家伙。"

我咬住了自己的下嘴唇："对于托马斯而言，他罪有应得。但是，对于玛丽安娜而言，这……"

"夏洛特，你把这些人都想得太善良了。"苏菲低声埋怨着我，她特别注意着我的一举一动。

"不是，可是，玛丽安娜……"我试图解释。

"就跟托马斯一样，她也罪有应得。你不是第一个向她抱怨托马斯所作所为的人，可是她既不相信你，也不相信其他人。除此之外，当托马斯要求解雇你的时候，玛丽安娜也没有给你任何为自己辩护的机会。一个这样的上司，有什么用呢？如果她真的可以胜任的话，你也不至于被解雇。”

我撇了撇嘴，瞥了一眼依旧沉睡着的花园，让自己沐浴在透过窗户射进房间的阳光下。总之，这也许算得上比较好的结局了。

“那你呢，你还好吗？”我重新抛出了一个问题，希望可以借此将我们的谈话引向一些更为轻松的话题。

“哦，我呀，”苏菲在床上打了一个滚儿，让自己的后背伸展开来，“20 分钟前，我就已经沉醉在幸福之中了！至于我的工作，你可是一清二楚。这样吧，你给我讲讲你的未婚夫吧。他从事什么工作呢？我觉得我每一次都会问你这个问题，但是我根本就记不住你回答了些什么！”

啊，该死！我又引火烧身了。幸运的是，外面传来了四声轻微的敲门声。啊，是铁线莲。

“请进！”我说道，长舒了一口气。

推门而入的是整个庄园里最漂亮的生物。像往常一样，铁线莲穿着一条贴身连衣裙，将身体的精致曲线衬托得淋漓尽致。淡绿色的连衣裙与她的眼眸相得益彰，她将自己的长发用银色的发夹在脑后扎起，银色发夹闪烁着钻石一样的光芒。丸子发出了一声哀号，逃离了我的怀抱，小跑着躲到衣柜底下。嗯……丸子的一系列反应让我思考起仙女身上散发出来的危险气息。丸子在面对菲尔曼的时候没有如此的反应！我有些害怕地转身看向苏菲，我的这位朋友张大了嘴巴，嘴巴圆得就像一只茶杯。更可怕的是，她甚至都没有注意到自己宠物狗的反应。我很好奇在苏菲眼中铁线莲究竟是一个怎样的存在，因为不同的人眼中铁线莲的模样各不相同。

铁线莲善意地让苏菲注视了她几秒钟。

“苏菲小姐，”铁线莲恭敬且优雅地向苏菲问好，“很荣幸认识您。请原谅我的打扰，毕竟两位也是久别重逢，不过午餐已经准备好了。”

“什么？午餐已经准备好了？”苏菲一下子就从床上蹦了起来，惊慌失措地说，“那我该穿什么衣服过去呢？”

“如果可以的话，您可以穿上一条黑色的长裤、衬衫和一件V领的羊毛套衫。”铁线莲提议道。

“我有的！”

我对铁线莲的推荐感到惊讶。不过，铁线莲会读心术，她不会向我的朋友提议让她穿一套她不可能有的服装。苏菲扑向了自己的行李箱，从里面拿出了铁线莲提到的衣服。

“我去去就来！”苏菲的身影消失在浴室里。

我转身面向铁线莲，小声地问着她：“你是不是就躲在门后，等着一个合适的时机来帮我解围呢？”

“小姐，恐怕是这样的。”铁线莲承认道，她的脸红了。

“谢谢。”

“啊……没有关系的，小姐。”

“瓦尔德已经到了吗？”

铁线莲的脸沉了下来，说道：“是的，小姐。他不仅过来了，更过分的是，那个讨厌鬼还主动要求留下来吃午饭。您二位必须参加一次家庭聚餐了。”

“什么？”我的声音哽住了，“今天吗？我想说的是……跟苏菲一起吗？”

“是的，小姐。”

这简直就是一个灾难！

“是的，小姐。”铁线莲点头表示赞同。

苏菲急匆匆地从浴室出来，她居然重新打理了一番自己红棕色的头发——将它们编成了一条漂亮的辫子垂在一旁。但是，她的动作怎么会如此之迅速呢？我至少需要 10 分钟来驯服自己那微微卷起的金色发绺！

“我准备好啦！”苏菲宣布道。

“请两位小姐跟我来吧。”

我们紧跟着铁线莲的脚步，走在嵌满了大镜子的走廊中。这些大镜子将阳光反射到闪闪发光的墙壁上，丸子紧紧地跟在我们身后，苏菲抓住了我的胳膊，将我向后拉向她。

“严肃点儿，夏洛特！你可得把这个姑娘解雇了呀！”苏菲在我耳边悄声说道。

“嗯？”我很惊讶。

“你难道没有看到吗？这个姑娘长得多漂亮呀！你能确定她不会背着你勾引你的未婚夫吗？你的未婚夫可是这个庄园里的四帅之一！”

借助镜子的反射，我看到了铁线莲愤怒的表情，还有她那因为愤怒而变得通红的双颊。

“你不相信吗？”苏菲非常坚持自己的看法。

好吧，也许第一个杀掉我朋友的不是朱莉娅。

“我想在这一点上铁线莲不会构成任何威胁。你可以思考一下其他的。”我拍了拍苏菲放在我前臂上的手。

在我们身后，丸子发出了低沉的吼叫声。我转过身，刚好看见一处帷幔突然停止了晃动。我叹了一口气。哦，是的，接下来的一周将会变得非常非常非常漫长……

菲尔曼为我们打开了餐厅的门。

“夏洛特小姐与苏菲小姐。”菲尔曼优雅地宣布道。

菲尔曼闪到一边，让我们进入餐厅。苏菲紧张得一直缩着脖子。不知道是谁出的好主意,这个餐厅比我日常用餐的餐厅更奢华，更有氛围。餐厅的墙上贴着淡黄色墙纸，挂着能以假乱真的甜点装饰画，顶上装饰着覆盆子色的条状壁纸。只须看看这些画作就会感到饥饿！长方形餐桌上铺着一块褐色桌布，中心位置绣着金黄色的叶状图案。桌上只摆了一只盘子。他们没有摆出银制刀具和细瓷餐盘。我暗自叹了口气，如释重负。参加午宴的人都站在餐桌周围。

“苏菲！”艾利亚斯一边开心地大叫着一边向我们扑了过来。

艾利亚斯钻进了苏菲怀里。

“艾利亚斯，你真的长高了好多呀！”苏菲感叹道，“你现在基本上就是一个大人了！”

艾利亚斯这个小男孩儿骄傲地将身体挺直，好让自己看起来可以再高上那么几厘米。

“你能过来真的是太棒啦！你每周二都会像之前那样去游泳吗？我请爸爸给你修了游泳馆，是只给你一个人用的！我现在就带你去，好不好？”

苏菲看起来相当局促不安。

“艾利亚斯，午餐结束后你再带苏菲去看游泳馆吧。”亚当上前一步打断了艾利亚斯。

“好的！”

“苏菲，我很开心终于可以跟你见上一面。”我的未婚夫亚当继续说道，“我就是亚当。如果你有什么需要的话，请一定要告诉我。在这里，我们就是一家人。”他的音调中带着一丝不知从何而来的意大利腔调。

亚当的神情非常严肃正式，并且将一只手伸向了苏菲，另一只手则插在口袋里。我克制住自己想要翻白眼儿的欲望。万幸的是，他知道如何与人类相处，这一切看上去是多么与众不同呀……不过，看起来苏菲并没有对他这个直接从黑手党那儿学来的欢迎仪式感到惊讶，苏菲也同样庄重地握住了亚当伸过来的手。苏菲一定已经察觉到亚当行为的古怪了……一时间，我想到了天龙家族的传统——天龙家族要求所有影子生物的孩子都要与人类共同生活一年，观察人类的行为，融入人群。也许，现在看来这种做法并没那么愚蠢。

“啊！这里还有一只狗狗！”艾利亚斯双眼放光地高呼道，“苏菲，这是你的狗狗吗？”

“是的，它的名字叫丸子。”

“太棒了！你好，丸子！”

艾利亚斯蹲了下来，将自己的手指送到小猎犬鼻子边让它嗅嗅。很明显，这只小猎犬要比它的女主人多些心眼儿。真聪明！

“这只狗的名字叫丸子吗？”一个女人的声音从餐厅深处传来。

我抬起眼睛看了看，看到朱莉娅就站在拉扎尔与瓦尔德中间，双唇紧绷，穿着一条与自己的气质非常相符的缀着彩色水晶珠花的晚礼服。她这是又换了一套衣服吗？她是不是担心如果连续两次被我看到穿着相同的服装可能会有失风度呢？

“确实是这样。”苏菲轻快地回答道，“我刚刚领养它的时候，给它起名马克西姆斯。可是我发现当我说‘丸子’的时候，它跑过来的速度会快很多。因此，我推断‘丸子’应该是它以前的名字。”

“啊！”瓦尔德开心地拍着自己的大腿惊呼。朱莉娅却挑了挑自己那金色的眉毛。这个女人可真是讨厌！瓦尔德继续说道：“我的小夏洛特，你真会挑选朋友！”

瓦尔德大步走向我们，在我可以后退之前拥抱我，亲吻了我的双颊。我惊呆了，以至于都没太注意到拉扎尔和亚当紧皱眉头，将目光锁定在我身后的某一个点上。瓦尔德走向苏菲，借着这个机会，我向身后瞥了一眼。铁线莲一直平静地站在那里，眼神紧盯着瓦尔德。因此，瓦尔德对我应该没什么坏想法，不然的话，铁线莲早就动手了。然而，天蝎家族竟对此感到遗憾。真是奇怪的一家人！

“苏菲小姐，非常荣幸可以认识你。”这个身材矮小、贼眉鼠眼的男人假装要行吻手礼而低下头说道，“我是瓦尔德，是亚当和艾利亚斯的外公。”

我瞪圆了自己的双眼。啊，好吧！我从来没有想到瓦尔德会这样介绍自己。甚至连艾利亚斯都在瓦尔德走近的时候向后退了一步，困惑地打量着他。好吧，艾利亚斯的举动消除了我的疑虑。

“非常高兴可以认识您。”苏菲礼貌地回答道。

“夫人、小姐们、先生们，”菲尔曼插话道，“不知道现在各位是否可以落座了？侍者们已经准备好将午餐端上餐桌了。”

“这可真是个好主意，”瓦尔德欢呼道，“我都快饿死了。你呢？我的小夏洛特？”瓦尔德向我眨了眨眼，坐下后就没有再客套什么。

拉扎尔与朱莉娅也跟着他，沉默地坐到了长方形餐桌的两端。亚当的脸色变得让人完全捉摸不透，他甚至连看都没有看我一眼便坐在了朱莉娅的左手边、瓦尔德的正对面。啊，好吧……气氛应该会非常热烈。我也走近了餐桌。玻璃杯旁边的白色小纸板上写着我们的名字。按照铁线莲给我上的礼仪速成课来看，我应该坐在拉扎尔的右侧或者左侧，苏菲应该坐在另一端，这样一来，至少我可以跟苏菲面对面。实际上，我发现写着“夏洛特”名字的小纸板被放在了亚当与拉扎尔中间。苏菲坐在了我正对面的位置上。艾利亚斯最后一个落座，他坐在了瓦尔德与我的朋友苏菲之间。

“这可真是太幸福了，这是属于家庭成员间的小聚餐！”瓦尔德喋喋不休地说道，“我们应该经常聚一下餐，对不对呀，拉扎尔？”

在这样的氛围里，瓦尔德还可以表现得如此轻松，他到底是怎样做到的呢？我从拉扎尔的蓝色眼眸里读到他有事瞒着我。

苏菲向我投来疑惑的目光，对此，我只能耸耸肩膀以示无能为力。即便苏菲不知道其中的缘由，她也能猜到我与朱莉娅对彼此的厌恶。苏菲非常聪明，她完全明白为什么气氛如此紧张。餐盘在餐桌上跳起了华尔兹，这就为我们终止讨论提供了一个理想的借口。点缀着香葱碎与新鲜奶油的栗子南瓜浓汤拉开了宴会的序幕，这使得紧张的气氛缓和下来。

“这简直太不可思议了！”嘴巴里塞满食物的瓦尔德惊呼道，“我真希望每天中午都可以过来吃饭。”

拉扎尔咳了一下，就像是被呛着了。贼眉鼠眼的瓦尔德无视拉扎尔的咳嗽声，继续醉心于享用烤野鸡配牛肝菌、鹅肝酱、肉汁土豆和当地奶酪拼盘。此外，在整个午餐期间，他还自顾自地喋喋不休。我努力让自己将注意力集中到食物上，不去想其他的事情。苏菲与艾利亚斯一边大笑着一边偷偷将食物喂给丸子。亚当的表现有些过于用力——他将自己餐盘里的食物都切成了小块儿，甚至将那些没必要切成小块儿的食物都切了。只有朱莉娅一个人试图回应她的父亲，可她父亲毫不领情地打断她的话。简直了……

“啊……”这个男人在吃完了自己盘中的香草冰激凌苹果派后，长叹了一口气，将自己的身体靠在了椅背上。那么，现在就是他送惊喜的时间了！

亚当与拉扎尔同时绷紧了身体，气温下降了一两度。不过，除了我之外其他人都感觉不到。

瓦尔德转身面向我，夸张地说：“我亲爱的小夏洛特，关于你的生日礼物，我给你筹备了一场盛大的寻宝游戏！”

我皱了皱鼻子，我的生日礼物？亏他想得出这个借口。

“今天是你的生日吗？”苏菲大声问道，“该死，我什么都没准备！”

“我的生日是 1 月 29 日，”我指出，“在三个月之后。”

“怎么会这样？”瓦尔德的脸色变了，继续说道，“是我弄错了？”

他沮丧的神情看起来相当真诚，以至于一时间我为自己如此直截了当而产生了一种负罪感。

“瓦尔德，你真是太客气了！”拉扎尔一字一句咬牙切齿地说，“我猜即便提前了三个月，夏洛特也一定会参与到这场寻宝游戏中来，不会有任何问题。是不是呀，夏洛特？”

“啊……没有任何问题。”我嘟嘟哝哝地说道，惊讶的是拉扎尔居然会迎合瓦尔德。

这样看来，拉扎尔应该知道这究竟是怎么回事。

“我喜欢寻宝游戏！”苏菲一边将自己红棕色的发辫向后拨，一边大声说，“你们也可以让我参加吗？”

“我正打算向你提出邀请呢，我亲爱的小姐。”瓦尔德回答道。

“太棒了！夏洛特，这个寻宝游戏一定非常棒！”

是的。可是当我看到亚当不大确定地将手指插入自己的棕色发丝时，我对苏菲的这个说法就不是那么深信不疑了。就连今天早上还威胁说要杀死苏菲的朱莉娅，也在不断地轻咬着自己薄薄的嘴唇以示不安。

拉扎尔重新挺直身体，将双手交叉着托起下颌，双眼眯成一道冰蓝色的细小裂缝：“瓦尔德，谢谢你。我们一家人都不会忘记你今天的善意和热情。”

我的天。这一次，我究竟被拖入了何种事件之中呢？

3

寻宝游戏

“一旦解开了这些谜语，”苏菲非常严肃地读道，“你们就可以知道将要前往哪座城市。祝你们好运！”

我们坐在花园中的一张橡木雕花长椅上。为了抵挡寒风，我将大衣的领子竖起，捂住了鼻子。我心不在焉地看着丸子和小巨魔汉斯围着被修剪成猫咪形状的灌木丛奔跑。这个巨魔宝宝在一眨眼的工夫里就凭空出现，手里拿着自己的针织玩偶。此时此刻，我和苏菲正平静地坐在阳光下研究着瓦尔德制定的“游戏规则”，而丸子真的找到了小伙伴。我尽力克制住自己的愤怒。在匆匆喝完一杯咖啡后，瓦尔德递给我们一个装满了纸条的小口袋和一支笔，纸条上写有谜题。瓦尔德投来会心的一瞥。我试图用目光询问亚当，但他只是听天由命地耸了耸肩膀。这样看来，在一段时间内我将无法得到任何解释。

苏菲将写有谜语的纸条放在我们中间，好让我们可以看清楚：

1. 出发度假的时候一定要带上的旅行箱（第一个字母）。

线索：想着把你们自己的旅行箱扣上。

2. 大声喊叫着宣布死亡的鬼神（最后一个字母）。

线索：请询问娜塔莎。

3. 怨恨的叫喊，放荡女人的同义词（最后一个字母）。

线索：没有线索。

4. 非常长寿的吃蝗虫的人（倒数第二个字母）。

线索：这是一位优秀的管家。

5. 影子杀手无可指摘的主人（最后一个字母）。

线索：你们的侍者。

6. 美味的草莓甜品、杏仁甜品或巧克力甜品（最后一个字母）。

线索：请找到一面镜子。

我控制不住失望地撇了撇嘴。如果我的同伴不是苏菲，我还挺想玩玩这个寻宝游戏。瓦尔德就不能等到苏菲离开庄园的时候再让我玩这个游戏吗？

“让我看看！”一个细小的声音在我们背后喊道。

我和苏菲转身向后看去，我的下巴差点儿就撞到了一头棕色的乱发上。艾利亚斯将额头斜放在我的肩膀上，脚尖点着地面，双手紧抓着长椅背，试图看清纸上的内容。啊，我可不是唯一一个喜欢猜谜语的人!

“你和我们一起玩吗？”我问道。

艾利亚斯的神色有些尴尬。

“瓦尔德已经说过我不可以玩这个寻宝游戏。”艾利亚斯有些懊恼地说,“不过，我还是想看看这个谜题，可以吗？”

“你不能玩这个游戏？”苏菲非常诧异。

“你怎么看？”我一脸无辜地问苏菲,“我们修改一下规则，让艾利亚斯也加入，好吗？”

“好的，当然可以！”

小男孩儿艾利亚斯的脸上露出了一个微笑。他绕过长椅，到我们脚边坐下。

“太棒啦！”艾利亚斯开心地压低声音说道,“等我长大以后也要修改我自己想要修改的一切规则。”

好的。总有一天，我会教他说话前得过脑子。

“好吧，谜面都是些什么呢？”我问道。

苏菲将纸放在了我们仨中间。

“很明显，第一个谜面的答案是‘行李箱’,”苏菲更为热切地继续说道,“你们同意吗？”

“是这样没错。”

“那么，我就记下 v[①] 这个字母。第二个谜面，‘大声喊叫着宣布死亡的鬼神’……”

“报丧女妖！”艾利亚斯一边在草坪上扭动着身体，一边大声说道，“答案是报丧女妖！”

“这是一种传说中的生物。”当我看到苏菲瞪大了眼睛时解释道，“当这些生物在一方战场上呼号的时候，另一方战场上的战士和其他生物就会死去。”

艾利亚斯用力地点着自己的头，以示赞同。

“我都不知道你们这么了解神奇生物！”苏菲欣赏地说道，“我们应该记下最后一个字母 i，是吗？”

“是 e，”我更正道，“报丧女妖这个单词最后两个字母是 e[②]。”

“好的，e。那为什么我们要去找娜塔莎要线索呢？”

我抿紧了嘴唇。艾利亚斯突然默不作声地睁大了自己的双眼，他的脸上露出了十足的小男孩儿才会有的表情，将手伸进了装着谜题的小口袋中。

“娜塔莎是一个老女仆，她有无数本与报丧女妖有关的书，她对报丧女妖这个话题非常感兴趣。”我回避了苏菲的这个问题。“第三个谜面是什么？‘怨恨的叫喊，放荡女人的同义词’。”我挑

① 法语中行李箱的拼写为 valise，第一个谜面取第一个字母，即为 v。——译者注

② 法语中报丧女妖的拼写为 banshee。——译者注

了挑眉。

“是荡妇！”苏菲大叫道,“我肯定这个谜面的答案是荡妇！”

艾利亚斯用手捂住嘴扑哧一声笑了出来，说道:“苏菲说了一句脏话！”

“但我不觉得婊子、妓女或者娼妇是一种怨恨的叫喊。”苏菲非常自然地补充说道。

“那臭娘们儿呢？”艾利亚斯问道，他的语气中也带着与苏菲一样的天真。

“艾利亚斯！”我抗议道。

“‘臭娘们儿’这个词并非不好,”苏菲回答道,“但我还是坚持答案是荡妇。夏洛特,你不要再脸红了,这不过就是一些词语而已。”

“艾利亚斯还在这里呢。”我低声埋怨着。

“你不要把艾利亚斯当作借口。”

我把冰凉的双手放在了发烫的双颊上。瓦尔德的幽默感可真是奇怪。也许——难道这是朱莉娅的想法？

“我们需要这个单词中的哪个字母呢？”我嘀嘀咕咕地问道。

“最后一个字母 n[①]。我已经记下来了，继续吧。”

这可真是个好主意！

“好啦，这一次我们需要找到倒数第二个字母,”苏菲继续说,

① 法语中“荡妇”的拼写为 putain，第三个谜面取最后一个字母 n。——译者注

“‘非常长寿的吃蝗虫的人。这是一位非常优秀的管家’。嗯……”

是精灵。

“倒数第二个单词应该是i[①]。”我说道。而这个时候，艾利亚斯又蠢蠢欲动起来，非常渴望给出这个谜面的答案。

“啊，真的吗？”苏菲非常诧异地问，“为什么呢？”

“我们已经找到了v、e与n这三个字母。我们还知道最后一个字母是e，因为那个单词是夏洛特[②]。那个城市当然就是威尼斯[③]了。”

我们还没有看谜面“影子杀手无可指摘的主人”，这个谜面以瓦尔德为题，所以答案只可能是“天龙”[④]。这样一来，谜底单词中就多了一个s[⑤]。但是，苏菲在场的时候我希望可以跳过这个谜面的解释。

苏菲瞪大了双眼，将布满雀斑的鼻子贴到了写有谜语的纸上。

“哦，我的苍天呀！”苏菲捶胸顿足地问道，“你认为我们将要启程前往威尼斯吗？”

“我不知道，也许吧。”

苏菲不再听我究竟说了些什么，她飞快地翻阅着小口袋中所

① 法语中精灵的拼写为lutin，这个谜面取倒数第二个字母i。——译者注
② 法语中夏洛特的拼写为Charlotte。——译者注
③ 法语中威尼斯的拼写为Venise。——译者注
④ 法语中天龙的拼写为Draconis。——译者注
⑤ 根据谜面的要求，需要取Draconis这个单词的最后一个字母。——译者注

有的纸条。

"'接下来，请你们出发去庄园里进行寻宝游戏，找到机票。'夏洛特！他真是太棒了，你的，你未来的夫家外公！"

"可是……"

"你看,寻宝游戏从厨房开始。行动起来！让我们向前冲吧！"

当苏菲从长椅上蹦起来时，艾利亚斯刚好躲到了一旁。

"丸子！"苏菲召唤道,"让汉斯安静一会儿吧，我们现在出发去寻宝。"

我僵在了长椅上，突然间，我完全不确定自己是不是想继续这个游戏。厨房?

"丸子？你在干什么呢？"

当我听到苏菲的声音中出现了一丝吃惊的变化时，我转过头去看究竟发生了什么。在不远处，丸子嗅着最大的一处猫咪形状的灌木丛，而汉斯则不顾一切地将自己的针织玩偶举在了胸前，试图拦住丸子。

在苏菲与艾利亚斯惊讶的目光下，我从长椅上跳了下来，跑到了灌木丛旁。当我跑到汉斯旁边时，他抬起了自己那双闪闪发光的绿眼睛看着我，眼睛里满是惊慌。

"夏洛特小姐……"他含糊不清地说道。

灌木丛上的树叶都抖动了起来，我更加仔细地观察着这处灌木丛，一些小小的翅膀状的物体正蜷缩在灌木丛的枝干上。丸子热切地吠着。我严厉地看了丸子一眼。

“丸子，”我语气严肃地命令道，“趴下！”

这只小猎犬晃动着尾巴蹲在了地上。汉斯如释重负地喘了口气，将抬起的手臂放了下来。

“夏洛特小姐，您可真强，”汉斯感动地低声说道，“我跟小杜都没有办法让丸子停下来……”

“小杜？”

汉斯挥舞着手中的针织玩偶。啊，是的，这个玩偶就是小杜了。

“夏洛特！”苏菲不耐烦地说，“威尼斯在等着我们呢！厨房也在等着我们大驾光临呢！”

什么？好吧。

巨大的厨房门威严地矗立在我们面前。铜制器皿和餐具相互碰撞发出的声音，激烈的呼喊声，透过厚重的木门传了出来。与这些声音一起传出来的还有巧克力饼干散发的诱人香气。艾利亚斯将自己的一只眼睛贴在精工铜锁眼儿上。

“怎么样？”我悄声问道。

“你说话的时候为什么要将声音压这么低呢？”苏菲感到非常震惊。

“嘘——！她会听到我们说话的！”

“谁？”

“妮科莱特。”

我克制住自己，没有在后面加上“主管厨房的怪物”，不过，我用尽全力想着这个后缀。艾利亚斯一边咬着嘴唇，一边挺直了身体。

“啊……我想我们应该进不到厨房里面去了……”艾利亚斯一边嘟嘟哝哝地说着，一边向苏菲投去了一个责怪的眼神。

是的呢，而且厨房里面的东西飞得到处都是，这都是些什么呀！

苏菲心烦意乱地将写有第一条线索的纸条在我们面前晃动着说道：“可是，这张纸条上明明白白地写着第一条线索就藏在这里呀！”

“藏！”我叫道，“我们还要在厨房里翻找线索吗？”

“不，我觉得我们应该经历某种考验。这句话真正的意思应该是‘冒着生命危险来获得这条线索’。”

什么？

丸子发出了一声哀号，并且向后退了几步。在我还没来得及思考到底是什么让丸子变得焦虑不安时，厨房的大门就被用力地推开了，一个巨大的身影出现在门口。

“夏洛特小姐！”一个雷鸣般的声音咆哮道。

我脖子上的汗毛都竖了起来。丸子用最快的速度逃走了，消失在走廊里。

“你好，妮科莱特！”艾利亚斯开心地挥着手向她问好，“你还好吗？”

妮科莱特巨大的身影转向了艾利亚斯，一丝丝光线从厨房透了出来，我们看到两条巨大的金黄色发辫环住了一张四四方方的脸庞。

“艾利亚斯先生，您对中午的饭菜还满意吗？”

“是的，我非常喜欢。午餐的饭菜真是太棒了，除了汤。我不喜欢汤。”

这个掌管厨房的女巨人低声埋怨了一下，将注意力转移到我与苏菲身上。我感觉站在我身边的苏菲都变小了一号。不过，今天她那双紫色的眼睛还算正常，没有变成两道如同猫眼一样的竖直细缝。这一定就是她所谓的“努力”了。这个善意的举动让我松了一口气。

“你好，妮科莱特。”我一边尝试着让自己的声音不再颤抖，一边开口说道，“我们来这里，是因为我们在寻宝……啊……一条线索，为了……啊……那个游戏……”

“这个该死的家伙！”妮科莱特啐了一口，“等我把他的脑袋砍下来！他就等着下地狱吧！不过，夏洛特小姐，这个游戏是为了让您感到开心。”

“啊……啊，真的吗？”

“这就是您想要的线索。”她用自己粗胖的手臂快速做出了一个有着惊人流畅度的动作。在尖锐的呼啸声中，一道银光快速向着苏菲的脸庞猛冲过去，苏菲发出了一声尖叫。厨房的门重新关上了。

我快速冲向了身体紧贴在墙壁上的苏菲。在距离她耳边两厘米的墙上插了一把刀。苏菲恐惧地瞪大了自己的双眼，紧盯着关闭的厨房大门。

“苏菲，”我含糊不清地问道，“你还好吗？”

“夏洛特！”苏菲呻吟道，“夏洛特！她……她把我……这是……”苏菲的声音要比平时尖锐很多。

“妮科莱特真的是太强啦！”艾利亚斯说道，脸上露出了一个钦佩的微笑，“她本可以将这把刀插在离你的脑袋更近一点的地方，不过，我想她这么做是不想让你害怕。”

我和苏菲都给艾利亚斯投去了怀疑的目光。妮科莱特不想让苏菲感到害怕？

我抓住这把刀，将它从墙上拔了下来。

“好啦，让我们一起来看看这条线索究竟是什么？”我叹了口气，将缠绕在刀柄上的纸条拆了下来。

“嗯？”苏菲惊呼道，意志有些动摇，“你还想将这个游戏继续玩下去吗？”

“啊……什么？你不想继续玩下去了吗？”

“可是……可是这个女人！她就是一个妖怪！一个……”

“嘘——！你瞧瞧，”我惊慌失措地制止苏菲继续说下去，“她会听到你都说了些什么！”

苏菲将嘴巴紧紧闭了起来，眼神突然变得非常惊恐。

“我们现在应该去把丸子给找回来。”我总结说，“在看到妮科莱特的时候，它是唯一一个逃走的家伙。它的做法非常对，但我不知道它究竟藏到了哪里。不过，我希望咱们可以迅速找到它。”

我们在书架下找到了丸子。更确切地说，是艾利亚斯根据丸子惊恐不安的心跳找到了它。不过，我跟艾利亚斯都装作一直在寻找的样子，直到走到它的藏身之处。

苏菲将丸子抱在了怀里道："我可怜的小心肝儿，这个坏女人把我们吓坏了，不是吗？多亏你还在这里陪着妈妈，我的丸子。"而此时此刻，丸子在苏菲的臂弯中瑟瑟发抖。

多亏了它在这里？它为了逃命把我们都给抛弃了！

我让苏菲和丸子温存片刻，打开了缠在刀柄上的纸条，一张照片掉了出来。我捡起照片，呼吸在一瞬间停滞了。照片上是一个身材矮小的男人，这个男人的双眼看着镜头，眉毛蓬乱，眉骨突出，下巴四四方方，这……是一个猎灵人吗？我几乎是立刻摇了摇头。不对，这个人的肤色过于暗沉，他不是威廉·索格上尉。他的眼睛是典型的欧亚混血儿才有的细长形状，但是两只眼睛的形状并不相同。再说了，亚当一个月前就把索格给干掉了。这个家伙又是谁呢？是另一个猎灵人吗？瓦尔德试图用这张照片告诉我什么呢？我查看了另一份材料，那是一张平面图，是一张庄园北侧的平面图。那里离我的书房以及巴拉尔警探所在的塔楼并不远。在我日常训练的武馆的位置上，标识了一个黑色的"十"字。

"怎么样？"艾利亚斯问道。

"这回不会太顺利。"我低声抱怨道。

"啊，真的吗？"

还有，妮科莱特没有弄错。在这张平面图上还用手写的字体大大地标注了“加油”两个字。

“我们现在去哪儿呢？”艾利亚斯问道，他歪着脖子看着这张平面图。

“我们去看食尸鬼吧。”

“太棒啦！”

是的，是挺棒的。可是，为什么会有一张猎灵人的照片呢？

马库斯是教我防卫术的老师，他正跪坐在绿色的榻榻米上，保持着柔道运动员等待比赛时的经典姿势。在他身后，庄园里所有的食尸鬼都保持着相同的姿势耐心等待着，他们都穿着白色的和式运动服，这套服装更加突显出了他们苍白的肤色和瘦削的身体。苏菲怀抱着丸子，小心谨慎地跟在我后面走进了武馆，并且保持着后缩的姿势。丸子将自己巧克力色的嘴埋在了苏菲的手肘处。我们也可以说苏菲裹着一条毛茸茸的毯子。妮科莱特真的是吓到了这只可怜的小动物。

“夏洛特小姐，还有苏菲小姐。”马库斯用自己一贯的热情欢迎我们，“二位终于到了！”

在他身后的食尸鬼们已经蠢蠢欲动了，看起来他们已经极其不耐烦了。他们会竭尽全力为难我们吗？我微微一笑，有些触动。

“根据我们得到的信息，你手里掌握着下一条线索。”为了继续这个游戏，我一脸神秘地问道，“你可不可以把这条线索给我们呢？”

“小姐，您需要自己找到这条线索。”马库斯回答道，语气同样神秘，“它就被藏在榻榻米下。”

“你会帮我们一起寻找这条线索吗？”

一个微笑在马库斯瘦削的脸上绽放出来：“不不不。我们的存在就是要阻止各位找到这条线索！我的朋友们，各就各位！”

每一个食尸鬼都猛冲向自己所在的榻榻米。我挑了挑眉。

“如果各位想掀开榻榻米，就需要打败站在榻榻米上的食尸鬼！”马库斯解释道，他兴奋得如同一只跳蚤，“这很有趣，不是吗？”

其他的食尸鬼开心地咯咯笑了起来。我要崩溃了。打败食尸鬼？马库斯是在开玩笑吗？人有能力战胜食尸鬼吗？并且，我们根本不可能第一次就猜到那张藏有下一条线索的榻榻米！

艾利亚斯向前走了一步。啊，是的，瞧瞧……

“哦，不行的！”马库斯突然警觉起来，他一边摆动着双手一边喊道，“艾利亚斯先生，实在不好意思，您不能参与到这个寻宝游戏中！”

“为什么？”艾利亚斯赌气地问，“我也想玩这个游戏！”

“不不不！这是给夏洛特小姐和苏菲小姐准备的游戏！”

“可是她们说很希望我可以跟她们一起玩！”

救命呀……

我转过身去，用目光向苏菲求救，而她却注视着食尸鬼们，目光里混杂着惊愕。我没有办法在她那儿得到任何帮助了。丸子选择在这个时候将头从苏菲手肘处抬起来疯狂地吼叫。

其中一个食尸鬼发出了一声惊恐的尖叫："这里有条狗！快跑呀！"

慌乱就如同冲击波一般蔓延开来，这些以尸体为食的生物开始向各个方向逃窜，在不到10秒钟的时间里，武馆已经空空如也。我用一只手盖住了自己的双眼。这都是些什么乱七八糟的呀！还有，在被告知苏菲会来到天蝎庄园的时候，我就将自己那个记录了庄园里所有生物的小本子给藏了起来。我甚至都没办法将这条新信息记录下来！

"啊……夏洛特？"我的朋友苏菲结结巴巴地开口问道。

"别问我发生了什么，"我疲倦地叹着气，"我什么都不知道，这一定是……一种舞台效果。你怎么看？"

苏菲有些难以置信，但还是勉强接受了这个解释，将丸子放到了地上，把从发辫中散落出来的发丝重新别回耳后。丸子向前走到了绿色的榻榻米上，高高地将头扬起。很显然，对此它非常开心。

"我们现在只需要找到那条线索就可以了。你们能帮我把榻榻米都掀起来吗？"

我们在武馆深处的一张榻榻米下方找到了一个信封。我将这个信封打开，把里面的两页纸摊开放在地上。这又是一张平面图！这一次，是一张花园的平面图。这一次的"十"字被标识在了森林巨魔成行排列的棚屋处，距离庄园巨大的菜园并不远。另外还有一张书写漂亮的精美卡片，可是我看不懂上面的文字。

“我真是不敢相信！”苏菲抓起了那张卡片惊呼道，“这是一张邀请函！也许是一场舞会的邀请函，不是吗？”

“你会说这种语言吗？”我高兴地问。

“会一点儿，这是意大利语。我在大学的时候学过两年。”

啊，是的，这就合乎逻辑了。首先，这就为瓦尔德送我们去威尼斯提供了一个很不错的理由。

“我们是去参加一个舞会吗？”我诧异地问道。

“嗯……实际上，不是这样的。我觉得我们是要去参加一次会议。‘Il Congresso scientifico per le colture biologiche di…trifoglio’？”

“这句话是什么意思呢？”

“啊……这应该是一个三叶草生态种植科学研讨会……”

我和苏菲都很困惑。这是不是密码呢？

艾利亚斯躺在地上，用他那明亮的眼睛盯着我看。这样看来，艾利亚斯应该知道这个会议是什么鬼。那他是否得到允许可以把这件事说出来呢？或者在苏菲面前，他需要保守秘密？总之，艾利亚斯保持沉默。好吧，这样看来，这个会议应该与之前那张照片上的猎灵人有关。这个谜一般的寻宝游戏的碎片，开始在我的大脑中拼凑出一幅完整的拼图。无论如何，瓦尔德已经成功地确定了这个猎灵人将会去参加这个会议。所以，作为天龙家族的一员，瓦尔德如果跟踪他的话，就一定会被发现。因此，瓦尔德想派我去跟踪这个猎灵人，看看他究竟在这个三叶草会议上等待何人……现在我就更明白为什么亚当会如此气恼。

“这个会议是在威尼斯举办吗？”我问。

苏菲将这封邀请函从头读到尾，然后将它重新折好。

“是的，这个会议将于明天下午五点举行。不过，邀请函上没有标明具体地点。上面只写了‘随后会提供更多信息’。”

我挑了挑眉，有些困惑。这很奇怪，不过与此同时，我们还没有结束这场寻宝游戏。我重新站起身，问道 :“我们继续吗？”

独腿老园丁古斯塔夫坐在小棚屋前的一把木头椅子上，这些小棚屋都是用漂亮的木板搭建成的。古斯塔夫正闭着眼睛晒着太阳，双手交叉在他那条绿色的围裙上。布满皱纹的脸庞隐藏在大大的草帽下，即便在休息的时候，他也保持着微笑。他身边放着拐杖、皮手套，还有三只肥硕的大南瓜。他身后是一大片菜园，菜园的颜色从赭石色到红色有着深深浅浅的变化。小棚屋的另一头是一片树林，树林里的树木与巨魔非常相似，风吹过来，树木随风摇摆着。丸子开始摇起了尾巴，这只小猎犬一边开心地叫着，一边猛冲向这位老人。古斯塔夫睁开一只炯炯有神的绿色眼睛，这是森林巨魔的一大特征。

“可是，这是谁呀？”古斯塔夫热情地问道,“这是我曾孙的新朋友吗？”

古斯塔夫弯下身子，抚摸着这只在他脚边打滚儿的幸福得发狂的小狗。这一点，我需要把这一点记在我的小本子上。巨魔喜欢小狗，而食尸鬼在看到小狗之后会逃跑。至于妮科莱特，我不知道自己是否可以从中总结出仙女的普遍特征，因为她给“所有生物”造成的影响都一样。我们要从“所有生物”中除去艾利亚斯。这是当然了，妮科莱特疯狂地喜欢他。

在我们走近时，古斯塔夫抬头看向我们。

“这可真是美好的一天，两位如此漂亮的年轻女士过来看我这糟老头子！”古斯塔夫微笑起来，“艾利亚斯先生，您好呀！”

“苏菲，我向你介绍一下古斯塔夫，他是庄园的园丁主管。”我边说边意识到这是今天第一个还算正常的见面，“古斯塔夫，这位就是苏菲，我在巴黎的一位朋友。”

“啊！巴黎！”古斯塔夫这个年迈的巨魔一边惊呼着，一边抓起拐杖想要站起身，“人们说世界上最优雅的女性就住在那里。我现在可以确定他们没有对我说谎。”

古斯塔夫一边说着，一边向苏菲投去了欣赏的目光。苏菲被夸奖得脸都变红了。

“那么，这里都是你在打理吧？”苏菲一边意味深长地看向菜园和四周的花园，一边小声地说道，“这真是太惊人了。就连这片树林都那么漂亮……”

“这片树林呀，”古斯塔夫转身面对着那些高大的树木，开玩笑说，“这些都是树魔。”

“树魔？”

“传说当一只巨魔死去，他的脚丫会变成树根，深深扎进土里；他的手臂变成枝丫，高高耸起，直插云霄。”

苏菲惊叹不已地顺着古斯塔夫指的树枝看去。她应该会觉得这样的说法极具诗意，而我则憎恶地看着古斯塔夫。巨魔会在死后变成树木吗？我们难道是站在一片巨大的墓地前面吗？古斯塔夫向我露出一个热情而殷勤的微笑。这样一来，我就放心了。如果这里真是一片墓地的话，这应该是我见过的最漂亮、最生气勃勃的墓地了。

“我想二位应该是在找……一样东西吧。”古斯塔夫语气神秘地继续说道。

“确实如此。你愿意把这件东西给我们吗？”

“小姐，比我直接给您更有意思的是，我们可以一起去找这件东西。二位愿意吗？”

站在我们身边的艾利亚斯兴奋地颤抖起来：“我们可以一起去找吗？它……它是不是被藏在了那个我认为的地方？”

“啊……艾利亚斯先生，我不会读心术。”古斯塔夫假装伤心地回答道，“无论如何，我想我可以确定您是不会失望的。”

“好棒呀！”艾利亚斯举起双手，原地跳起舞来。

苏菲高兴地笑起来，而我则有些犹豫。艾利亚斯开心一定不是一个好征兆……

古斯塔夫转身走向小棚屋。尽管他看上去很像是一位失去了一条腿的疲惫老祖父，但他借助着自己手中的拐杖，以一种让人为之震惊的充沛精力行走着。

古斯塔夫将我们带到了棚屋门口，门上方刻着数字“3”，然后他从围裙口袋中拿出了一串大大的银色钥匙。

“两位小姐、艾利亚斯先生，”古斯塔夫出乎意料地严肃地说道，“我将会带各位参观这间棚屋。我恳请各位不要单独来这里。当各位跨过门槛进入这间棚屋之后，请尽量不要奔跑，不要蹦蹦跳跳，也不要太大声说话。各位明白了吗？”

苏菲谨慎地挑了挑自己那红棕色的眉毛。我差不多都可以猜得出她在想些什么。古斯塔夫是不是担心我们吵醒他的齿耙和铲子呢？从另一个角度来说，单看这间棚屋的大小，如果我们都进去的话，应该也没有多少空间可以让我们蹦蹦跳跳吧……

艾利亚斯疯狂地点着头。我只是轻轻地点了点头，好奇在棚屋里面等待着我们的究竟是什么。古斯塔夫推开了木门。丸子吼起来，开始转圈，看起来有些慌乱。

“丸子，你不必担心，”这位老人热情地安慰它道，“你只要跟在我们身边，就不会有任何危险。”

丸子依偎在古斯塔夫的独腿旁，苏菲惊讶得下巴都要掉下来了。

“它听明白你说的话了！”

“这就是狗的理解力，”古斯塔夫为缓和气氛而解释道，“它听到人们叫它的名字，它就过来寻求爱抚了。”

嗯……看上去苏菲也没有比我更相信古斯塔夫说的话。不过，他并没有留给我们反驳的时间就带我们进入了这间棚屋。丸子藏在古斯塔夫的独腿与拐杖之间，艾利亚斯紧跟在古斯塔夫身后，我们也跟了上去。幽暗的光线和一丝微风让我有些意外。不一会儿，我的眼睛就适应了这里半明半暗的光线。之后，特别的一幕让我惊讶不已。一条纵深通往地下的长廊在我们面前展开，粗壮的树根在长廊的墙壁上攀爬，某些树根颜色偏暗，而另一些则散发着相当明亮的磷光，为我们照亮了道路。这些树根里嵌着一些芽孢，会跟随着我们步伐的节奏闪闪发光。我眨了眨眼睛，不过，这个迷人的幻象并没有消失。我甚至都不知道在天蝎庄园的地下沉睡着如此这般的景致！

“太漂亮了……”艾利亚斯惊叹着小声说道。

厚厚的一层苔藓被我们踩陷了下去。潮湿的微风送来了松树汁液与腐殖土汁液散发的气味儿。

“这简直太不可思议了。”当我们慢慢在这处树根洞穴中前行时，我小声说道。亚当对我隐瞒了这处所在。

“我不太确定各位是不是会喜欢参观这里。”古斯塔夫边说边露出了一个古怪的笑容。

“啊？真的吗？为什么呀？”

这位老人耸了耸肩。

哦，我们现在究竟在哪里呢？

苏菲靠近一面墙壁，她将自己的手指放到了一处发光的树根上。这处树根马上就缩了回去，附近的其他树根也动了起来，似乎试图逃离。

“它们是活着的！”苏菲赞赏地小声说道。

“它们当然是活着的。”古斯塔夫骄傲地说,“请各位继续跟着我走吧。”

似乎这处长廊已扎入了地底，但我们没有一个人对此感到惊慌。我们都忙着到处张望，无暇顾及丸子。丸子紧挨着古斯塔夫的拐杖寸步不离。

最后，我们来到了一处隆起的树根处。古斯塔夫在这里停了下来。

“夏洛特小姐，如果您愿意把手放在这处隆起上，”古斯塔夫狡黠地说,“您就可以得到那条线索。”

我没有片刻的担心。我完全被这里的美景给震慑住了，无法想象古斯塔夫会让我冒险。我向前走到隆起处，将手放在了上面。就像苏菲不久前看见的一样，树根蜷缩成了一团，一只帆布袋子出现在后方。我非常高兴地拿起了袋子。我真希望所有的考验都跟这次一样轻松。风似乎强烈了一些，树根重新抖动起来。丸子发出了一声不安的呻吟，夹着尾巴在地上蜷缩成一团。古斯塔夫用手中的拐杖敲打着地上的苔藓。

“这位可是你们的王妃，蠢货们，”古斯塔夫嘟嘟囔囔地说着，“还不快停下来。”

风立刻停了。

“怎么会这样呢？”苏菲漫不经心地问道。自从进入棚屋之后，苏菲就被墙壁所吸引，一直盯着仔细观察。

“没什么大不了的，”这位年长的巨魔微笑着回答,“祝贺各位成功地夺得了这一站的胜利！现在，我们可以从这里出去了。”

我的身体变得僵硬。可是，到底是什么东西在这里沉睡呢？

我们原路返回。这里的平静与长廊的美好都让我非常困惑。这可真是个美妙的地方！出去的时候，我们需要爬上一个陡坡，这里的景色不枉我们如此费力地攀爬。尽管 10 月末的阳光已经很微弱了，但还是有些刺眼，我需要那么几秒钟的时间来重新适应外面的光线。我又一次看到了花园里熟悉的景色。在距离我们几米远的地方，菜园里高大的植物在微风中轻柔地摆动着身体，5 个厨房小学徒一边踱来踱去，一边仔细观察着蔬菜，也许他们是在寻找晚餐所需的材料。庄园的氛围宁静安逸。

“这简直太棒啦！”艾利亚斯一边跳着一边大声叫嚷道，“古斯塔夫，谢谢你！你真是个天才！”

“是的，先生，谢谢。”依旧沉浸在棚屋魔力中的苏菲赞成地说，“我这辈子还没看到过如此这般的景象呢！这真是太美了！”

古斯塔夫深深地鞠了一躬：“不用客气。我很开心各位会喜欢这里的景色。我一向都很少赞成瓦尔德这个流氓的计划，不过，如果他的计划可以让我为各位带来快乐的话……”

“瓦尔德”这个名字将我重新拉回现实。我打开了那只一直被我攥在手里的小帆布包。里面放了两台数码相机、两只放大镜和一张折了两折的纸。我拿起一只放大镜，将它放在眼睛前方。在放大镜的作用下，我栗色的瞳孔应该大得像一个椰子。

“请各位称呼我夏洛克。”我开玩笑地说道。

“你可真神气呀！”苏菲哈哈大笑地说，“那么接下来，我们是要研究蟑螂吗？”

天啊，但愿不要这样……

“我想放大镜的作用应该是隐晦地告诉二位接下来的日子里你们的工作。”古斯塔夫指出。

“啊，真的吗？是什么工作呢？”

“侦探，小姐们，二位的工作是侦探。”

我克制住自己没有皱眉。所以，我们真的需要在那个会议上跟踪猎灵人。苏菲欢呼起来：“太棒啦！一直以来我都想成为侦探！”

“夏洛特，现在我们去哪儿呢？”艾利亚斯问道，他迫不及待地想要继续这个游戏。

我拿出了那张被折了两折的纸，这当然又是一张平面图。“十”字标识在一处我并不知道的房间，这个房间位于庄园南侧。

“我们回去吧。”

4

简报

在我说明了接下来我们的目的地后，艾利亚斯就坐立不安了。那么，在那间屋子里究竟有些什么呢？

“我在上面等着你们！”当我们走到门廊里那处巨大的楼梯口时，艾利亚斯说，“你们不要撇下我就进那个房间呀！”

还没等我们回复，艾利亚斯就跑向了右手边的走廊。

“哎，你看看，”苏菲开玩笑说，“他兴奋得就像一只跳蚤！”

“我很好奇楼上那间屋子里究竟有些什么东西，那个东西让艾利亚斯一反常态。”

“我们可以试着猜测一下！这个小家伙儿在生活中喜欢些什么呢？”

杀人。

“甜食吗？”我试探着问道。

在雀斑的衬托下，苏菲的皮肤更显苍白了。很明显，我应该尝试着说一些跟她对厨房的回忆相比没那么可怕的事。

“玩具吗？”我补充道，“他很喜欢自己的那套海盗装扮。他会一整个下午都穿着海盗服，挥舞着剑……”

“艾利亚斯穿着海盗服一定特别可爱，我应该让他穿上给我看看。”

好吧，我会告诉艾利亚斯在给苏菲做演示的时候去找一把塑料剑，不要用那把真正的剑。

我们就这样一路闲谈着爬上了四楼，没有遇到任何让我们忧心不安或者奇怪的事。丸子安静地在地毯上碎步小跑，跟在我们身后，时不时地嗅着一处窗帘或者一张独脚小圆桌。

当我们走进四楼的走廊时，看到了一个拄着拐杖、驼着背的身影。这是一位年长女性的身影，穿着黑色的连衣裙和白色围裙，头上戴着英式保姆帽。我立刻停住了脚步，现在折回去的话会不会已经太晚了？丸子也僵在了原地，仰头面向这个刚刚走过来的女人。这个女人面向我们半挺直了自己的身体。

“就是说，两位小姐终于来了……”

“娜塔莎，你好。”我说道，一个微笑僵在嘴角。

娜塔莎向丸子投去了具有穿透力的目光：“你，趴下。”

小猎犬丸子趴在了地上，尽可能保持一动不动。这只可怜的小狗狗，我们应该把它留在外面跟那些巨魔待在一起。苏菲注视着这位年迈的仆人，很明显，苏菲有些犹豫不决。娜塔莎抬眼看向苏菲：“苏菲小姐，我是娜塔莎，天蝎家族的保姆。我希望您会喜欢参观庄园。我也希望庄园的仆人们尽力让自己变得讨人喜欢。”

啊……这个就要因人而异了……

苏菲向我投来求助的眼神。

“娜塔莎，你是不是负责我们接下来需要接受的考验呢？”我鼓起勇气问道。

“考验？”这位年迈的女士逐字逐句地说道，“不是这样的，夏洛特小姐。我已经太老了，不适合做这种事。我只是想把机票交给二位。”

娜塔莎从白色围裙的口袋中抽出了一只长长的信封，用瘦长的手指将这只信封递给了我。我一边接过信封，一边向她道谢。娜塔莎耸了耸肩膀，转身背对着我们。

“夏洛特小姐，请您一定要相信。”娜塔莎一瘸一拐地走开，低声说道，“如果二位不能活着回来的话，我们一定会为二位报仇雪恨的……”

苏菲惊慌失措地看着我。

“别担心，”我一边祈求着娜塔莎这个报丧女妖不会听到我说的话，一边小声说，“她总是会说好多类似这样让人感到恐慌的话……”

苏菲疑惑不解地撇了撇嘴，我赶忙摇了摇手中的信封，说道：

“我们看看机票吧？”

看起来苏菲已经把娜塔莎的事放在一边了。

“给我看看！”

我抽出了一张白色硬壳纸，纸上印着飞机外观和机舱的照片。这架飞机相当上档次。此外，在“机票”上还印着“威尼斯”的字样与明天的日期。奇怪的是，“机票”上既没有标明航班号和航空公司，也没有标明出发时间……我皱了皱眉，这样一来，是不是还有惊喜在等待着我们呢？

苏菲低声惊呼起来：“夏洛特！我简直不敢相信！”

“怎么了？”我一边更加仔细地查看着“机票”，一边焦急地问道。

“这……这该不会是……这该不会是一架私人飞机吧？”

我瞪圆了眼睛，一架私人飞机？既然苏菲这样说了，是的，这个想法出现在我的脑海中！瓦尔德是为我们租了一架私人飞机吗？我觉得天龙家族远远没有天蝎家族富有！不过，这样看来……我应该如何预估我未婚夫的财产呢？

“这简直太奇怪了！”苏菲突然开心地感叹道，“见鬼了！夏洛特，你真是太幸运了！你未来丈夫的外公一定非常喜欢你！”

那是当然。

“还有，我们明天就要出发了！我甚至都没有必要收拾我的行李箱！”

“我希望咱们可以不用出席那个什么三叶草会议。”我说道。

苏菲一下子就平静了下来："啊，是的，该死，好吧……这应该是另一件事情的代码。"

我皱了皱鼻子，是另外一件猎灵人要参与的事情吗？如果是这样的话，我喜欢参加那个三叶草会议。

一阵吵吵嚷嚷的声音响了起来，艾利亚斯突然出现在走廊的尽头。艾利亚斯身穿一件泳衣，鼻子上架着一副泳镜，腰上套着一只大大的鸭子形泳圈。他向我们冲了过来："我已经准备好啦！我们可以过去啦！"

"啊……你就穿成这样去威尼斯吗？"苏菲惊惶不安地问道。

"嗯？"

丸子跑过来嗅了嗅小男孩儿赤裸的脚丫。艾利亚斯立刻就变得泰然自若了，他说道："苏菲，你在瞎说些什么呀？可是，你们为什么还没有准备好呢？"

我和苏菲交换了犹犹豫豫的眼神，问道："我们需要准备些什么呢？"

"好吧……就是这个呀！"

艾利亚斯套着游泳圈从我们中间穿了过去，打开了一扇大门。几分钟前，娜塔莎就站在这扇大门前面。氯气的味道扑鼻而来，我吃惊地张大了嘴巴。这就是艾利亚斯请求扎拉尔特意为苏菲修建的游泳馆吧！

我们跟在艾利亚斯身后进入游泳馆内部，一阵湿热的气息向我们袭来。游泳馆的穹顶是一整面饰有锻铁树叶图案的漂亮玻璃，中间的巨大空间被一个符合奥林匹克运动会规格的泳池所占据。泳池的两边分别架起了一座滑梯，在中心主泳池周围还环绕着一些小泳池。有一些泳池里翻滚着水泡，另一些泳池里则涌动着大小不一的浪花。3米高的棕榈树装饰着整座游泳馆，为配有柔软垫子的长椅遮阴。我无法相信这一切。他们是如何在我没有发现的情况下，特别是我还住在这里的情况下建成这座游泳馆的？

“哇，我的天啊……”苏菲叫道，“哇，我的天啊……”

如果我能说得出话来，我一定也会赞同苏菲的说法！可是……威尼斯呢？

“小姐们？”一个温柔的声音在我们背后问道。

我们转过身，铁线莲对我们微笑着，手里拿着泳衣。

“小姐们，我自作主张给两位拿来了几件衣物。你们可以在屋子最里头的竹制大屏风后面更衣。那里还放着浴巾。”

“可是……”我嘟嘟哝哝地说，“我以为……我以为……”

我迷惘地拿出了一直抓在手里的“机票”。铁线莲的眼眸里闪过一道银色的光芒。该死，她可能会想杀掉某个人了。

“小姐，那是明天的飞机。在此之前，您可以享受一下新游泳馆。”

“夏洛特，我的假期真是太完美了！啊——”苏菲发出了幸福的喊叫声。

我闭上了双眼，享受着热水打在身上的感觉，热水顺着我的后背流了下来。当艾利亚斯在泳池滑梯上不停地上上下下时，我和苏菲完成了“检测”每个泳池的任务。不过,我一直想着瓦尔德。我一个人待在浴室里，试图将所有想法按照正确的顺序排列起来。这一切都是怎么回事儿呢？我们要去威尼斯干些什么呢？如果苏菲发现了天蝎庄园居民的秘密，朱莉娅真的会将她干掉吗？在这样的情况下,瓦尔德是不是试图通过让苏菲远离这里来保护她呢？虽然我一点儿都不相信这个假设。

一阵冰凉的过堂风突然向我吹来，亚当出现在我身旁。

“亚当！”我半是轻松半是生气地小声说,“我已经告诉过你了，不可以在一位女士的浴室中现身！”

“这不是一间浴室！”亚当以同样的口吻反驳道,“这是游泳馆里的一间冲凉房！”

“这两者是一个概念！”

“不，完全不一样。而且，你也没有赤裸着身体，你还穿着泳衣呢。”

亚当斜眼看了看我的胸部。我必须得承认，多亏了铁线莲给我拿过来的这件泳衣，我的胸部简直增大了一倍。

“这件泳衣真好看。”亚当说。

“我不确定你是不是真的在说我的泳衣。”我低声抱怨道。

亚当那狡黠的微笑让我平静下来，我喜欢看亚当微笑。

“到底怎么回事？”我悄声问,“这一切都是些什么呢？”

亚当的眉头突然皱了起来。

“你是怎么理解的？”亚当低声发着牢骚。

“我们需要在一个与兔子爱吃的草有关的会议上跟踪一个猎灵人？”

亚当点了点头。

“我发现了3个猎灵人的踪迹，这仨跟索格有联系。一周前，瓦尔德和他的手下傻乎乎地消灭了其中两个。不过，我们成功地说服了他们不要杀死第三个猎灵人。”

“为什么？”我吃惊地问。

“我们需要确定这些家伙到底知道了些什么，他们和哪些人保持联系。我们不能在没有获得任何信息的情况下就灭了他们。”

我点头表示赞同。有时候，我有点儿无法理解天蝎的逻辑。不过，亚当的这个想法看起来非常有道理。

“那么，你们是在第三个猎灵人身上发现了这封邀请函吗？”

“不,不是。我们和天龙家族的人都没有接近过第三个猎灵人，但他应该意识到了我们的存在。邀请函是我们从前两个猎灵人的行李中搜出来的，他们都有邀请函。第三个猎灵人也预定了一张明天飞往威尼斯的机票。因此，我们猜想第三个人也有邀请函。”

很有逻辑，好吧……越来越接近真相了。

“猎灵人会对三叶草感兴趣吗？”我嘟哝道，我差不多已经可以确信会得到一个否定的回答。

“当然不会。”亚当靠近我，任凭花洒的水流浸湿他的脸庞。他连眉头都没有皱一下，继续说道：“我们认为这些猎灵人应该要去那里见一个人，这个人极有可能就是他们的首领，至少也是某个小头目。首先，第三个人并不知道另外两个已经死了，因为他没有取消行程。对于我们而言，这是一个机会。”

我表示同意，同时也预感到自己应该不会喜欢接下来的“旅行”。邀请函上没有留下任何地址，这一定是故意的。影子生物没有办法在不被发现的情况下近距离地跟踪一个猎灵人。如果是亚当或拉扎尔跟踪这个猎灵人的话，他应该会更改路线，永远不会到达这次会议的现场——这是最好的情况。或者他们会在游客之间展开一场殊死搏斗——这是最糟糕的情况。

“你们希望我可以跟踪这个猎灵人，并且确定他们首领的位置？”

“瓦尔德保证说自己认识一个非常可信的人类，并且这个人类还很擅长跟踪。”我的未婚夫咬牙切齿地说道，“他说自己会安排好所有的一切，而我们只需要将天蝎家族的私人飞机借给他。我们给他留下了自由发挥的空间，可是我们根本没有想到他会打你的主意。”

“那现在又是什么阻止你不反对他的做法呢？”

亚当方形的颌骨收缩了起来，愤愤地说道：“这个王八蛋已经把这件事情提前告知了暗影委员会。他借口说已经将调查猎灵人组织这件事告知了我们的首领，还宣称天蝎家族未来的王妃可以确保完成这次跟踪任务。我们没有办法在这个时候反对他，不然就会被说成软弱。此外，他们也会给你下死亡令。”

我皱了皱眉头，我当然知道这个与王妃有关的故事会有些不妙……

“这一次不会像你之前面对索格时一样了。”亚当说着又稍微向花洒下靠近了一些，将我抱住，“我不会再将你一个人留下。你只需要在猎灵人没有察觉到的情况下跟踪他就好。一旦可以确定他们见面的地点，或拍下与他接触过的人的照片，我会重新接手这件事，而你就回到这里，回到安全的地方。”

亚当的严肃让我心头一紧。亚当还在为几个星期前发生的事而自责，弄得就好像全是他的错。

“那么，相机是为了跟踪猎灵人使用的？”我用一种更为轻松的语气问，双臂环上了亚当的脖子。既然亚当已经淋湿了，那就湿得更加彻底一些吧！我也想充分享受一下他在我身边的时光。

“我还以为我们是要去威尼斯度假的呢！”

“你可以参观一切你想要参观的景点，”亚当急匆匆地说道，“飞机会等着你们的。”

“你有一架飞机？”我这才意识到这一点。

“当然啦！”

“怎么会这样，还这么理所当然？我不得不提醒你，你通过阴影移动的速度比飞机还要快呢！”

“啊——是这样的……”

一个温和的微笑重新回到亚当的脸上，他将自己那湿漉漉的额头抵住了我的额头。

“我的父亲将这架飞机作为结婚礼物送给了我的母亲。这样的话，我的母亲就可以在他执行任务的时候跟他一同前往，他们一起游览了世界上所有的城市。”

我感觉自己被这种柔情给融化了。当然，亚当说的是他的生母——弗洛伦斯，也就是拉扎尔的第一位夫人。等一下，拉扎尔的任务不就是暗杀吗?

“也许有一天你会跟着我去执行任务，对吗?”我的未婚夫满心希望地说道。

“你做梦吧!”

亚当大笑起来，我整个人都放松了下来。如果只是远远地跟着一个家伙，并且假装是在给贡多拉拍照的话，这个任务应该还好。况且，我也不是一个人执行这项任务。

“那为什么还要弄出这些骗人的把戏呢?”尽管如此，我还是这样问了，“谜语、寻宝游戏……”

“这是瓦尔德的主意，”亚当耸耸肩膀说道，“瓦尔德觉得如果他突然对苏菲提议请她去威尼斯玩儿的话，她会觉得这件事情很可疑。”

我挑了挑眉，亚当难道就找不出一个比较合理的借口吗?

“我觉得你并不太相信这个说法。”我身材高大的未婚夫用手指捏住了我的下巴，将我的头抬了起来，漫不经心地说道，“你觉得这其中还有其他原因吗?”

“我不知道。可是，如果他想增加苏菲在庄园里发现某些怪事的机会，他就有这样做的理由了。”

“你的意思是，瓦尔德原本的意图是让你的朋友苏菲去发现一些会给我们造成麻烦的事，甚至是某些会迫使我们分开的事，某些会让你的精神受到创伤并且可能会导致你跟我永远分开的事，对吗？”

一道危险的光芒闪现在亚当的眼睛里，我感觉花洒喷出的水变冷了。我惊讶地眨了眨眼睛，我之前并没有推理到如此地步，不过，既然现在亚当都这么说了……我感觉温度回升了。

“好吧，”亚当转换了一个更为轻松的语气说道，“如果瓦尔德真是那种人，我们通过这一次行动就可以一劳永逸地对他有个了解，不是吗？”

亚当向我投来了一个默契的眼神，我感觉到一股重量压到了我的肩膀上，天蝎家族的人在任何时刻都不会上当受骗。

“这也就是为什么艾利亚斯会一直跟着我们。”我恍然大悟地轻声说道。

“在他遇到第一个小困难的时候就会呼叫我。无论是一个什么样的困难，我都会立刻出现将它摆平。”

我思考了一下：“亚当？”

“怎么啦？”

“在3号棚屋里有些什么东西呢？”

我的未婚夫睁大了眼睛，惊呼道：“你们去那里参观过吗？”

“是的。”

亚当突然沉下脸，开始暗自低声抱怨那些巨魔可真是呆头呆脑的，真的不能完全信任自己弟弟之类的话。亚当并没有回答我提出的问题。

意料之中……

晚餐时，瓦尔德已经回自己家了，而朱莉娅则借口偏头疼将自己锁在了房间里，因此晚餐要比午餐愉快多了。当苏菲跟拉扎尔讲到我们进入发光的树根长廊时，拉扎尔正在吃着烤红薯和小南瓜，他似乎被噎了一下。不过，艾利亚斯随后就提到了那间游泳馆，他讲的趣事就如同晚餐甜点一般美好。我真的需要去打探一下那条发光的树根长廊。当我跟拉扎尔讲到食尸鬼打算攻击我们的时候，他连眼睛都没有眨一下！

我们转移到客厅喝咖啡。客厅里摆放着一张米色的沙发和几张相同颜色的扶手椅，大理石壁炉里燃着炉火。我们用炉火烤了些栗子。我感到非常平静，在类似这样的时刻，天蝎家族与任何一户正常人家都一样：亚当的手指因为剥栗子壳而变得黢黑，艾利亚斯在尝试着将栗子快速吃掉的时候烫伤了自己的舌头，拉扎尔时不时地往炉膛里添上几块柴火，苏菲从容不迫地抚摸着躺在她膝头的丸子。我舒舒服服地叹了口气——至少，苏菲和丸子看起来在精神上并没有受到什么伤害。那么明天，我和苏菲就要飞往威尼斯了。但愿一切顺利吧！

当然啦，当我回到卧室的时候，我在自己的那张帷幔床前发现了一只行李箱。这只行李箱应该是铁线莲为我准备的。我打开行李箱，快速地检查了一下物品：款式非常经典的牛仔裤、厚实朴素的羊毛套衫、墨镜、鸭舌帽、皮筋之类扎头发的必需品、风衣……我如释重负地叹了口气。这样看来，铁线莲应该是牢牢记住了我和苏菲去威尼斯是为了盯梢一个猎灵人。一开始，我还担心铁线莲会给我准备一些奢华的连衣裙，因为她喜欢看我穿连衣裙。如果我决定穿其他衣服，铁线莲就会为此哭上一会儿。有时候，我也很好奇铁线莲的哭泣是不是一种应急反应……

当我将行李箱合上时，亚当来到了我的房间。

“我们应该商定一个暗号。”亚当一边将身后的房门关上，一边说道。

“一个暗号？”

“是的，根据我对你的了解，你无时无刻不处于恐慌之中，比方说飞机的起飞和降落都会让你感到慌张。我不知道你究竟在什么时候真正需要我在你身边。”

“什么？”

“因此，我们需要商定一个暗号。”

我将双臂交叉在胸前，犹豫着要不要将我的恼火表现出来。瞧瞧我过的生活吧，谁能做到不恐慌呢？

“理想的做法就是，”亚当继续说道，看起来他并没有注意到我的态度，“你可以用自己的心跳发出莫尔斯电码，或者，在你需要我来你身边的时候给我发送一个 SOS 紧急求助信号。”

我惊愕到一时想不出什么巧妙的回答，用我的心跳发出莫尔斯电码？

“SOS 紧急求助信号，”面对我的沉默不言，我的未婚夫解释道，“就是三下急促的心跳外加三下迟缓的心跳，然后再加上三下急促的心跳。”

“亚当。”我低声抱怨道。

“怎么啦？”

“如果我需要你出现在我身边的话，我会给你发一条手机短信，或者给你打一通电话。”

“啊……”

亚当若有所思般地将眼前的棕色发绺扒拉到脑后：“是的，这也是一个不错的主意。”

5

遇见威尼斯

飞机顺利地降落在威尼斯的马可·波罗国际机场。自从菲尔曼开着劳斯莱斯汽车将我们送到巴塞尔机场起，苏菲的热情就没有减弱过。她那具有感染力的愉悦情绪首先影响了丸子，丸子已经消停不下来了。尽管我很想保持警觉，但苏菲的情绪还是感染了我。40分钟的飞行时间并不够我们从头到尾、完完全全地将这架飞机研究透彻。这架私人飞机没有电影里那么大，不过飞机的板壁上布满了巧妙的暗格。苏菲找到了藏匿花生与储存酒水的秘密地点，我则翻到了一套解剖刀、一柄长长的扁平剑——剑柄上有三个希瓦罗人风格的人头。我还翻找出了皮质手铐。我赶紧将这些暗格关了起来。不过，我的老天爷呀，手铐究竟是做什么用的呢？

当我们的飞机降落在威尼斯马可·波罗国际机场时，意大利的天空布满了预示着大雨将至的厚重乌云，这就给高大的红砖建筑物与由白色支柱支撑的玻璃航站楼蒙上了一丝忧伤的气息。我无法抑制一丝丝的失望。在我看来，意大利就是阳光、坐在露天卡座吃冰激凌、穿着开口衬衫的古铜肤色帅气男孩儿的代名词。很明显，在10月底，那个从停机坪奔跑过来，在舷梯下方接待我们的男人穿了一件扣子扣到最高处的夹克。当我们走下飞机时，刮来了一阵狂风，我的耳环被吹得叮当作响。真是太可怜了！幸亏铁线莲记得在行李箱中放了一些可以把我的头发紧紧扎起来的头绳！我们拖着箱子一路小跑，穿过了噪声嘈杂的停机坪。

“我们的行程是怎么安排的？”顶着一头红棕色乱发的苏菲问道。这个时候我们已经走进了航站楼，发动机嘈杂的声音在我们身后渐行渐远。

“在那个神秘人降落之前，我们还有时间去酒店把行李放下，然后再吃个午饭。”我一边试图重新将头发梳理好，一边回答，“然后，我们就开始跟踪他。如果邀请函上的信息无误的话，那个会议应该在下午五点开始。”

“那然后呢，我们可以坐着贡多拉在威尼斯逛一圈吗？”

“啊……好的……”

“太棒啦！”

我被苏菲的活力感染。无论如何，她说得很有道理，我们应该尽可能享受在威尼斯的时光！

我们沿着走廊前行，很快就遇到了旅游城市机场中常见的情形——航站楼里挤满了人。在人群中，我看到一个面带微笑的年轻女子，她盘着一个紧紧的发髻，穿着非常优雅的海蓝色套裙，露出了自己修长的美腿。她的手里举着一个写着“夏洛特·拉罗什”的牌子。瓦尔德难道还预定了私人接机服务吗？

“太高档了！”苏菲在看到了这个年轻女子之后惊呼道，“我感觉自己在和摩纳哥王妃一起出行！”

一个问题闪现在我的脑海中。摩纳哥的居民会比天蝎庄园的居民多吗？我不太确定……

女接待艾格尼丝将我们送到了一处河道旁。河道里停着十几条贡多拉，还有两条不算太具有地区特色的船只，这些色彩缤纷的船只在呼喊声中排成一排。风一直在吹，以至于在不到 10 秒钟的时间内，我就打消了整理发型的念头。好吧……这里也没有什么我想要勾引的人……

我们登上了一条狭长的木船。一般来说，船的发动机被隐藏了起来，好给这条船蒙上一丝古老的气息。艾格尼丝的法语说得相当不错，在乘船前往酒店期间，她给我们讲述了这间酒店的历史。苏菲听着她的介绍，眼睛愈发明亮，而我则有些漫不经心。艾格尼丝讲述着乔治·桑与缪塞发生在意大利的爱情故事，这没有激起我多大的兴趣。我正贪婪地看着周遭的环境，感觉自己被送回了两个世纪之前。有时，我可以看到水道两旁的人行道；有时，我还可以看到直接搭建在水中的房屋。我们的船在宽阔的河道里行驶了一段之后，驶进了越来越狭窄的水道。阳光被房屋遮挡了，无法射进这些狭窄的水道中。后来，我终于意识到自己惊讶得连嘴巴都张开了。

我们到达了一处面向水道敞开的大门，大门前安设了一扇铸铁屏风，酒店老板就在铸铁屏风前等着我们。

“小姐们，欢迎来到达涅利酒店。”他说着一口地道的法语，“希望二位度过了美好的旅程，非常荣幸可以在酒店接待二位。”

我们跟在他身后走进了酒店，两个侍者负责将我们的行李送进房间。丸子将自己缩成小小的一团，跟在苏菲脚边，很明显它感受到了什么。我们走进由奶白色和金色石板铺砌成的宽敞大厅，褐色的大理石柱直冲装饰有金色花纹的天花板。雄伟的楼梯通向二楼，我只看到了二楼拱形长廊的入口。难以置信。这间酒店几乎跟天蝎庄园一样富丽堂皇！不过……酒店老板真的是人类吗？员工们是人类吗？这个酒店老板应该是一个小精灵！

“如果二位有什么需要的话，可以去前台。我们会在前台将二位在威尼斯会使用到的交通票券发放给二位。交通票券与二位的预订相符。我们准备了威尼斯水上巴士与普通巴士的一周无限次使用套票。”

“谢谢。”我回答道，就如同我知道威尼斯水上巴士究竟是什么一样。

“如果我们可以为二位在威尼斯的旅行效劳，请一定告诉我们。”

“前台的工作人员可以告诉我们附近不错的餐厅吗？”我问道。

“当然啦，小姐。”

我最后的恐惧也消失得无影无踪了，我们应该可以度过一个绝妙的假期！

两个半小时之后，我的头发已经被紧紧扎好，肚子也被培根意面填满，这应该是我吃过最好的培根意面了。我、苏菲还有丸子又回到了马可·波罗机场的航站楼。航站楼内部的闷热与外面的“凉爽”形成了鲜明对比。我们将风衣搭在手臂上，从长椅中间穿过。长椅上坐着因为出门旅游而过于兴奋的一家人，还有一个精神萎靡不振的嬉皮士。

“豪华酒店，”苏菲长叹道，“还有一间我独自享受的豪华套房，从那里可以看到圣·马可广场……”她一边说着，一边用手给自己扇着风，似乎就要晕过去了。

“是你和丸子共享了那间套房。”我开心地纠正她道。与此同时，我的眼睛扫向了公布到达航班的屏幕。

“你知道吗？就连丸子都有一个浴缸般大小的睡篮，里面还铺了垫子。这可真是太奢华了！夏洛特，我真的无法相信你未婚夫的外公出手会如此大方！”

是的，我也不敢相信。既然我已经知道瓦尔德向天蝎家族借了一架私人飞机，我就不会怀疑他会在合适的时间将酒店账单送到拉扎尔面前。

“我希望你已经给你的房间拍了一些照片。”苏菲捋着她红棕色的发辫继续说道，“我自拍了好多张，我把这些照片都上传到脸书上了！”

“飞机降落了！”我突然打断了苏菲。

“嗯？”

“那个神秘男人的飞机已经降落了。他应该不久就会出现。”

“太棒啦！所有人各就各位！”

我们钻进人群中，溜进了5分钟之前就看好的隐蔽墙角。苏菲很确信我们将要跟踪一个被我未婚夫的外公聘请来的演员。这个间谍游戏她玩得很投入。在长时间投入这个游戏后，我竟也激动不已。无论如何，我们究竟会面临何种危险呢？

我们没有等待很长时间，神秘男人就出现在乘客中。他手里拎着一只小小的商务旅行箱，鬼鬼祟祟地观察着周围的情况。这个人的相貌冷不防地就让我失去了勇气。虽然他将自己裹进了一件风雨衣中，把脸隐藏了起来，只露出眼睛，衣服的下摆一直垂到他的脚踝处，但他那矮小的身材、粗壮得几乎呈正方形的体型，还有那突出的眉骨与黑色的平头让我几乎毫无疑虑地就确定了他的身份。我甚至可以发誓又一次看到了转世重生的威廉·索格——那个在上个月差点儿把我干掉的家伙。逃跑的欲望折磨着我的胃。

“是他，”苏菲过于兴奋地小声说道，“就是他！”

丸子热切地大叫起来。所幸，在喧闹的机场中，丸子的叫声并没有引起猎灵人的注意。我重新振作起来，来吧，应该不会有什么意外发生。这个人既不知道我的存在,也不知道我是谁。那么,除了拥有猎灵人的记忆之外，我是在害怕什么呢?

猎灵人迅速地穿过了航站楼，期间还不断地观察着周围。亚当之前就告诉过我，这些人都有些偏执狂倾向。确实如此!不过，他并没有向我们这里看过来。他不需要取行李吗?看来他并不打算在这里逗留多长时间。我们应该寸步不离地跟着他。

“我们出发吗?”我小声对苏菲说道。

“那还等什么?赶紧跟上去呀!”

我们一边将风衣套上，一边尾随着猎灵人走出了航站楼。他买了一张水上巴士船票。嗯……如果我们和这个家伙上了同一艘水上巴士的话，他就会看见我们，这无法避免。如果不久之后他又看到了我们，他一定会起疑心。苏菲立刻行动，在水上出租车司机极为惊讶的眼神中跳上了船。

“司机先生，请跟上那辆水上巴士!”苏菲一边指着那条船，一边叫嚷道。

水上出租车司机注视着苏菲，鸭舌帽下他那双眼睛瞪圆了。我的朋友向我露出了一个灿烂的笑容。

“一直以来，我都梦想着可以干一件像这样的事。好吧，你上来吗?”

我毫不迟疑地跳上了船，坐在苏菲身旁。苏菲在不停地用意大利语对司机下着指令。司机耸了耸肩，带着对游客古怪行为见怪不怪的神色启动了发动机。

“你没有想过坐水上出租车吗？”苏菲问道。

“没有，”我坦诚道，“我不太喜欢出租车，我比较喜欢巴士。”

“你还没有反应过来自己已经是个有钱人了吗？你和你的未婚夫在一起后应该具备有钱人的意识了！”

我的脸沉了下来。可以肯定的是，苏菲已经和亚当聊过了。亚当总是批评我的“穷人意识”。

水上出租车将我们带进了威尼斯城内，猎灵人在距离圣·马可广场不远处下了船。我皱了皱鼻子。知道这样一个家伙会在离我居住的酒店如此近的地方住下，我感到非常不快。我们让船停下，在我跟司机付清费用的时候，苏菲与丸子为了不跟丢我们的目标先下了船。那个不知名的猎灵人走得很快，不过我们并没有跟丢。他进了一家墙体遭到潮湿气息腐蚀的小旅店。我从包里取出相机，对着这家旅店拍摄了一系列照片。即便我们无法成功确认他们开会的地点或弄清楚与他来往的家伙，至少可以告诉亚当他晚上在哪里过夜。

“我们现在做些什么呢？”苏菲有些狼狈地问道，“我们需要跟着他进去吗？”

我撇了撇嘴，即便这个男人并不认识我，也完全没有注意到我，我还是想跟他保持距离。除此之外，会议的开始时间为下午五点，现在距离下午五点还有差不多两个小时。这个男人应该也没有得到前往会议地点的任何信息，除非我的信息有误。

“我们先在外面等10分钟吧，”我说道，“如果一切顺利的话，他只是去将自己的箱子放下，然后会再次出发。如果不是，10分钟后我们去旅店前台咨询一下他的房间号。”

“很有道理！”苏菲兴奋地说道，“无论如何，他应该知道有两个女孩儿还在跟踪他，他是不会待在房间里的。他一定会再次出门好让我们继续跟踪他！”

“就是这样！”

苏菲心满意足地蹲下身子抚摸着丸子，吐着舌头的丸子一边摇着尾巴一边耐心地等着，它已经做好了玩耍的准备。我重新找回了从容不迫的感觉。这个猎灵人应该不会对两个女性人类和一条如此可爱的狗狗产生什么恶意。索格也在即将对我下手的那一刻退缩了，因为猎灵人不会无缘无故地怨恨人类。

8分钟后，猎灵人从酒店里出来了，他依旧把自己的身体包裹在那件过长的风雨衣中。这段时间完全够让风将我那紧束的马尾吹散。可是，这一次他的脚上穿了双大大的靴子，而且他也没有拿自己的行李箱。太好了！这家伙在旅店外面站了一会儿，用眼神仔细观察着他周围的广场、水道与小街巷。当他向我们这个方向看过来时，我和苏菲躲进了藏身的屋角，我的心跳飙升到每分钟一百下。不过，我并不是一个人在战斗。我感受到了苏菲急促的呼吸声，她跟我一样紧张。当我们再一次冒险将脑袋伸出来时，他已经转身走向了左边那条小街。他将手揣进了口袋里，快速前行着。对于他这样的短腿而言，他的步伐简直可以算得上是谜一般的快了。

“我们会跟丢他的！”苏菲喊道。

“快走！”

我冲了出去，丸子紧紧跟在我身后。我在他身影消失的街角处，小心谨慎地看了一眼。这个男人正在威尼斯水上巴士站点等船，这就是我们得到的信息。该死。我们得再找一艘水上出租车，而且决不能拖延。

苏菲跟了上来。

“他还是要乘坐水上巴士吗？”苏菲小声问道。

我没接话。猎灵人看了看水上巴士的时刻表，从口袋中取出一张地图。在他打开这张地图时，我就已经认出来了。几个小时之前，我们在酒店里也拿到了一张同样的地图。地图上标识出了威尼斯的旅游景点与公共交通线路。如果我们运气好的话，他应该不会有耐心等水上巴士到站，而会步行前往他该去的地方。他对着那张地图研究了半晌，然后向着圣·马可广场的方向迈开了矫健的步伐。这可真是太棒啦！

我们一边小心谨慎地与他保持着距离，一边跟着他前进。一刻钟之后，我们来到了圣·马可广场，数量相当的游客与鸽子在这个铺砌着灰色石板的宽阔广场上漫步。丸子开始疯狂地大叫起来，并且到处跳来跳去。

“它很喜欢追在小鸟后面跑。”苏菲有些烦恼地跟我略略提了一下。与此同时，她拽紧了丸子的牵引绳，试图拉住它。

“你觉得狗追鸽子应该被禁止吗？”我用相同的口吻问道。

“你说得很有道理。算了，你未婚夫的外公要替我们支付罚金啦。”

“嗯？”

苏菲俯身解开了丸子身上的牵引绳。这条小猎犬狂喜地猛冲向距离自己最近的那群鸽子，用尽自己最大的声音吼叫着。

“这真是太棒了，”苏菲一边将我拉向了相反的方向，一边兴奋地小声说道，“我都可以感觉到它的兴奋。我感觉自己在拍摄一部侦探电影，而丸子像在打掩护，它就像一条基因突变而智力超群的狗！”

好吧……

猎灵人混在排队等待参观的人群中，他以一种近乎不礼貌的方式使劲儿盯着每一个与他擦身而过的人。他是不是在寻找自己的联络人？他越发将自己的鼻子埋入领子中，看起来他的精神高度集中。我无法自控地靠向苏菲。他是在寻找自己的联络人……还是在寻找可能在威尼斯闲逛的神奇生物呢？

“他在试着将我们找出来。”苏菲一边开心地说着，一边退到了一群手持相机、架着墨镜的游客身后。不过在阴天的威尼斯，墨镜着实是一件没有任何用处的物品。她继续说道：“他知道我们在跟着他呢。”

尽管我不想这样，但我还是抿紧了嘴唇。但愿不要……

猎灵人迈着谨慎的步伐，随着等待的队伍前进。借着这个机会，我抬眼望向那栋巨大的建筑物，最高处由晶莹闪亮的穹顶与圆柱构成，夺目的颜色着实让我大吃一惊。苏菲从口袋里拿出了酒店提供的旅游指南。

“这是圣·马可大教堂。”苏菲一边快速阅读着上面的经典简介一边说道，“我记得教我意大利文的老师说起过与这座教堂有关的故事。在宗教战争与十字军东征期间，威尼斯派去自己的舰队洗劫了拜占庭王国，将所有劫掠的艺术品带回了威尼斯的圣·马可广场，并且用这些艺术品装饰了这处广场。”

“这挺有意思的。”我对着拱门拍下了一张照片——猎灵人就站在拱门前方。“那些威尼斯人是不是没能劫掠足够的同一色彩的物料呢？他们是不是只能马马虎虎地将抢来的东西拼凑起来？”我继续问道。

苏菲扑哧一声笑了出来：“确实如此！这些雕塑也是同理，威尼斯人将这些圆柱与雕塑摆放在这里，彰显威尼斯的海上霸权。”

我有些不解地挑了挑眉，说道：“将自己的无耻彰显出来，这能算得上是权力的象征吗？”

“啊……这个……我们说的是那些为了某一宗教而战的人们。从根本上来看，他们并没有多么凶恶。”

这倒不假。

我们安静地跟在那个一直放慢速度前进的猎灵人身后。

“他给我们留下了时间参观，他还真不错！”苏菲扎紧了发绳兴奋地说道，“你觉得他已经发现我们了吗？”

“我希望没有……”

“等到这个游戏结束的时候，我一定要跟他照一张合照。”

不过，当然啦……

在距离我们不远的地方，一些工人围着圣·马可广场搭起了一条木板路。在游客们好奇目光的注视下，他们已经结束了自己的工作。这条木板路要稍微高一些，这里会进行一场演出或者是一次什么活动。

猎灵人稍微加快了步伐，想走到另一处哥特式拱门建筑前方。至于这座建筑，无须苏菲跟我介绍我就能将它辨认出来。这座建筑几乎会出现在所有与威尼斯有关的照片上，它就是威尼斯总督宫。在这里，这个男人又一次放慢脚步仔细审视着游客们。因此，我们躲藏在游客中，跟着他沿着威尼斯总督宫走着。他步伐缓慢地向前，一直走到了临海的石板路附近，然后又折返了回来。我跟苏菲赶紧躲到一根柱子后面。苏菲扑哧一声笑了出来，而我则稍显紧张不安。其实那男人看都没有看我们一眼。我们又回到了圣·马可大教堂前。这一次，我们的目的地变成将广场环绕起来的石拱门长廊。我用眼角瞟到丸子开心地竖起了耳朵，冲向广场上的鸽群。它如同一个 4 岁孩子般活力满满地从一个小水坑跳到另一个小水坑。当我们回到酒店的时候，但愿丸子身上还是干干净净的……

我突然间感到非常困惑，水坑？我更为仔细地看向地面。在我们第一次来到这里的时候，我没有发现任何水坑的存在。天空虽然阴沉沉的，布满了乌云，但并没下雨。可是，圣·马可广场上布满了水坑。我怎么会忽略了这样一处细节呢?

“这儿真是太漂亮了!”站在我身边的苏菲抬头看向了我们用来躲避目标视线的石柱,充满幻想地说道,“我真想在这里生活呀!我……”

我不断轻咬着自己的嘴唇,我应不应该跟她聊聊这些水坑呢?如果这是一个神奇的现象或者突然有一个生物出现杀死了这个猎灵人的话,我们应不应该跑开呢?

尖叫声回荡在广场上,我的心跳得更快了。这些叫喊声到底来自哪里呢?

嘈杂的声音从我们周围的游客间不断传来。不过,看起来没有人显得焦虑不安。到底发生了什么?苏菲皱起了眉头:“发生了什么事?”

“我想这是因为水坑的缘故。”我谨慎地回答道。

苏菲审视了一下地面,突然转向我,抓住了我的手,脸庞因为兴奋而变得闪闪发光。她嚷道:“我的天哪!夏洛特——”

“怎么啦?”我不安地问。

“我真的无法相信,我真的……你未婚夫的外公真是一个天才!那边那个家伙,就是他!他一定是一个演员!就是因为这样他才走得这么慢!他在等待这件事的发生!”

这件事?

“可是你到底在讲些什么呢?”看到她激动地颤抖时,我变得越来越警觉。

“他是特意把我们带到这里来的！我们将会看到威尼斯‘洪水’！”

“什么？”

“威尼斯‘洪水’！教授我意大利文的老师曾经给我们讲过，海水将会湮没整个广场！”

这一次轮到我惊到下巴都要掉下来了。海水……将要湮没圣·马可广场？

“我们得赶快跑了！”我不安地说道。

“不，不需要！漫溢到广场上的水只会达到10厘米的高度，不会更高了。现在我终于相信了。我们没有听到预告水位将会上升到更高的警笛声，不是吗？”

我眨了眨眼睛。警笛声？没有，不过在这期间，我也没有留心。

“我简直不敢相信！”苏菲顿足道，“现在就是最好的季节。除此之外，现在还刮着这么可怕的风！这就是热风！”

“热风？”

“这种热风会阻止海水重新从威尼斯的潟湖中流出！”

这种热风会阻止海水重新从威尼斯的潟湖中流出？等到下一次我离开法国之前，我会读一些文献资料。地上的水坑慢慢变大，某些水坑已经连在了一起。游客们开心地涉水而行，不断用照相机噼里啪啦地拍着照片。我突然感觉到非常麻木，可以说，一时间，我在想会不会有一种生物突然从某个地方出现，与猎灵人打斗起来。在天蝎庄园的影响下，我对“正常”的定义有了新的理解。

突然间，我又将头抬起——那个猎灵人！但愿他没有趁我们不注意的时候溜走！

我马上就安下心来。他虽然向前行进了一些，但一直都没有离开广场。我更加理解他为什么会穿上一双大大的靴子了。他知道威尼斯会发“洪水”这件事情。如果水真的会漫到 10 厘米的高度，我的篮球鞋就会变成水族馆。我朝周围看了一眼，游客们开始跳上圣・马可广场周围那圈木板小路。啊，这样看来木板小路并不是为演出而准备的。好吧，并不完全如同我的想象。

“水流真的不会把所有的一切都带走吗？”我依旧有些不安地问。

苏菲放声大笑起来：“当然不会啦！水会从地下渗出来，然后会再次渗入地下。这不是海浪，就是潮水而已。”

我一边用眼角的余光瞟着猎灵人，一边轻咬着自己的嘴唇。就潮水吗？无论如何，就是这升起又落下的水才引来了一整船一整船的游客。圣・马可广场很快就被渗出来的水淹没。我并不希望跟丢目标人物。我们隐藏在被奇特事件吸引的人群中，来确保尽可能安全地监视猎灵人。

“我们应该向前去一些，”我提议道，“不然的话，在这么多人中，我们可能会跟丢这个神秘人。”

苏菲热情地表示赞同，拿出了自己的照相机，瞄准了消失在一层薄薄水面下的广场石砖。嗯……苏菲很确信这个“演员”特意将我们带到了这里，让我们观看威尼斯“洪水”，并且让我们充分体验威尼斯“洪水”的震撼。因此在这一刻，苏菲没有发现加强监视的重要性。我耸了耸肩膀，将注意力转移到那个猎灵人身上。他在售卖纪念品的小商店前停下了脚步。这些小商店店主将放着明信片的陈列架、挂满了T恤衫和鸽子形状毛绒托盘的衣帽架搬回了店内或放到了高处。我眯了眯眼睛，这家伙在干什么呢？是在一个劲儿地盯着那些小商店仔细观察吗？他是想买上一顶印着贡多拉图案的鸭舌帽吗？我谨慎地用相机对准他，将焦距拉到最近。猎灵人一边皱着鼻子一边读着小商店的名字。他正在与一个年轻的售货员交谈。这个年轻售货员的肤色被晒成了完美的古铜色，他的手里还拿着钥匙链。他们之间的对话看起来有些不流畅，很显然，这个意大利人完全不明白他到底在说些什么。看到这个售货员是如此竭尽全力希望明白他在说些什么的份儿上，我忍着笑意拍下了一张照片。这张照片会逗笑天蝎家族的。这个年轻的售货员终于指了指圣·马可广场另一边的某一处地方，猎灵人毫不客套地转身离开了。这些意大利男孩儿总是那么讨人喜欢。

我用手肘撞了一下苏菲：“我们得穿过这个广场。”

“没问题！”两只脚都踩进水坑里的苏菲婉转地说道，“可以确定的是，这个家伙将会给我们上演一出恶作剧。我们是选择涉水而过呢，还是走那处干燥的人行道呢？”

我看了一眼木板路，走在上面的人简直太多了。我们是永远都不可能从那里赶过去的。

“我们涉水而过吧！”

“哦，太棒啦！”

一刻都没有耽误，我们冲向了广场中心，踉踉跄跄地穿行在游客中。游客在水深已经一厘米高的广场上涉水前行，有的穿着靴子；有的用垃圾袋把腿裹了起来，这操作并不愚蠢；最为勇敢的游客干脆直接将鞋子脱了下来。我撇了撇嘴,如果我想受凉的话，也可以这么干。我看了看手表，现在是下午四点十五分，在这里转来转去已经花去了我们45分钟的时间了。如果这个顽皮大王想要按时参加他那场三叶草会议，他现在就必须行动起来了！

我们来到圣·马可广场的另一端，那里有一处修建在石拱门下的长廊。无论如何，希望我们没有被发现。不过因为猎灵人一直径直地向着前方行进，我感觉自己相对有了些自信心。苏菲将她那布满雀斑的鼻子埋进了酒店提供的游览指南中。

“那么，这里就是新行政官邸了。”苏菲拍着一处圆柱，向我讲道,“我们刚才路过的地方是旧行政官邸，现在那里都是些小商店。Nuove是新的意思，而Vecchie就是旧的意思。”

“这栋建筑是新的？”我天真地抬头望向这栋建筑物，我会毫不犹豫地认为它已经有500年的历史了。

“在1582年威尼斯兴建这座建筑物的时候，可以算得上是新的。”

我们扑哧一声笑了出来。

“那边就是著名的佛罗莱恩咖啡馆。”苏菲指着那间装修有些过时的咖啡馆继续说道，而猎灵人就站在这家咖啡馆前面。

“这家咖啡馆为何而著名呢？”

“那我就不清楚了。”

我耸了耸肩膀。

“真可惜，”我嘟嘟哝哝地说道，“如果这是一家著名咖啡馆，那就值得给它拍一张照片。”

我将相机镜头对准咖啡馆。咖啡馆的内部似乎吸引了猎灵人的全部注意力，我谨慎地眯了眯眼睛。玻璃反射的光芒使得我从所处的位置看不清咖啡馆内部的样子。我很好奇里面的东西除了著名的旅游商业场所固有的高价之外，还有什么值得人们追捧的。咖啡馆的大门突然打开了，一个男人从里面走了出来。我的下巴都惊得掉了下来。这个男人身材矮小，宽阔的肩膀呈现出正方形，脸庞被突出的眉骨与拉到鼻子处的风雨衣领子给遮盖了起来。他与我们一路跟踪到这里的那个猎灵人长相非常相似。

“哦，他妈的……”苏菲小声咒骂，“他们有两个人！”

“赶紧躲起来。”我小声说道，心跳到了每分钟一百下。

我们躲到了拱廊的一根柱子后，我双手颤抖着伸出了一小截手臂，手中拿着一台处于录影模式的相机，想要将这一幕永远地记录下来。这两个人面无表情地相互问候了一下，交谈了几句，不过我们并没有办法听见他们究竟说了些什么。他们之间还传递了一封信件。

“到底发生了什么？”苏菲小声地顿足道。与此同时，她还试着踮起脚尖将视线越过我的头顶看看究竟发生了什么。

“二号人物将一些信息传递给一号人物。”我一动不动地小声说道，尽管苏菲的发梢不停地在轻戳着我的鼻子。

足部感受到冰凉，我猛地一下惊跳了起来。处于不安边缘的我低头看了一下，水已经漫过了我的篮球鞋，渗到了鞋里。我强迫自己深呼吸了，不过就是水漫进了鞋中而已。最后，这两个猎灵人相互点头示意，向着不同的方向出发。

“啊……夏洛特？我们是继续跟踪一号人物吗？”苏菲皱了皱眉头，问道。

“是的。”

“可是……一号人物究竟是哪一个呢？”

我不安地看向苏菲，将头越过柱子，看到这两个人朝着不同的方向越走越远。惊愕将我钉在了原地。从背影来看，这两个人真的是一模一样。

“这真是太强了！”苏菲开心地说道，“你觉得他们会是双胞胎吗？”

我们需要在他们走得太远之前做决定。

“我们分开行动。”我下令道，我希望自己的声音听起来可以显得非常坚定。

“啊？真的吗？”

“你跟着那个重新折回到圣·马可大教堂的人，我跟着另一个。

将所有的一切以及所有跟他说过话的人都拍下来。”

“我的小心肝儿，请你一定要相信我！让我们在三叶草会议上重逢吧！”苏菲做出了一个立正的姿势说道。

苏菲调转方向跑开了。很幸运，她是一名运动健将。如同闪电一般，苏菲在布满水坑的广场上划出了一条道路，她根本没有朝着那个猎灵人离开的方向跑去。几声狗叫声在我耳边回响起来，丸子带着几分认为自己走丢了的委屈向着苏菲跑去。他们先是亲了亲对方的嘴巴，然后一起向着那个正慢吞吞折回圣·马可大教堂的人跑去。这个猎灵人顺着木板路在站成一队的游客中前进。我摇了摇头，一心都在想自己究竟将苏菲搅入了什么样的危险之中。万一那个猎灵人发现了她？我尽全力打消了这样的念头。如果那个猎灵人真的发现了她……好吧，除了给她几拳，让她不要再跟着自己之外也不会做什么。

我将注意力转向了自己的目标，这个猎灵人沿着水道向下走去。好吧，我顺着他的足迹追去。在走了三步之后，我那被水浸湿的鞋子就成了万分痛苦的拖累。我脱下湿透的鞋子与袜子，将牛仔裤的裤管挽到膝盖，光着脚小心谨慎地跟在他后面。我必须小心不要踩到水中的什么障碍物！更不用说还要小心滑倒……

布满云彩的天空慢慢暗了下来，我不安地看了看手表。现在才下午四点半，天就已经黑了吗？如果我需要在黑暗中跟踪这个猎灵人，我就无法跟他保持太远的距离。当水漫上来的时候，我加快了脚步。闲逛的时光将要结束，猎灵人的那双靴子可以让他直视前方，尽可能优雅地大步向前走去。他走进了一条小路。我跟在他的身后，试着在水里行走的时候尽量不要制造出太大的响动。我们就这样前进了一刻钟，光线一直在不断变弱，路灯开始亮起来，在涌动的波浪上投射出一些幽灵般的暗影。小路一条比一条阴暗，我彻底迷路了。我从来都没有想象到尊贵的威尼斯会有着如此阴森的一面。我应该来到了这座城市地势比较低的地方，因为这里的水位直达我的小腿肚。我小心翼翼地沿着猎灵人走过的路前行。在威尼斯“洪水”的影响下，我再也分辨不出被水道浸没的人行道，只要一步不慎，我就会偏离正确的道路，掉到水道中。猎灵人在一座砖房拐角处转了个弯，我快速地跟了上去，小心谨慎地探出头，正好撞上了一张大脸——这张脸上挂着一个恶魔般的微笑，我的心似乎停止了跳动。

“晚上好，拉罗什小姐。”

他的呼吸中带着一股新鲜的薄荷味道，这给我带来了一种耻辱的感觉。我冷不防地后退了一步，他非常自信地向前走了一步。一种压力突如其来地击垮了我的肺部，我屏住呼吸，停止思考，跪在水中。

“拉罗什小姐，威廉跟我说起过很多与你有关的事。”这个男人向我逼近，同时用一种虚情假意的英式腔调说道，“我不会像威廉那样低估你的能力！是时候将你这个不知道属于哪个阵营的人类从这个世界上清除了。”

紧张不安将我吞噬，我已经动弹不得了！我的双腿也拒绝听从我的指示，我的呼吸也是如此。这个家伙还在不断向我逼近，他抓住了我风衣的前襟，将我向后扔了出去，冰冷的水将我包围，感觉就如同成千上万的针扎进我的皮肤一样。我试图挣扎，可是这个猎灵人的力量一直控制着我。一个可怕的事实出现在了我的脑海中，我将会沉入这条水道的底部，我会被淹死的！我需要动起来！但我的四肢就像是被石化了一样，我的肺部也灼烧起来，一种不知名的忧伤将我整个人都淹没了。我不会真的要死了吧？那亚当呢？那艾利亚斯呢？他们将会变得非常不幸！这个可怕的想法重新给了我一丝轻微的力量，我必须从水中脱身！我的背部硬生生地撞到了水道底部，这样的痛苦给我带来了一种全身都灼烧起来的感觉。天啊！我一定得动起来！我试图移动一下双腿，但这只是在白费力气。我不想死掉！

突然，一双手臂环住了我的腰部，我感觉自己就如同从海底升起的烟火。

6

覆盆子

我在水里的行进速度非常快，在水压的作用下抬不起头来。那双手臂一直紧紧地环住我的腰部，我不得不迎着一道在我看来如同水墙一般的物体前行。在不到 5 秒钟的时间里，我的四肢恢复了自由。我是不是已经离开了猎灵人控制的区域呢?

我那缺少氧气的肺开始深呼吸，水进入我的鼻腔和口腔，呼吸困难的感觉越加严重。我感觉脑袋里注满了水。我如同一个疯子般咳嗽、呕吐，我的肺已经接近爆炸的边缘。

“嘘！”一个女人的声音在我身边恳求道,“请别制造出这么多的噪声！”

临近窒息边缘的我安静地屏息，在那双手臂的支撑下，我的肩膀露出了水面，可以更加舒适地呼吸。我缓了几分钟才看到那个救我的人。她肌肤洁白，湿淋淋的黑色头发贴在精致的脸庞上。她将脑袋露出水面，下巴依旧泡在水里。她注视着我，那双大大的黑眼睛里满是焦急不安。

“好一些了吗？”她低声问道。

“我觉得好一些了，”我喘息着回答，声音沙哑，“谢谢，你……你救了我的命。”

“不客气。”

我俩傻乎乎地相互凝视了片刻，也许我需要找到一个合适的话题。

“我叫夏洛特。”我这样自我介绍。

“哦，天蝎王妃，我知道您是谁。”她羞涩地回答。

啊！太好了！这样看来，她一定不是人类。她游泳的速度是如此之快，以至于我几乎快昏过去，而且她还从一个猎灵人的手里将我救下。这就给了我不少提示。

“那你是？”我试探地问道。

“覆盆子。”

夏洛特与覆盆子，这件事情一定不能告诉任何人。

“我把您带回人行道上吧。”覆盆子提议道。

“好的，谢谢。”

覆盆子看上去似乎躺在水中，一个长长的泛着亮光的物体出现在我的周围。哦，天啊。这……这是一条鱼尾吗？可是，覆盆子有多高呢？

“你是一条美人鱼吗？”我目瞪口呆地问。

“当然啦。”

“啊……”

那双一直支撑着我的手臂轻柔地拖着我，向最近的建筑物出发。

“你不能待在这里！”我惊呼道，“威尼斯城里出现了好多猎灵人！”

她沉入水中，只留下一双眯成两条细缝的眼睛露在水面上。我立刻平静了下来。在这里，覆盆子才会造成恐慌。美人鱼会吃人的，不是吗？

距离我们不远的地方，一群年轻人放声大笑，从没过膝盖的水中涉水而行。威尼斯“洪水”还没有退去。他们离我们远去，连看都没有看我们一眼。覆盆子重新将脑袋从水下探了出来。

“王妃，我知道的，”覆盆子小声说道，“我也看到他们了。”

“可是……你怎么没有逃跑呢？”

“我不会逃跑，这里是我的家。其他的美人鱼都离开了，但我不会。后来，我就得知了您要来这里的消息。”

“啊，真的吗？”

“利维坦大王[①]已经通知过我们了。”

① 利维坦，古代传说中象征邪恶的海怪。——译者注

我一下子接收了太多的信息，试着将这些信息从头梳理一遍。

“你是因为知道我会来威尼斯才留下来的吗？你是想要保护我吗？”

覆盆子的脸上浮现出笑意，露出了尖尖的小虎牙。

“王妃，我很开心可以为您提供帮助。可是，我完全是为了另外一个原因才希望与您相见。”

“什么原因？”

“我在追查杀害杏子的凶手。”

杀害杏子的凶手？我眨了眨眼睛。我可以保证，自己从未听说过杏子。据我所知，亚当也从未说起过。

“杏子？”我声音颤抖地复述道。

“她是我妹妹。一年前她在这里被一个猎灵人绑架了，我一直在寻找线索。”

啊，这句话将所有的一切都改变了。在覆盆子带着我向岸边靠近的时候，我一直轻咬着自己的嘴唇。

“你可以将那个猎灵人认出来吗？”我满心疑虑地问道，“他们看起来真的非常像……”

覆盆子摇了摇头，她那头湿漉漉的头发在黑暗中闪烁着漂亮的光。

“我不抱什么希望了。”覆盆子小声说道，“我知道杏子已经死了，可是我真的很想知道她到底经历了些什么，她生命中最后的时光到底是什么样的。那些猎灵人到底对她做了什么！”

我又一次保持了沉默。就我上个月的经历而言，我非常怀疑杏子的死应该不会多么迅速，多么柔和。覆盆子的眼睛正盯着我看，睫毛上挂着小泪珠。

“您觉得那就是杏子，是吗？”覆盆子喃喃地问道。

“你说的是谁？”

“就是几个星期前让您上当的声音，并且造成了不少麻烦。您觉得那个声音是杏子的声音吗？”

“我不太清楚，”我谨慎地回答道，“我只知道那是一条美人鱼发出的声音。我甚至都没有办法辨认出她的声音是否与你的声音相似。”

“那个声音是不是很有天赋呢？”

“很有天赋？”

“那个声音是不是每一次都直达目标呢？那个声音是不是从来没有失手过呢？”

因为缺氧的缘故，我在有些模糊的记忆中仔细搜寻着。

“那个声音一次就将我震慑住了。”我回忆道，“在对付铁线莲的时候，那个声音先模仿了我的声音。不过，那个时候我就在铁线莲的旁边，然后那个声音不得已变成了另外一个人的。”

泪水涌上了这条美人鱼的双眼。该死，这不是一个很好的答案。

“不过，这应该不会是你妹妹！”我立刻补充说道，“在那时，公爵已经掌握了这项技能。应该是他在迷惑我们。”

覆盆子露出了有些忧伤的微笑，扭头去看流动的水道。

“我妹妹尚未成熟，”覆盆子脱口而出，“她还那么年幼……”

我的情绪涌上喉咙。美人鱼覆盆子将我放到了一处人行道的边缘，这条人行道上积了 20 厘米深的水，然后她坐到了我旁边。她赤裸的胸部被深色的长发包裹了起来，鱼尾上的鳞片在路灯的照耀下闪闪发光。如果有人从我身边走过的话，我俩直接完蛋。可是，看到她咬紧牙关不让自己哭出来的样子，我情愿自己没有把具体情况告诉她。一条条长长的珠光色痕迹在她乳白色的肌肤上闪耀着光芒，我克制住自己不要在惊讶与恐惧的作用下瞪大眼睛。这些痕迹该不会是……伤痕吧？她身上布满了这样的痕迹！我的脑海中浮现出被船桨、鱼线弄伤的鲨鱼等大型鱼类的记忆。我更加难受了，在我们周围汩汩作响的水声与从城市里远远传来的喧闹声中，一种寂静缓慢地溢了出来。

“王妃，谢谢您。”覆盆子最后长叹了一口气，说道。

“啊……谢我什么？”

“谢谢您为杏子报了仇。”

“嗯？”

覆盆子试图再次露出一个微笑，不过这个微笑依旧还是那么悲惨。

“利维坦大王将在天蝎庄园里发生的一切都告知了我们，还有您是如何击败那个将我们的能力偷走的怪物的。所以，谢谢您。”

“你真的可以确定那就是杏子吗？”我有些困惑地问道。

“王妃，美人鱼并不是每四天就会出现一次，年幼的美人鱼出现的频率更低。我真的很开心您已经打败了那个恶魔。”

啊，也许覆盆子听到的故事并不完整。其实，在完整的故事里，是亚当一个人完成了所有的工作。我再次克制住自己，将我的手放在她紧紧握起的拳头上。我想不起什么可以安慰她的话。

覆盆子重新将头抬了起来：“感谢您结束了这一切。”

“不客气，”我结结巴巴地说道，“我……利维坦大王是谁呢？”

覆盆子吃惊地用她那双黑色的眼睛看着我。

“好吧……利维坦大王，”覆盆子重复道，“也许在天蝎庄园中，你们用其他的方式来称呼？”

我只能无能为力地盯着她。

“海洋大人？”覆盆子试探地问道，“深水怪物？”

“不，完全没有这样的称呼。”

“您一定见过，一定不会错过的，它们中最小的也有 20 米高。”

“啊？不，我从来没有见过。我从来没有与亚当一起去度假。我们没有去过海边。”

覆盆子斜了我一眼：“利维坦大王就住在天蝎庄园里。”

这一次换我斜着眼看覆盆子了：“什么？”

在这条美人鱼的脸上相继浮现出一丝明了的光辉以及一种可怕的不安。

“我说错了吗？”覆盆子用极小的声音问道。

我用双手抱住了脑袋。

“好吧，”我嘟嘟哝哝地说道，“你继续说。你的意思是在天蝎庄园的池塘里住着一些长 20 米的深水怪兽？”

“是的，不过它们已经沉睡好几十年了。”覆盆子着急地解释道。

“太棒了。”

“啊……您应该不会告诉天蝎王子是我说的吧？”

我抬眼望向没有星星的天空。

“我不认为亚当会因为这件事情而怨恨你。”无论如何，我还是这样宽慰了她一下。

覆盆子有些惭愧地表示赞同。

等一下，她的这个故事似乎并不合情合理。

“如果利维坦大王正在沉睡的话，那么它们是如何告诉所有人上个月究竟发生了什么的呢？”

“啊，这个……”覆盆子局促地摸了摸自己的肩膀，小声说道，“该如何跟您解释呢……它们的沉睡并不能用人类或者是美人鱼的说法来定义。它们……它们是在休息，不过它们可以与海洋生物和天蝎庄园的主人交流，虽然它们并没有真正苏醒。再说，这也是件非常幸运的事情。”

“幸运的事情？这又做何解释呢？”

“好吧……”

覆盆子露出了一个懊悔的微笑，用自己的鱼尾拍打着黑暗的水面，发出啪啪的声音。

“它们很可能会摧毁方圆 3000 米之内的所有生灵。”

太棒了。亚当从来没有炫耀过这些利维坦大王的存在也就不会让我觉得惊讶了。

“不过，它们在天蝎庄园里干什么呢？”我惊慌失措地问道，“它们应该在海底沉睡！”

“哦，不可以！”覆盆子惊叫道，“这实在是太危险了！如果人类遇到了它们，那就会是一场灾难。利维坦大王会将人类杀死，人类会报复。这样一来，所有的海洋生物都将会处于危险之中。”

我皱了皱眉头，我应该预料到会有一个这样的故事……

“利维坦大王的长相——”

“啊——就像利维坦大王一样。”

在暴风雨中被巨大的触手摧毁的北欧船只的画面突然出现在我脑子里。这可真是太可怕了。

水正顺着我湿透的头发流进我的脖子里，我还一直坐在水中打着哆嗦。我用双臂环住自己的膝盖，希望借助这个姿势来取暖，但是这种方式徒劳无功。

“有一种方式可以将它们控制住。”覆盆子试图消除我的疑虑，她可能将我的这个动作解读为害怕了。

“啊？真的吗？”

“是的，它们听到美人鱼的歌声就会安静下来。”

“可是在贝尔福没有美人鱼！”

覆盆子看起来有些窘迫。是的，我们最好还是不要刺激到这些家伙。

我看了看自己周围，夜幕已经完全降临在我们所在的这条街道。因为威尼斯“洪水”的缘故，周围的建筑物看起来似乎都沉入了水底。距离我们稍远一些的地方有一盏路灯，只有它发散出来的微弱光线给波光粼粼的水面添上了一丝色彩。我轻咬着自己的嘴唇，我该怎么找到回去的路呢？

我机械地将手指放到湿透的手包上。虽然挂在肩上的篮球鞋已经丢了，不过我的手包还牢牢地斜挂在肩上。不幸的是，我很怀疑包里东西的状态。我相当悲观地从包里掏出了手机，一股水流从手机壳里倾泻而出。这可真不是什么好兆头。我试图开机，没反应。我叹了一口气，拿出了酒店提供的威尼斯城市地图。尽管我的动作非常轻，但当我将这幅地图展开时，它还是被我扯破了。我压低声音咒骂了一句。

“这个魔术袋里的东西好多呀！”覆盆子好奇地朝我的包里看了一眼。

“下一次，我一定要买一只防水的手包。”我低声抱怨道。

“啊？真的吗？你会经常背着包泡澡吗？”

我耸了耸肩膀：“你知道怎么回我的酒店吗？”

“当然啦，我像了解我的鳞片一样了解这座城市。是哪间酒店呢？”

我的肩膀垮了下来。真是个好问题！我忘记了酒店的名字，没有记下酒店的地址，地图也破了！我该小心一些的。

“啊……就是在那间酒店里，乔治·桑与她的情人重逢……”

覆盆子看起来非常茫然。这可真倒霉……

“还有就是，苏菲会来找我的。”我狼狈地小声说道。

“苏菲？”

“她是我的朋友，是我在这次所谓没有任何危险的该死旅行中的同伴。”

“哦……她是人类吗？”

“是的。”

覆盆子转头看向距离我们最近的一条小路。

“苏菲！”覆盆子呼唤道，“苏菲，你在哪里？我需要你！”

我有些困惑地挑了挑眉。

“正常来说，苏菲应该在距离我们很远的地方。”

我这位奇怪的伙伴转头对我微笑道：“王妃，请不要着急。无论苏菲在威尼斯的哪个地方，她都会听到我的声音。她会过来的。”

在这人尽皆知的事实面前，我差点儿就用手掌拍自己的额头——我自己也有过这样的经历！

“苏菲！”这条美人鱼又一次呼唤道，“我在这里！你快一点儿！”

我用手紧紧环住了双膝。可怜的苏菲！我们在一片被“洪水”淹没的寂静街区中等了一会儿，远处传来的发动机噪声与嘈杂声打破了这种寂静。我观察着覆盆子，但是我尽量表现出一副若无其事的样子，因为我知道覆盆子也在这样观察着我。我们的表情应该都非常狡黠。

“需要再呼唤一次吗？”在等了一会儿之后，我不安地问道。

“王妃，即便我不再呼唤她，她一直都会听到我的呼唤。我的声音会引领她来到这里。”

啊，原来是这样。

“啊……如果你愿意的话，可以称呼我夏洛特。”

覆盆子的眼睛亮了起来。

“真的吗？”她惊呼道。

“当然啦。”

“这样的话，您就称呼我覆盆子吧。”

我有些困惑地眨了眨眼睛，那我之前是怎么称呼她的呢？

在邻近的一条小街上，响起了“啪啪”的脚步声，应该是跑步的声音。

“啊，”美人鱼覆盆子一边抬起头一边说道，“苏菲来了。”

我竖直耳朵听，但是感到了一丝奇怪的不安。这是……苏菲的脚步声吗？她穿的可是一双篮球鞋，什么时候开始她穿篮球鞋跑步会发出如此大的噪声呢？一种可怕的预感向我袭来。我扑向覆盆子，用尽全力将她推进了水道中。没有一丝声响，覆盆子就掉入了水中，吃惊得嘴巴张成了一个“O”字。时间刚刚好。一个身影出现在房屋的拐角处。这是一个短小矮胖的家伙。美人鱼覆盆子的呼唤不仅仅引来了苏菲！

我孤注一掷，艰难地撑起双腿站了起来，踉踉跄跄地向着干燥的台阶走去。如果这个猎灵人就是将我推进水里的家伙，那我就完蛋了。但是，如果我稍微有点儿运气，或许他是那家伙的同伴。我应该将自己装扮成一个不小心落水的游客。

“苏菲？”我无力地呼唤着，“你在那里吗？我现在一点儿都不滑稽可笑！我掉进水里了！”

我从水中走出来，爬上几节台阶，用眼角监视着那个猎灵人。他完全没有注意到我，只是不停地检查着被水淹没的街道。我依旧向远处走去，光脚走在冰冷的石板上。我这是得救了吗？

另一个人跑动的脚步声响起，这阵脚步声要比那个猎灵人的轻一些。后面还跟着四条腿跑动的声音，爪子刮擦在地上发出的声音。一个高大的运动员般的身影从其中一条街上跑来，这条街就面对着我所在的这处台阶。这个身影才是苏菲！

“苏菲！我在这里。”我一边呼唤着一边迎着她走去。我希望她不要喊出我的名字。

“噢，我的天啊！”苏菲在看到我之后大声喊叫了出来，“你到底是怎么了？”

“我一脚踩空了，没有踩在人行道上，我落水了。”

我抓住她的胳膊带着她远远离开。猎灵人还在集中全部精力审视着照明并不好的小街。也许，他在想自己及时赶来将我从一条美人鱼的嘴里救了出来？无论如何，覆盆子很有见识，她没有再露出水面。

“我们回酒店好不好？”我更加用力地拉着苏菲祈求道，“我已经冻僵了，而且我的鞋子也丢了！”

我转过身，看向苏菲。她的眼神落在了猎灵人身上，还因为惊愕睁大了眼睛。

“夏洛特，你严肃一些，”苏菲小声说道，“这都是些什么？”

“你在说些什么呢？”我强迫自己露出一个微笑，问道。

“那些家伙，就是那个人……”

“怎么了？”

“他们有多少人？”

我耸了耸肩膀。

“至少三个？”我试探地问道，“三胞胎？”

苏菲神情严肃地转向我。

“夏洛特，那个家伙至少是我今晚看到的第十个。”

我血管里的血液凝固了。现在，寒冷已经不算什么了。

7

会场周边

我披着苏菲的风衣，手里拿着被仔细沥干水的东西。我跟在苏菲身后，沿着威尼斯的道路向地势较高的地方走去。我被冻得浑身发抖，不过我已经遗忘了寒冷，发抖是因为刚刚的不安。在这座城市中有 10 个猎灵人？亚当弄错了，我们监视的对象并不是来这里与某个领导人物见面，而是与其他猎灵人会面。他们究竟在策划些什么呢？我希望自己可以弄明白这件事。苏菲成功地跟踪着她的目标到了开会地点，那是一处被水道环绕的有着巨大窗户的建筑物。在那里等我来的时候，她看到了不少身材矮小壮硕的男人鱼贯而入。苏菲被这个奇怪的场景震惊到不行，她已经无法对此做出反应，没有将这一幕拍摄下来。直到听见我急迫地呼唤她的名字，她才从惊愕中苏醒。因此，她奔跑了起来。水滴还是不断从我的头发上滑入脖子里，不过我现在不能回酒店。首先，我们得回到那里，尽量多收集一些信息。他们究竟有多少人？他们要在威尼斯待多久？他们之间交流了些什么？

丸子跟在我们后面碎步小跑着，它还不时抬起脑袋看向我，似乎是为了确定我是否还好。至少我是这样认为的，这可真是条心善的小狗。

“我们现在距离那里不是很远。”苏菲本能地降低声音提示我。

的确，在穿过广场中心一条小路的拐角处，出现了一座长方形的建筑物。这座建筑物的四周围着几条水道，俨然一道道护城河。暖色调光线从数不清的窗口溢出，在黑色的水面上投下金色的倒影。石拱桥取代了吊桥。这真是太神奇了。我很难相信在这样一个美好的地方会迎接如此可怕的妖怪。在我们旁边的水道中出现了一丝波动，这引起了我的注意。我宁愿将那个阴影当作飘动的海带。两条细小的裂缝出现在“海带”的上方，这两条细缝正盯着建筑物仔细观察。覆盆子跟着我们来到了这里，也许她毫无遗漏地听到了我们的对话。我和苏菲躲藏在一处门廊下方。

“那么，我们现在应该做些什么呢？”苏菲悄声问道。

“我们需要知道里面到底有多少人。”我用同样的声调回答道，“我很好奇我们能否通过一扇窗户看到他们……”

很显然，这些水道阻止了好奇人士将鼻子贴在窗户上往里看。这次会议的组织者选择了一个不错的地点。

苏菲转身面向我，跟平时相比，她那布满雀斑的脸庞看起来要更加苍白。

“我们还继续玩儿这个游戏吗？”

“当然啦！”我尽全力安抚她，“我未婚夫的外公非常富有，我毫不意外他会做出这样的安排。如果是这样的话，这应该是一场关于那个……那个‘小矮人’的会议。他觉得这非常有趣，因此他希望我们可以一起来分享这个盛况。”

苏菲挑了挑眉，该死，她完全不相信我的说法。

“夏洛特。”

“怎么了？”

“你未婚夫一家真是太太太奇怪了！”

因为苏菲这个看法，我反而舒心了很多。“啊，这个——”我承认道，“你无法想象在这六个月间我究竟经历了些什么！这应该就是住在庄园里需要付出的代价吧……”

苏菲稍微放松了一些。

“金钱会将人们变得非常奇怪。夏洛特，你不要变成这样。”

我没有回答她的问题。有时候，我害怕天蝎家族会对我产生些许影响，就如同巴拉尔警探提醒我的那样。

一个男人的身影突然从邻近的一条小街闪现出来，走向那栋建筑物。在从窗户里溢出的光线下，他的影子变得非常高大宽阔，清楚地显现在人行道上。这不过是一个假象。实际上，这家伙肯定还没我高。他穿着一件皮质上衣，我不可能将他的这件上衣与其他猎灵人穿的风雨衣弄混。然而，这又是一个猎灵人。这个人毫不犹豫地穿过了那座石拱桥，敲响了房门。一个身高至少比他高一倍的“巨人”将房门打开。尽管光线强烈，我还是眯起了眼睛仔细观察着。猎灵人拿出了一张邀请函之类的东西递了过去，“巨人”仔细检查了那张邀请函，然后将通向建筑物内部的道路让开。猎灵人走了进去，随后大门便被静悄悄地重新关上了。

好吧，我们已经知道这是如何运作的了。我们需要瓦尔德提供的那张邀请函，不过我们手里只有一张邀请函。幸运的是，鉴于苏菲懂意大利语，这张邀请函是由苏菲保管的，它并没有被我放在手包里跟我一起掉入水中。我思考了片刻，无论如何，我是不能大摇大摆地走进会场中的。除了全身湿透的我会吸引所有人注意这个事实外，我跟踪的那个猎灵人叫得出我的名字。如果他认出我，可以打赌其他的猎灵人也可能会将我认出来。我转身看向苏菲，我们并没有三十六计。

“虽然路被水道阻断了，但我们需要进去瞧瞧。”我小心谨慎地开口道，“如果我们可以透过窗户看到里面的情形，并且拍下一张完美的照片的话，就没有必要进入会场中。”

苏菲安静地点点头表示赞同。我们借助建筑的阴影悄悄向前行进，直到无法继续前行的时候停了下来，尽力不将自己暴露在光线中。

“等一下。”我看着准备好向前冲过去的苏菲小声说道。

苏菲保持原地不动的姿势。两个人影刚刚从我们对面的小路上走了过来，我的身体颤抖了一下。很明显，这两个家伙的身材让我不寒而栗。就像之前他们的伙伴那样，这两个人进入了会场。我和苏菲交换了一下眼色。

“走吗？”

“走吧！”

我们迅速冲向石桥，蹲在一个掩体下。黑色的河水就在距离我们脚面 10 厘米的地方汩汩地流动着。覆盆子已经消失不见了。苏菲用手抓住一处栏杆重新站起身，想越过水面将脑袋伸向窗户一看究竟。

“怎么样？”我焦急地小声问道。

“我什么都看不到，”苏菲嘟嘟囔囔地说道，“我太矮了。我只能看到天花板上的吊灯，可是看不到下方发生了什么。”

我烦恼地将自己抱紧，如果比我高了整整 20 厘米的苏菲都太矮的话，那我也没有必要尝试了。

“护住我别让我掉下去了，”苏菲一边将照相机从自己的包里掏出来，一边小声叮嘱我道，“我试一下。”

我抓住了苏菲的手，当苏菲伸出自己的另一条手臂并将其抬高的时候，我将自己的双腿牢牢地固定在地面上，确保自己可以抓住她。相机快门的滴滴声响起来，我撇了撇嘴，我们应该将这部相机调成静音模式才对。苏菲回到我身边，我们蹲在掩体后欣赏辛苦的成果。这张照片的角度有些歪斜，借助这张照片，我们看到了一间铺着打蜡镶木地板的舞厅，舞厅的墙壁上挂满了镜子，天花板上吊着闪闪发光的吊灯。不过，这间舞厅空空如也。

“他们不在这里，”苏菲窘迫地说道，“我们要不要试着从桥的另一边拍一张照片看看？”

在确认过没有人经过广场之后，我们快速走向第二个掩体。丸子拖着四条腿跟在我们身后。它应该开始觉得这次遛弯的时间有点儿长了。我们重复了一次刚才做过的杂技演员的平衡动作。这一次，我们看到了另一间同样雄伟但也同样空旷的大厅。

“该死！”我低声抱怨道，“这些坏蛋究竟跑到哪里去了？”

苏菲扑哧一声笑了出来。

“瞧瞧呀，夏洛特！我们并不能因为跟踪了他们，而且他们长得比较丑陋就将他们视为坏蛋！”

我咬了咬自己的双颊内侧，该死！我忘记要点了——苏菲不知道我们到底跟踪了一群什么样的人。幸好如此，不然的话，苏菲不会同意去做我接下来请求她完成的事情。

“我们应该进去一探究竟。”我继续说道。

“你有什么计划吗？你需要这张邀请函吗？”

我微微一笑，苏菲跟我一样，想到了同一件事。

“我并不认为邀请函会起到什么作用。”我开口说道，“很抱歉，苏菲，你比我要高大许多，而且漂亮很多。那个看门人立刻就会明白你不是受邀参会的嘉宾。”

“哦……那么，我们该怎么办呢？”

“啊……”

我犹豫了片刻。我能让自己的朋友去冒这样的险吗？我身下水道中反射出的一条虹彩光泽让我最终做出了决定。最糟糕的情况就是，那些猎灵人会将苏菲丢入水中，覆盆子会将她接住。

“你可以装作意大利人的样子进去。”

苏菲将眼睛瞪得圆圆的：“你的意思是？”

“你去敲门，那个看门人把门打开，你快速地用意大利语跟他滔滔不绝地讲一些有的没的，而且要配合动作一起来。你走入会场中，不要拘束，你尝试去看看那些人究竟藏在了哪里。如果你可以拍下一张照片的话，那就太棒了。如果没有办法拍照，你至少可以数清楚他们究竟有多少人。”

苏菲的下巴都惊掉了。

“你究竟是谁？你对夏洛特做了些什么？”苏菲惊呼道。

我露出了一个狡猾的微笑：“我是一个魔鬼。我知道她那有些古怪的家庭已经将一切都安排好了，我是不会让她的家庭失望的。”

苏菲的脸庞变得明亮起来。

“太棒了！”苏菲开心地说道，“请你相信我，我可以将自己变成威尼斯城最热情的意大利人。帮我照看好丸子，可以吗？”

“好的。”

苏菲起身，站在桥前，双手插在腰上，下巴高高地抬了起来。我俯下身，抓住了那只想要跟上女主人的小猎犬，带着它躲回了石柱后面。

“苏菲！”我小声地将她叫住。

“怎么了？”

“你应该将你的手包留给我。这样一来，如果他们对你进行搜查的话，他们什么都发现不了。”

苏菲的眼睛里闪烁着光芒，说道 :“夏洛特，我觉得你这辈子都在干这样的事！”

这辈子？苏菲夸张了！也就这几个月而已。

苏菲将自己的手包交给了我，脚步坚定地离我而去。我有些不安地看着她那几缕在灯光的强烈照射下闪闪发光的红棕色头发。很快，她的身影就消失在我的视线中。不过，我还可以听到她的脚步声。我只能双手交叉在一起为她祈祷。我听到苏菲敲响了大门，然后她就开始语速飞快地说着些什么。那语速让我非常吃惊。她也应该让看门人大吃了一惊，因为大门很快就被关了起来，取而代之的是一片寂静。苏菲已经进去了！

我将丸子更紧地抱在了胸前，试图借助它的体温取暖。我之前没有意识到自己究竟有多冷。我面前的水面颤抖起来，覆盆子破水而出，将肩膀露在了外面。

“您觉得她会成功吗？”覆盆子直截了当地问。

“我希望如此。”

“谢谢您刚才保护我。”

我点了点头，这是我应该为她做的。她抬头看向我们上方的石桥。

“她什么都不知道，”覆盆子继续说道，“她不知道自己跟踪的那些家伙的本性，也不知道您的目的。”

“这样比较谨慎。”

“您不担心她会出卖您吗？”

“不会，我会担心她因为知道得太多而被连累。”

美人鱼覆盆子露出一个狡猾的微笑，这一笑让我看到了她尖尖的牙齿。

“夏洛特，您真是一个谨慎敏锐的人类。”

是的，丸子扭来扭去想要逃脱我的怀抱，尽管寒冷立刻将我吞噬，我还是放开了它。丸子将鼻子凑近覆盆子，快乐地抖动着自己的尾巴。很明显，这条可怜的小狗不具备生存能力。覆盆子将手伸向丸子让它闻闻自己。

“小狗狗，你喜欢我身上的气味儿，是不是呀？”覆盆子开玩笑地说道，“我身上带着鱼的味道，对不对？”

丸子热情地舔了舔覆盆子的手指。突然，我的肩膀垮了下来。这就是我们重逢之后它对我展现出浓烈兴趣的原因吗？难道我身上也散发着鱼的气味儿吗？

我恢复镇定，将注意力都集中在覆盆子出现之前我思考的事情上。我将苏菲的手包要过来的原因并非我之前提到的。我状态全无地打开了手包，摸索着苏菲的手机。

“我真的很喜欢这些魔术袋。”覆盆子一边长叹道，一边靠近了岸边，这让丸子非常开心，“美人鱼们制作的魔术袋没有办法使用太长时间，因为我们游动的速度实在是太快了。”

“啊，真的吗？”我嘟嘟哝哝地说着，将手伸进了手包的第四个内袋中。这个手包可是覆盆子非常垂涎的一件物品。

如果说我前几个月经历的不幸教会了我某件事的话，那一定就是我需要记住少数几个电话号码。我拨通了亚当的电话，电话只响了一下便被接了。

“苏菲！”我未婚夫那带着一丝黑手党腔调的声音叫嚷了起来，“怎么样？”

“亚当，是我。”我长叹了一口气说道。

“夏洛特？怎么样，你们都参观了什么好景点呀？”

我无法阻止自己苦笑起来：“苏菲不在我身边。”

“啊，那你怎么用她的手机呢？”亚当装作若无其事。

停下这些开场白吧。

“亚当，威尼斯出现了很多猎灵人。”

“什么？”

“仅仅在今天晚上，我至少看到了 5 个猎灵人。苏菲说她看到了 10 个。她正试图混入三叶草会议的会场，从而得到一个确切的数字。”

“什么？”

这一次，亚当完全不知道说些什么才好了。

“正常情况下，苏菲不会遇到什么危险，”我继续说道，“最糟糕的情况就是那些猎灵人将她丢出会场外。不过，她不会有生命危险。”

“那——你在哪里呢？”

“我就在举办会议的建筑物前方。这座建筑物挺别致的。”

“一个人吗？”

“不，不能算作真正意义上的一个人。”

我瞥了眼旁边的水道。不过，覆盆子又一次消失得无影无踪，将惊慌失措的丸子单独留在了河边。

“我和丸子在一起。”我肯定地说道，“顺便说一下，上个月用声音给我们造成了不少麻烦的美人鱼叫杏子。”

这句话打破了电话另一头的沉默，亚当说道：“这该不会是某个猎灵人告诉你的吧？”

“不是的，是她的姐姐。”

“她的姐姐？现在还有一条美人鱼留在威尼斯吗？”

突然，一个男人用一种我听不懂的语言在招呼我，我迅速转过身去，一个猎灵人就站在距离我只有几步远的地方。他浓密的眉毛皱起，表达着自己的不满。我僵在了原地。他是什么时候过来的呢？我根本没有听到他的脚步声！

“夏洛特·拉罗什？”这个猎灵人瞪大了双眼大呼道。他的嗓音非常浑厚。

我的心脏一时间停止了跳动。他知道我是谁？即便我湿成了这副鬼样子，他依旧能把我给认出来吗？愤怒之下的猎灵人嘴巴变得扭曲，并且向我扑了过来。肾上腺素在我血管里燃烧。我在最后关头避让开来，转身面对他。他及时停住了脚步，没有掉入水道中。我看到他转身面向我，将自己的肺部鼓了起来，似乎是想大声呼叫。我全身的血液都凝固了。如果他呼唤同伴过来，我就死定了，苏菲也一样。

“请弯下身体！”从左侧的水道中传来一个声音。

我条件反射般地弯下了身体，覆盆子从水中跳了出来。她那巨大的鱼尾在空气中呼呼作响，像鞭子一般抽打着，将这个猎灵人卷了起来。我吃惊地张大了嘴巴。覆盆子至少有5米长！在我弄明白究竟发生了什么之前，覆盆子将这个猎灵人卷入了水中。水花飞溅到我身上，丸子不安地呻吟起来，趴到了地上。水面猛烈地晃动起来，被震得昏昏沉沉的我尽量将脸擦干。丸子爬到我身上，我将它紧紧抱在胸前。哦，我的天啊！覆盆子在对付一个猎灵人！我怎样才能帮到她呢？我四下寻找着，目光落到了掉在地上的手机上。手机的屏幕一直都是亮着的，我拿起了手机，将它送到了耳边。

“喂？喂？”亚当焦急不安地问，“夏洛特，发生了什么？”

我眨了眨眼睛，这一切都发生得太快了，是不是亚当都没有时间感受到我惊慌失措的心跳呢？

“我还在这儿，”我结结巴巴地说，“我……我刚刚被……被一个猎灵人袭击了……”

“什么？你被袭击了？”

“一切都很顺利，”我安慰他道，“好吧，我现在相信了。覆盆子在跟那个猎灵人战斗。”

新一轮的沉寂让我们都非常窘迫。

“你遇到的那条美人鱼，就是覆盆子吧？”

“你认识她吗？”

“我只是听说过她的名声，我听说她是美人鱼界最优秀的战士之一。”

啊，因此，覆盆子完全有机会将那个猎灵人给摔成肉酱。我又想到了她身上的伤痕，也许那些伤痕与轮船没有任何关系。

“在威尼斯发生了许多我们没有预料到的事，”亚当低声抱怨道，“我马上就到。”

“千万不要！”我激动地叫嚷道。

“夏洛特！我不能把你……”

“根据猎灵人的数量来看，你不可能不被他们发现。特别是那些猎灵人看起来都知道我的相貌。他们肯定知道你的样子。”

“他们都认识你吗？”亚当哽咽了一下。

“啊……那个猎灵人是今晚我见到的第二个认出我的。这样看来，这些猎灵人百分之百都知道我是谁……”

亚当没有再回应我，他现在应该极为恼火。我觉得自己就像个傻瓜，我应该在给他打电话前先思考一下。在听到这样的消息之后，亚当一定想第一时间就出发赶往威尼斯。我必须向他证明自己的状态还不错，不然无论我再说些什么他都会赶过来的。

水面开始平静下来。丸子继续将自己的嘴巴埋在我湿透的风衣中。如果我希望自己不要再被另外一个闲逛的猎灵人发现，我就该立刻离开这里。

“除了这件事之外，我还是挺喜欢威尼斯的。”我一边轻轻托起丸子，一边语调更为轻柔地说道，“我们今天看到威尼斯‘洪水’了。”

“不要试图转移话题。”亚当怒吼道。

“对了，顺便问一句，利维坦大王们是不是真的被关在庄园的湖底呢？”

回答我的是一声气恼的吼叫。我确定没有人出现后快速跑进了一条小路。在那些将广场环绕起来的小路中，这条小路的光线最为昏暗。黑暗中的一处桥拱为我提供了一个完美的藏身之处。在这里，我可以在不被发现的情况下观察到一切。

“亚当，我得挂断电话了。等我获得更多信息之后再打给你，好吗？”

安静。

“亚当，还有一件事情……”

“什么？”

“一定要告诉朱莉娅我爱她，告诉她我跟苏菲像两个小疯子一样玩得非常开心。她应该会非常恼火的。”

亚当长叹了一口气。不过，我感觉这一声叹息中包含了些许的宽慰。

“夏洛特。”

“怎么啦？”

“我向你发誓，有朝一日我一定会干掉瓦尔德。”

我耸了耸肩膀，低下头钻入了小石桥的阴影中，这样就可以避免碰到一张大大的蜘蛛网了。其实，干掉瓦尔德对我没有任何帮助。不过除此之外，亚当也别无选择。一个影子生物对抗 20 个猎灵人？一个月前，一个猎灵人都让他够呛了。我连想都不敢想。

当我挂掉电话的时候，覆盆子重新出现在我面前。

“怎么样？”我不安地问道。

“还可以，”覆盆子伸出一只手臂抚摸着丸子，平静地继续说道，“制服猎灵人的秘诀就是——在他们有时间施展自己的超能力之前将他们卷入水中。”

啊，她是这样叙述这件事情的，她……

“猎灵人在水下超能力就丧失了吗？”

“不会！不过，那个猎灵人就不行了。在他弄明白究竟发生了什么之前，我就已经把他的下巴摔到了墙壁上，将他打到半死，也方便了我把他淹死。”

我一边瑟瑟发抖，一边尝试着不去想象那样的场景。覆盆子说起这件事时是那么自然……

“当猎灵人的首领发现他的尸体时，”我轻声说道，“他们可能会知道还有一条美人鱼留在威尼斯。”

覆盆子顿时停下了抚摸丸子的动作，非常震惊地看着我：“可是，没有人能找到他的尸体！”

我假装保持冷静。当然啦，我究竟把脑子丢哪儿去了？

我们又等了一会儿，然后看到建筑物的大门被重新打开，些许金黄色的光洒在了广场上。尽管我们所处的战略位置非常隐蔽，但覆盆子还是潜入了水中，只留出一双眼睛露在水面上。门洞里显现出三个人的身影，就像皮影戏中的人物。我猫着腰躲在掩体下。我不可能认错，这三个人中有一个是苏菲，她被两个猎灵人架着走了出来。看起来，他们之间的争论非常激烈。他们的喊叫声传到了我们这里。苏菲看起来有些醉意——她要么是在接待处一口气喝了三杯香槟，要么就是找到了一个最好的方式让自己被粗暴地丢出来——不过这不会给她造成任何麻烦。丸子将鼻子伸向了自己女主人所在的方向，它稍微竖起了自己的耳朵。我赶忙将它抓住，并且紧紧地抱在怀里。它要是跑出去盛情欢迎苏菲的话，我们的一切努力都白费了！

这两个猎灵人一直将苏菲送到桥下，并且双臂交叉，毫不含糊地站在那里。苏菲歪歪扭扭地给他们敬了一个礼，原地转了一个圈，踉踉跄跄地随意朝着某一条小路走去。这两个猎灵人原地待了一会儿，在确定苏菲不会再给他们找麻烦之后返回。大门又一次被关闭，小广场重新浸入黑暗之中。我放开了丸子，它向我投来充满疑问的目光，似乎是等待着我允许它追上苏菲。我艰难地站起身，寒冷侵入我的骨髓，静止不动的姿势使寒冷加剧了。

“去吧，丸子，”我喃喃地说道，“让我们跑起来吧。”

丸子飞快地跑了起来，我的速度则有些缓慢。起初是因为要贴着房屋投下的阴影前行，我必须弯下身子；后来是因为我觉得自己的关节都锈掉了。我们很快就追上了苏菲。苏菲兴奋地在街上蹦来蹦去地等着我们，但很明显，她的精神上没有受到任何创伤。我稍微轻松了一些，一切都非常顺利。

“怎么样？”我轻声问道。

“我拍了很多照片！你一定不会失望的！”

我兴奋起来，苏菲成功了！

“我可怜的夏洛特！你看起来像是被冻僵了！我们现在回酒店好吗？”

我安静地点头表示同意。苏菲那优美的嗓音回响在狭窄的街道上。我们没有必要引起别人的注意，我们得立刻离开。幸运的是，苏菲知道我们应该怎么走，因为我已经完全迷路了。我们花了整整一刻钟才回到圣·马可广场，现在这里的“洪水”已经退了，不过广场上依旧热闹非凡，成群结队的游客对着被漂亮的多彩聚光灯照亮的古迹拍摄着照片。正常情况下，我会很喜欢这样的场景，但是现在我那咯咯作响的牙齿与被冻僵的手指阻止我做这些有的没的。

10分钟后，我带着难以言说的宽慰关上了浴室门，脱下那身湿漉漉的衣服比我想象中要困难很多。粉色大理石浴缸里接满了热水，我冰冷的皮肤像突然被点燃了。这样的情况只持续了几秒钟，然后，这种刺痛的感觉就消失了，热水让我身体的疼痛得到缓解。当我闭上眼睛之后，一幕幕场景乱七八糟地出现在我眼前。苏菲拒绝在我没有暖和过来、将自己的身体擦干之前给我展示任何照片。酒店的工作人员在看到浑身上下滴着水的我出现在前台时，并没有感到吃惊。丸子继续跟着我，眼中满是星星，因为我身上还散发着鱼的气味儿。我深吸了一口气，将脑袋扎入水中。这该死的假期。说实在的，一直以来我都梦想着可以参观一下威尼斯，在浪漫的街上漫步，对我的男人许下永久的爱情誓言。唉……

身体变得温暖后，我走出了浴室。我有很多事要做，我需要先问苏菲一些问题。

当我敲响苏菲的房门时，丸子快乐地叫着迎接我。好吧，非常不错，也许它喜欢我并不只是因为我身上散发出的鱼味儿。不过，这个疑虑会贯穿我的一生。

“我们去吃饭吗？”苏菲热切地问道。她是如此纯真、美丽。她那头红棕色的头发在头顶盘成了一个松松垮垮的发髻。

该死。当然啦，我们得去吃个晚饭。坦白说，我还没有做好再出门的准备，我身上甚至一点儿都不暖和。

“我跟亚当通了一个电话，”我半真半假地说道，“他说这家酒店的餐厅非常棒！”

“真的吗？”苏菲立刻容光焕发地说道，“那么，就在这里吧！”

呼。

我们坐在一张铺着紫色桌布的漂亮餐桌前，头顶挂着一盏散发着柔和光线的吊灯。我将自己的银制餐具推到一旁。从厨房里传来的铜制器皿声响，让我们猜测头盘很快就能准备好。我并不太清楚面粉汤与松仁饺子究竟是什么东西，不过苏菲坚持要点这两道菜品。除此之外，我们还点了一盘意式肉肠。实话实说，我已经没有精力反对苏菲了。

“37 加 11，”我在酒店前台人员重新给我提供的地图背面写写画画，喃喃地说道，“是 48。”

“还有 3 个人。”苏菲将鼻子贴到照相机的屏幕上说。

“51。”

“还有一个后来从厕所里出来。”

“52。”

“这就是全部的人了！”

我将写在地图上的这个数字圈起来，有些迷失地凝望着它。52，52 个猎灵人分布在会堂二楼的三间大厅中。他们应该有 53 个——覆盆子按照自己的方式解决了第 53 个猎灵人。在苏菲拍摄的照片中，绝大多数猎灵人都身材矮壮，不过也有那么几个比其他人高出两三头的——他们身材瘦高，脸型窄长。几周前，拉扎尔跟我说起过这些自称猎灵人的家伙。他们体内的动物血液要更为稀薄，因此他们的超能力也没有那么强大，甚至不具有什么特殊能力。他们之中没有女性。所以，没有以猎灵人身份出现非常明智，不然的话，我们很快就会被拆穿。

“你能听到他们说了些什么吗？”我问苏菲。

“他们一小群一小群地聚在一起聊天。”苏菲面带神秘地说道，

“如果我没有理解错的话,今晚是一个开幕式。会议将从明天开始。”

我点了点头，会议，嗯？如果这些家伙真的会参加那个讨论三叶草的会议，那么丸子都能高唱《马赛曲》了。他们究竟想要讨论些什么呢？我进行了无数的假设，但是完全没有办法去证实。无论如何，这些办法都会让我死无葬身之地。我已经打出了我的王牌——苏菲。皇家枞木珍珠鸡佐菠菜面——这是苏菲的特殊翻译。酒店自制的提拉米苏可以帮助我找到一个解决办法吗？要是可以的话……

我进屋后关上了房门，安静终于降临。我解脱般地长舒了一口气。多么可怕的一天呀……我对苏菲借口说自己因为失足掉入水道而感觉非常疲惫，无法再陪她出去转转了。因此，她一个人出门遛丸子，看上去有些失望。我也因为无法陪伴自己的朋友而很生自己的气，但今天我真的经历了太多的情感波动，甚至对于接下来的三个月而言，这样的情感波动依然会非常激烈。

我倒在了那张软软的大床上，拿起了挂在墙上的电话。往法国打电话的话费应该很昂贵吧！不过，天蝎家族不会在意这种小事。他们拥有一架私人飞机！我拨出了熟记在心的电话号码，与我今晚早些时候拨出的那个并不相同。

电话立刻就被人接了起来。当然啦,这都是时间气泡,不是吗?

“天蝎庄园，请问您找哪位？”一个有些拘谨的声音问道。

“菲尔曼，你好，我是夏洛特。”

“小姐，晚上好。您在威尼斯的旅程还算顺心如意吗？”

我收起了一个苦涩的笑：“并非如此。拉扎尔在吗？”

“当然在，小姐，我这就把电话交给先生。”

“等一下！菲尔曼！”

“小姐，怎么了？”

“亚当跟拉扎尔在一起吗？”

一片寂静，菲尔曼应该是在核实情况吧。

“没有，小姐。”他终于回答我。

“那么，我非常希望你可以把电话交给拉扎尔，谢谢。”

“不客气。”

跟往常一样，菲尔曼声调平和，完全听不出他的想法。不过，我不太确定这次是不是激起了他的好奇心。

“喂？”一个更为严肃的声音响起。

“拉扎尔，您好。”

“啊，夏洛特，我很开心可以接到你的电话。亚当已经告诉我了，你驯服了一条美人鱼。对此我完全不感到惊奇。”

我抬头看了看天空，在天蝎庄园里，他们解读事情的方式真的是非常古怪……

“亚当对您讲了这些吗？”我还是若无其事地问了一句。

“是的，他还给我讲了一些不是那么有趣的相遇。”

我用被子将自己裹起来，我打算给他细数我这一整个下午做了些什么，从机场跟踪猎灵人开始到回到酒店。我将所有的一切都讲给拉扎尔听了。关于那两个打算杀死我的猎灵人，我没有一丝一毫的疏漏。拉扎尔听我一一说来，没有打断我，即便我都可以猜想出来，随着故事的进展他的眉毛会越皱越紧。最后，我提到了我和苏菲一起数出的猎灵人总数——52 个。

“啊……”当我说完的时候，拉扎尔嘟嘟囔囔地说道，“幸亏亚当没有在那里，也没有听到这一切。”

我们都很同意这一点。

“夏洛特，不要再离开酒店了。”

“啊，为什么呢？可是，我们应该听一下他们要说些什么，还有……”

“我们大大低估了这次行动。我从来都不会想到猎灵人会组织这样的会议。你在威尼斯非常危险。虽然他们并非每个人都认识你，不过这是迟早的事。”

“他们认为我已经死了。”我说道，“那个试图将我杀死的猎灵人失手了。唯一一个还知道我活着的猎灵人也已经死掉了。”

“你的尸体没有浮出水面！对于那些该死的偏执狂而言，不到 24 小时就会宣布你还活着。”

我的脸沉了下来，真该死！

“如果我告诉苏菲我不能再外出的话，她会不开心的。”

“我向你保证，最晚在明天就可以找到一个解决办法。从现在开始，你不要再担心了。在酒店里你很安全。”

“酒店里的工作人员不是人类吗？”我惊呼道。

“他们当然是人类了，怎么啦？”

啊，好吧。

拉扎尔又说了一些宽慰我的话，然后挂断了电话。我拿起了一本旅游手册，打算换一下思路。毫无效果。我越是这样想，一个问题就越是困扰着我。那个猎灵人是在什么时候发现我在跟踪他的？

8

猎灵人的三叶草会议

我将城市地图和笔放进口袋，走下宏伟的大理石楼梯来到餐厅。夜晚让我重新找回了一些平静。我想拉着苏菲疯狂地逛一圈威尼斯游客最多的那些景点，我们可以从圣·马可大教堂开始参观。即便我们在那些景点遇到了猎灵人，他们也无法在人群中对我们怎么样。可以真正游览一下威尼斯会让苏菲非常开心。下午两三点的时候，我们可以坐着贡多拉在威尼斯转上一圈。按理说，那个时候猎灵人正在开会研究三叶草的最佳种植方法。我对自己的这个想法非常满意！我走进了摆放着圆形餐桌的餐厅，这些圆形餐桌基本上都被客人们坐满了。我继续向前走，想找一张空餐桌。这时候，一个动静引起了我的注意。在餐厅入口附近，一个身材魁梧的男人向我所在的方向招着手，他一个人差不多就占据了两个人的位置。我的下巴差点儿就惊掉了，那个男人是巴拉尔警探！

我赶忙走过去跟他汇合，坐到了他对面。

“你来这里干什么？”我错愕地小声问道。

“很高兴可以再次见到你，夏洛特。”巴拉尔警探微笑着说，“你早餐的时候是喝茶还是喝咖啡呢？”

“啊……茶。”

他从放在自己手边的两把银制小壶中提起了一把，将滚烫的热水倒入一只空杯子，然后将杯子推向我。杯子两侧有可颂面包、巧克力面包、黄油、果酱、煎培根以及冒着热气的鸡蛋。

“我是一个小时前过来的。”巴拉尔警探递给我一只放着各种茶包的篮子解释道，“你知道吗，天蝎家族拥有一架私人飞机。”

“是的，我知道。”我嘀咕着。

“昨天，亚当在很晚的时候去找我，那时我正躲在一个大毒枭家门口监视他的行踪。这是一个很长很长的故事。简言之，我很生气他干预我的公事。不过，你知道的，他当时的眼神告诉我现在不是开玩笑的时候。”

我点点头，我之前见过亚当的这种眼神，那次是因为我的前上司对我的骚扰。

巴拉尔警探发出了一声无奈的叹息声：“因此，我乘坐‘亚当号’飞机从里约回到了贝尔福。在阴影中行走真的非常与众不同，不是吗？然后，他把我丢进了那架私人飞机，让我来找你。”

看着巴拉尔警探这个懊悔的表情，我无法阻止自己咯咯地笑了起来。“亚当号”飞机。我会想再坐一次的。

“你怎么知道我住在这里？”我还是问了一句。

“拉扎尔在飞机上等着我呢！他将一切都告诉了我，和我说了天龙的寻宝游戏，也说了有人试图谋杀你。他让我发誓永远都不要将这些告诉亚当，然后他就跳走了。”

“拉扎尔跳走了？”

“是的，他从高空跳走了。我不是特别清楚我们在哪里的上空飞翔着，不过，拉扎尔将自己锁在了一个增压舱中，然后他打开舱门跳了出去。”

我研究着巴拉尔警探平静的面容。他像是在谈论一次钓鱼般谈论拉扎尔从高空跳下去这件事。不过，我清楚地发现他对天蝎家族有私人飞机感到难以置信。

“他不能来到威尼斯。”我一边吹着我的茶一边说道，“他想跟你在一起待一会儿，但是在城市上空，他不能冒险使用自己的超能力。”

“当然啦！”这个可怜的警探低声回复道，“不过，简单来说，就是有 52 个猎灵人，对不对？我越发可以理解亚当的气恼了。有这么多害虫在你身边，这应该会把亚当逼疯的。”

“拉扎尔有什么计划吗？”我问道，主要是为了不去想苦苦等待的未婚夫。

“当然，我必须参加这次会议，并且得到这次会议的内容提纲。为此，夏洛特，我需要你手中的那份邀请函。你已经完全没有办法再混进去了，而我则没有任何问题。”

“苏菲把邀请函放到了自己的包里。她会将邀请函给你的。那么，然后呢？”

“然后？”巴拉尔警探银灰色的目光迷失在我身后的空无之中，“然后，如果我推测得没错的话，威尼斯将成为一座非常危险的城市。”

“怎么会这样？”

“你的朋友来了。”

我顺着他抬起的下巴看过去，苏菲抱着丸子站在餐厅门口，很显然，她想在客人中找到我。我向着苏菲的方向做着夸张的手势。苏菲的脸庞亮起来，她走过来，坐到我们身边。

“早上好，夏洛特。你已经交到一个朋友了吗？”

我开心地冲着苏菲吐了吐舌头。这样看来，她没有认出这位警察先生。在几个月前，这位警察先生试图劝阻我的前上司，让他不要纠缠我。幸好幸好，我可以用另外一个身份向她介绍巴拉尔警探。

“苏菲，我给你介绍一下丹尼尔。”

“我是亚当的叔叔。”巴拉尔警探一边站起身向苏菲打招呼，一边解释道。

“丹尼尔，这位是苏菲。”

巴拉尔警探从桌子上方向苏菲伸出一只手，苏菲热情地与他握了握手。

“您是过来在游戏中助我们一臂之力的，对不对？”

“我更像一位检查工作完成情况的督查员，”巴拉尔警探开玩笑地说道，“夏洛特告诉我你已经成功地为这个游戏画上了句号，对不对？”

啊？真的吗？

苏菲自顾自地端起一盘鸡蛋培根吃了起来。

“游戏结束了吗？”苏菲问道，她的声音变得有些失落。

巴拉尔警探微笑着说：“二位已经在没有被发现的情况下成功找到了会议的举办地点，二位已经赢了。”

“啊，这样的话……不过，这样一来我们还能干什么呢？”

“能把我的邀请函还给我吗？”巴拉尔警探会心地眨眨眼说道。

“这是您的邀请函吗？”

“当然啦！它肯定是属于某个人的。”

苏菲用挑剔的眼光从头到尾审视着巴拉尔警探。

“很抱歉这样说，但是，您的长相并不对。”

“我不参加那个比赛，”巴拉尔警探哈哈大笑道，好像苏菲刚刚说了世界上最好笑的一个笑话，“我只是一个受邀嘉宾。”

我将自己的鼻子埋入茶杯中，好奇地观察着他俩。这样一来，巴拉尔警探会编些什么呢？

“比赛？”苏菲震惊地问，“什么比赛？”

“你没有发现吗？这是一次模仿比赛！”

苏菲就如同一个刚刚知道事情真相的人，拍了拍自己的额头：

“当然是这样！夏洛特！我们本来可以想到这一点的！”

“很显然就是这样，没错。”我附和道。

“这是一场模仿哪个人物的比赛呢？”

“可怕的格雷西姆。”巴拉尔警探庄重地说道。

“谁？”

“是北欧神话中的一个著名人物。据说这是一个半人半侏儒的家伙，他会用跟自己差不多大的一把斧头去砍敌人的脑袋。针对他可能的生活状况，我写了一些书。这也就是为什么我每年都会受邀参会。”

嗯……我们每天都能学到一些东西。并且，我可以肯定，如果我在互联网上搜索一下，我可以找到巴拉尔的著作索引，还可以发现上百条与这个格雷西姆有关的参考文章。天蝎庄园里的小矮妖会仔细地将所有的一切都编造好。

苏菲的双眼亮了起来。

“这可真是太棒了！”苏菲欢呼道，“我并不知道这个人物，不过，我觉得他非常酷。夏洛特，你知道这个神话人物吗？”

“我只知道丹尼尔写过几本与神话有关的书，”我尴尬地说道，“但是，我对这个……可怕的格雷西姆一无所知。很抱歉，丹尼尔。”

“没关系！”巴拉尔警探开玩笑地说道，“那么，可以将我的邀请函还给我了吗？”

苏菲在自己的手包里翻找了一会儿，看上去并不心甘情愿地将邀请函递了过去。

“您觉得我们可以出席这场比赛吗？”苏菲充满希望地问道。

“初期的几场比赛并不对外开放。”巴拉尔警探非常聪明地回答道，“但是，决赛就没有任何问题了。我可以给二位拿到嘉宾席上的两张票，如果二位想要去看看的话。”

什么？

“这真是太棒了！决赛在什么时候？”

“就在十天之后。”

苏菲那披散着红棕色头发的肩膀因为失望而垮了下来。而此时，我正大口大口地安心嚼着自己的烤面包片儿。十天之后，距离苏菲假期结束已经过去好几天了。

“你愿意告诉我应该如何去往开会地点吗？”巴拉尔警探摊开地图继续问道。

“您不知道在哪里开会吗？”

“不知道。这是比赛的第一项考验。参与者只知道比赛在哪个城市举办，然后，他们需要自己想办法找到具体的举办地点。这样的寻找活动会让我们回想起格雷西姆的搜寻，因为他曾经寻找过瓦尔哈拉。今年，我有其他事务缠身，比预期多花了些时间去处理。因此，我没有办法玩这个游戏了。我已经迟到了。”

苏菲信服地点了点头。

“夏洛特，”苏菲小声说道，“你未婚夫这家人真的都太神奇了！”

啊，这个，我没办法反驳她。

一个小时后，我们背着背包，将风衣拉到最高处，向威尼斯进军，丸子紧紧跟在我们身后。我为巴拉尔警探忧心忡忡，但试图尽可能地宽慰自己。作为一名警官，他已经习惯与坏人和凶险打交道了，不是吗？他知道事情发生的背景，他清楚这些家伙们究竟属于哪个组织，他不会冒任何无用的风险。他之前就遇到过比这些杀手更加可怕的家伙。无论如何，墨西哥毒品组织也不是什么好对付的角色。在巴拉尔警探的职业生涯中，他已经摧毁了三个这样的组织了。此外，在我们分开之前，他还记下了苏菲的手机号码，他还同意"如果遇到了什么让人兴奋的事情"，会告诉我们。因此，如果巴拉尔警探遇到了什么麻烦，他会打电话向我们求助。在这些想法的安慰下，我们前往圣·马可广场。每次苏菲一边读着旅游指南一边沉醉于威尼斯美景中的时候，我都会以微笑回应。

我们终于参观了这座著名的大教堂。我将更多的时间用于确认有没有猎灵人隐藏在游客中，而非欣赏教堂的装饰，不过这些富丽堂皇的建筑我也没有错过太多。我们游览了宏伟的总督府与博物馆，这些建筑一座比一座恢宏壮丽。在每年的这个时段，威尼斯的游客没有那么多。很显然，贡多拉船夫在百无聊赖地等待着客人。借此机会，我和苏菲问了一下价格……后来，我们不得不选择乘坐威尼斯水上巴士前往各个景点。慢慢地，这座水上城市的魅力凸显出来。在 11 月苍白的阳光下，这个在苏菲口中与无数有趣故事息息相关的威尼斯散发出来的光辉，让我忘记了我们来到这里的原因。丸子将耳朵竖起，追逐着鸽子或是其他小狗；在我们乘坐水上巴士的时候，它还会冲着水里的鱼吼叫。如果没有丸子的陪伴，我真的会以为自己穿越了。

我们在一家小餐厅的封闭式平台上享受了一顿午餐——虽然它家的意大利千层面闻起来满是工业化生产的味道。之后，我们坐上了一只贡多拉，乘船游览圣十字区。这时，乌云蔽日，风也吹得愈发强烈了。我将风衣上的帽子紧紧地扣在我那从远处就很容易被认出的卷曲头发上，小心谨慎地将帽子上的系带在下巴处系好。我如此这般将自己隐藏起来，即便是再狡猾的猎灵人也无法将我认出来了！贡多拉船夫一边用蹩脚的英语跟我们交谈，一边带我们在威尼斯城里转了一圈。这位贡多拉船夫有着和内河船员一样的黝黑肌肤，肌肉明显鼓起，头戴一顶传统草帽。草帽将他微笑的脸庞掩盖住了一半。他会借口说为了避免碰到被水湮没的房屋而突然偏离航道。当我们来到叹息桥下的时候，他还请求苏菲给他一个吻。他给我们讲述了那个伟大的卡萨诺瓦的故事。当我们穿梭在狭窄的水道中时，他甚至还放声高唱了一段《我的太阳》，他那男高音般的嗓音回响在墙壁间，如同在一座圣母院中。下午的时间过得特别快，在苏菲的请求下，贡多拉船夫将我们送回了圣·马可广场。丸子在狭长的贡多拉船上为自己找到了一个舒适的位置——它钻进座椅下避风。苏菲抱出了丸子。与此同时，我向这个笑得合不拢嘴的船夫支付了一笔他索要的天价交通费。

“我们去佛罗莱恩咖啡馆喝个下午茶，好吗？”当我们的双脚重新踏在坚实的地面上时，苏菲瞪圆了双眼问我，眼里满是贪吃的欲望。

“啊……”我有些犹豫，“我们是不是就在那儿看见了前两个模仿者碰头？”

“是的。”

“啊……”

“这家咖啡馆真的很有名气。我们至少得喝上一杯咖啡，吃上些点心再离开威尼斯吧！”

啊，如果她这样说的话……理论上来说，那些猎灵人都在开会。不过，出于谨慎的考虑，我还是戴着帽子穿过了圣·马可广场。风一直在吹，没有停下来过，不过今天并没有任何“洪水”预警。这一次，我们确认过了。

我仔细观察着佛罗莱恩咖啡馆的橱窗。昨天，因为忙着躲避猎灵人的视线而没能好好欣赏它家的装饰。温暖的光线透过玻璃窗倾洒而出，从外面看，咖啡馆里坐着不少客人。

苏菲继续看着自己那本旅游指南：“创建于 1720 年的佛罗莱恩咖啡馆接待过许多显赫的客人，比方说威尼斯总督、歌德、阿尔弗雷德·德·缪塞、乔治·桑、居塞比·威尔第、拜伦勋爵以及贾科莫·卡萨诺瓦。”苏菲充满热情地继续读着：“这家咖啡馆还有一些风格各异的独立小沙龙，是客人们最喜欢的场所。在时间的磨砺下，老化的木质支柱和被浪花侵蚀的柱石赋予了这家咖啡馆一个不可辩驳的徽章。”

我撇了撇嘴，觉得这里真的是简陋极了，就连橱窗上方那写着“佛罗莱恩”咖啡馆名称的牌匾也需要好好粉刷一下了。

“我们进去吗？”

“我们进去吧。”我最后确认了一次咖啡馆里并没有出现矮小壮实男人的身影。

随着一声铃铛的声响，我们推开了咖啡馆的大门，瞬间，我就忘了咖啡馆外部是多么简陋。咖啡馆的墙壁上画满了壁画，镀金的线脚反射着制作精良的小吊灯的光芒。

人们的欢声笑语盖过了巴洛克背景音乐，这些背景音乐很可能就出自扬声器。天呀，我们至少回到了一个世纪以前！一个身材高大、将头发用纱巾裹起来的女服务员快步向我们走来，神情有些内疚地迎接着我们。

“抱歉，小姐们，”她的声音优美动听，“这里不允许带狗进入……”

在看到我将风衣帽子掀起的时候，这位女服务员惊讶地睁大了双眼，话语戛然而止。不过，只持续了一秒钟的时间，她就恢复了冷静。

“不过，我想这一次我们可以破个例。”她用流利的法语继续说道，“我们不能将这样一只可爱的小狗留在外面，更何况天还这么冷。”

我立刻停了下来，愣在了那里。她知道我是谁？她究竟是敌是友？我怀疑地审视着女服务员——无论是她那被包裹起来的头发、高大的身材、瘦长的脸庞、漂亮的杏色眼睛，还是那身佛罗莱恩咖啡馆的制服，都无法帮助我了解她的真实身份。如果她想将我们领入最里面那间屋子的话，我会立刻跑掉！

她给我们指了一张小小的桌子，桌子周围还有两把红丝绒靠背椅。这张桌子在一个偏僻的角落里，从外面几乎看不到这张桌子的存在，但是坐在这儿可以看到周围发生的一切。为了避免遇到可能会出现的猎灵人，我一定会毫不犹豫地选择这张桌子。她更像是友方，但是，我还是要谨慎行事，保持警惕。

“她怎么会知道我们是法国人呢？”苏菲在我耳边悄声问道。她既吃惊，又敬佩。

“不知道，”我嘀咕道，“也许是因为我的风衣帽子带着巴黎式的优雅？”

苏菲扑哧一声笑了出来，走上前坐到了桌子旁边。我一边向那个女服务员报以微笑，一边更为小心谨慎地跟上了苏菲。

“我建议二位试一试奶油巧克力。”女服务员将菜单递给我们说道，“这是咖啡馆的私人配方，上面挤了许多奶油，二位可以用瓷杯子品尝奶油巧克力。”

“谢谢。”

她脚步轻盈地走开了，这种轻盈与她高大的身材完全不符，这种反差令人感到震惊。苏菲翻开菜单，她那布满雀斑的脸有些苍白。我非常警觉地快速翻开我的菜单，看到那些高得离谱的标价，我瞪大了双眼。

“见鬼了，”苏菲轻声说道，“这比巴黎还可怕……”

“要是这个价格的话，他们应该用金杯子给我们盛奶油巧克力，”我表示赞同，“而不是瓷杯子！”

“认真点儿……你看到了吗？如果有管弦乐队演出的话，我们还需要另外付费。”

有些不安的我们寻找着背景音乐的来源，不过那些扬声器似乎并不能与什么管弦乐队相提并论。这可真是万幸！我们花了一些时间进行选择，那些诱人的甜点、咖啡和巧克力，让人每看一行都会改变主意。从我坐的这个位置可以很清楚地看到那个女服务员去接待其他客人了。不过，她用眼角注意着我们，当我们的目光碰到一起的时候，她会对我微微一笑。嗯……如果她是一个心理变态的话，真是令人发指。

丸子趴在地板砖上，将头放在了我的脚上。不过，此时我的身上不再散发着鱼的气味儿了。无论如何，希望如此。我用香皂将全身上下整整搓了三遍！苏菲脱下了风衣，解开了围巾。

“我去一下卫生间，”苏菲小声说道，“你帮我看管一下包，好吗？”

“没问题。”

苏菲如同一只好奇的猫咪般东张西望地走开了。那个女服务员等到苏菲的身影拐入墙角之后，过来坐到了我的桌子旁。

“很高兴可以见到您，”女服务员小声地惊呼道，“我很担心他们已经对您动手了。”

“谁？”我尽全力让自己保持笔挺的坐姿，尽管我很想向后退缩。

“那些猎灵人。他们已经知道您来到了威尼斯。我听到他们说起过这件事。”

无数的问题在我脑海中打转。

“啊……我们可以从头开始说起吗？”我嘟嘟哝哝地问道。

“噢，当然啦，很抱歉，天蝎王妃。”

啊，很久之前我就已经开始纠正这个称呼了……

“是夏洛特。”我机械地纠正她道。

“对不起，夏洛特王妃。”

我克制住自己，不让自己露出厌倦的神情。好吧，还算有些进步。

“那你，你是……”

“我是埃斯特尔，厄塞布的堂姐。他告诉我许多关于您的事情，也提醒过我说您要来威尼斯待几天。”

我的肩膀放松了下来。厄塞布是一个小精灵，是天蝎庄园的侍酒师。那这个跟我说话的女服务员究竟多少岁了呢？虽然她看起来就如同一位 40 岁的妇人，但她 150 岁，还是 200 岁？

“昨天，当我看到一个猎灵人走进咖啡馆的时候，”她继续说道，“我觉得自己完蛋了。不过，他并不是为我而来。他待在这里的时候完全没有注意到我的存在。后来他走了出去，与另外一个猎灵人汇合。”

我点了点头，我们都看到了相同的一幕。

“我伸长耳朵，想在咖啡馆里听到他们的对话。”女服务员继续说道，“新来的猎灵人跟之前那个解释说，天蝎家族聘请了一位人类女性来跟踪他。然后，他详细地描述了一下您的外貌，还明确说明自己不知道您到底在哪里，不过您应该已经开始跟踪他了。他还补充说道，如果他们中的任何一个人看到您的话，需要想尽办法将您解决掉。”

我的脸色变得苍白。

“他不知道我在哪里？”我重复她的话，连声音都变了，“可是，他知道我要跟踪他？”

“是的，王妃。”

我开始胡思乱想。没有人知道我会来威尼斯，就连两天前的我也不知情。谁会将这件事提前告知猎灵人呢？不会是仆人们，更不可能是天蝎家族的成员。会是瓦尔德本人吗？可是，他也是暗影家族的一员！如果他接近猎灵人，后者应该会试图将他解决掉的，不是吗？

我继续思考着。亚当跟我说过，瓦尔德曾经在暗影理事会上夸耀过我的“才华”。实际上，很多人都知道这件事。

“我们中间出现了叛徒。”我沮丧地低声说道。

“很有可能是这样。不过，那个猎灵人没有提到叛徒的名字。您知道叛徒是谁吗？”

我摇了摇头，另一件事突然浮现在我的脑海中。

“一个猎灵人在这里喝了一杯咖啡，他怎么会没有感觉到你的存在呢？”我惊讶地问。

“我离他很远。我的一个同事同意代替我接待他，因为我说他是我的前夫……”

“他没有发现你的魔力吗？”

“王妃，我没有使用魔力。也许我就是因此而获救。”

我瞪大了双眼，她没有使用魔力？不过，她看起来跟……人类好像呀！

这个女服务员谨慎地向四周看看，将自己头上戴的纱巾稍微掀起一些，让我看到了她的耳朵。她的耳朵尖尖的，完全就是精灵的耳朵。她动作熟练地将纱巾拉回原处。

“啊，”我结结巴巴地说道，“这样说来，你不是……你不是……”

“我没有任何人类的宗教信仰，如果这是您想问的问题的话。”她开玩笑道，“宗教对于我来说还是过于年轻的事物。”

啊，天啊！我几乎从来没有看到有女性这样佩戴纱巾！

“有很多神奇生物在威尼斯生活吗？”我恢复镇静后问道。我想不久之后我应该会被惊得目瞪口呆吧。

“水生神奇生物喜欢在威尼斯的洪水季节来到威尼斯，很多美人鱼长期生活在城市下方被湮没的房子里。我想现在只有一条美人鱼留在威尼斯。”

“是覆盆子。”我轻声喃喃道。

“您认识她吗？”

“啊……实话实说，我遇到了两个猎灵人，覆盆子也遇到了两个猎灵人。”

我只是大概一说，没必要说得太细。

这个被吓呆的小精灵用双手捂住了自己的嘴巴。

“我应该去找您的。”她小声说道，“我应该告诉您，您将会遭遇的危险，如果我只是……”

“请你别担心，我现在挺好的。现在只需要通知还留在威尼斯的神奇生物们，让它们尽可能躲起来。这些猎灵人并不是为了它们才来到这里的。他们是来参加一个三叶草有机种植会议的。”

女服务员皱了皱眉头。

“无论如何，他们是这么说的。”在这个女服务员怀疑我的精神是不是出了什么问题之前，我补充说道，“昨天晚上，我跟我的朋友确认一共有 52 个猎灵人。不过，他们的人数可能更多。”

她自责地眨了眨眼睛，小声说道：“很好。”

“那两个猎灵人还说了些什么吗？”

“没什么了，非常遗憾。他只是说了您现在在威尼斯，并且描述了您的相貌。那些猎灵人都是些该死的偏执狂。”

啊，“该死的偏执狂”应该就是一个固定的表达方式吧？

苏菲的包包开始震动起来，我从包中取出她的手机。尽管出现在屏幕上的电话号码并没有被苏菲以联系人的方式储存起来，但我还是立刻就辨识出了这个手机号码的主人——这是巴拉尔警探的手机号——他今天的任务猝不及防地闪现在我的脑海里。

“喂？”我焦虑不安地接通电话。

“是夏洛特吗？你是不是偷了朋友的手机呢？”

他那戏弄人的口气让我安心了不少。

“你不会因为这就将我逮捕吧？”我假装惊慌失措地惊呼道。

“不，不会，特别是你这个电话接得正好，我就是想找你。”

在看到苏菲从卫生间里走出来时，埃斯特尔起身，向我点头示意自己要离开。

“我听着呢，请讲。”

“我们的猎灵人朋友们并不是在研究种植三叶草。”

“不开玩笑！啊，好吧！谁又会相信这件事情呢？”

“别开玩笑了，夏洛特，你现在在哪儿？”

苏菲惊讶地看着我，坐到了我对面。

“我们在佛罗莱恩咖啡馆，并且打算倾尽所有喝一杯热可可。”我轻松地说道。

“好的，我知道了。你们先别离开，我来找你们。”

“为什么？”

“他们并不打算种植什么三叶草。请你待在那里不要离开。”一阵寂静后，巴拉尔警探说道。

“可是……”

“不然的话，亚当会杀了我的。”

都到这样的境地了吗？

“好吧，好吧。”

“待会儿见。”巴拉尔警探挂断了电话。

我将电话递给苏菲，她的眼神像是要把我吞下。

“是丹尼尔，亚当的叔叔。”我解释道，“我认出那是他的电话号码，才将电话接了起来。他让我们等他一会儿，他也打算倾尽所有点块焦糖软蛋糕。”

“那么，也就是说，你也点了一块焦糖软蛋糕？”苏菲放声大笑。

“嗯……实际上并没有。”

我又拿起了菜单，十几个问题在我脑袋里不停盘旋。到底是谁将我来威尼斯这个消息出卖给猎灵人的？这又是为什么？我被猎灵人杀死后他又能得到什么好处呢？如何在不惊动苏菲的前提下将这个新消息告知亚当呢？Con panna的意思是不是“有奶油”？

好吧，我想到了一个可以将这个情况通知亚当的主意。我将菜单举到鼻子处，将嘴巴藏起来。

“埃斯特尔，”我小声说道，“你可不可以给你的弟弟打一个电话，将所有与那个叛徒有关的事都告诉他，再让他把这个消息告知天蝎家族？”

小精灵埃斯特尔在距离我两个桌子远的地方忙着回答客人们提出的问题，她瞟了我一眼，不可察觉地点了点头，表示没有问题。好吧，现在开始第二步。

“苏菲？”

“怎么了？”

“Con panna 是不是‘有奶油’的意思？”

20 分钟后，巴拉尔警探赶到了咖啡馆与我们汇合，花了 15 秒钟的时间点了一杯“奶油”咖啡和一块烤蛋白塔。这位警探总是给我留下深刻的印象。

“怎么样？”苏菲小心翼翼地搅动着自己的奶油巧克力问道，“比赛进行得还算顺利吗？已经决定获胜者的人选了吗？”

“哦，还没呢！”巴拉尔警探嚷嚷道，“比赛才刚刚开始。”

“那今天都进行了些什么呢？”

巴拉尔警探那宽厚的肩膀不可察觉地耸了耸。

“演示了如何完美地肢解一个小仙女。”他非常自然地回答道。

我皱了皱鼻子，肢解一个小仙女？

“真酷！”苏菲做了一个厌恶的鬼脸开心地说道。

“这相当不同寻常。”巴拉尔警探微笑着说道。

“我想是这样的，没错！”

然后苏菲开心地舀了一勺奶油。我看了一眼自己的那块杏仁脆巧克力，突然感到有些反胃。

“夏洛特，你应该去看看的，”巴拉尔警探用银勺子漫不经心地指了指我，继续说道，“他们像这样抓住一个小仙女……”

巴拉尔警探做了一个抓住苍蝇的动作：“然后他们就扯断了这个小仙女的翅膀……”

我皱了皱眉头。

他用指尖模仿了一个扯断的动作，两厘米。不过，对于猎灵人来说，一个小仙女能有多高呢?

“最后，他们开始处理小仙女的四肢。”

巴拉尔警探拿起自己的勺子，切下烤蛋白塔的边缘，对我露齿而笑，他对自己的演示非常满意。我扑哧一声笑了出来，完全安下心来。我应该把妮科莱特介绍给他。

“这可真骇人听闻！”我放声大笑起来，“我真想参加这个会议！”

“我也这么认为。”巴拉尔警探赞同地说道，“为了给二位展示，我还拍摄了一小段视频，等我们回酒店再看。你们会看到他们可是非常严肃地在演示。”

我一点儿都不怀疑。如果他们可以在不被一只巨型长柄汤匙打破脑袋的情况下，把妮科莱特的翅膀拔去半厘米的话，我就吃掉丸子。

“所有的比赛都属于这种类型，”巴拉尔警探从口袋里拿出一张皱皱巴巴的纸，总结道，“我拿了一张日程安排单给二位看看。这张日程安排单是英语的，不过，我想二位应该能看懂……”

我和苏菲动作一致地俯下身看着这张日程安排单。接下来几天的日程安排很快就将我的热情熄灭。

避开同类抓住一只山怪。

何种武器可以刺穿巨魔的皮肤。

设陷阱捕捉流体状态的仙女。

暗影组织的主要家族。

我眨了眨眼睛，暗影组织的主要家族？他们会开一个与暗影组织主要家族有关的会议吗？

“夏洛特，你可以告诉我你最喜欢的活动主题，”巴拉尔警探轻拍着我的前臂说道，“我可以替你去参加。”

一只折了两折的纸飞机从巴拉尔警探的衣袖中落到了我的手边。苏菲还在咯咯地笑着读那张日程安排。巴拉尔警探用下巴示意我看看纸飞机。我拿起了纸飞机，谨慎地将它放在桌子下面展开。我的血液瞬间凝固。纸的正中间位置是我的照片，上面还标有“通缉”字样。照片下方的几行小字说明了我的完整身份，还解释说如果有人碰到我的话，可以无须预先申请就将我解决掉。我颤抖着双手将这张纸重新折成飞机的模样，放到了口袋里。苏菲还在一边笑着一边点评着日程安排单，不过我没有再去听她究竟说了些什么。我成了杀手的目标，我应该以最快的速度离开威尼斯。

9

暗影组织的主要家族

我借口头疼想回酒店，巴拉尔警探提议陪我回去，苏菲也跟着大部队行动。我们很快就回到了酒店门口。这一次，大门是关上的。当我们走近时，一阵小小的旋风冲出了酒店大门。

“夏洛特——！”

我瞪圆了眼睛。

“艾利亚斯？”

这个小男孩儿投入我的怀中，非常开心。

“惊喜！你喜欢吗？”

“啊……是的，”我机械地将双手放在他那棕色的头发上，结结巴巴地问道，“不过，你来这里干什么？”

“我过来帮助你们参观威尼斯呀！”

帮助我们？我们不需要什么帮助，我们需要离开这里！看来，埃斯特尔没有把消息及时传到天蝎庄园……

“你是一个人来的吗？”我不安地问道。

“不是的，爸爸也来了。我们坐飞机来的，这简直太棒了！我看到云彩就在我们脚下！”

“你从来没有坐飞机旅行过吗？”苏菲惊讶地问道。

“哦，啊，飞机的速度没有那么快。”

“那亚当呢？”在苏菲对这个奇怪的回答产生兴趣之前我问道。

“他随后就过来。”

我点了点头，至少，他们没有使用阴影来到这里。可是，真该死，为什么天蝎家族会聚集在威尼斯呢？我还以为他们今天就会让我们回法国，而不是亲自来威尼斯找我们。

巴拉尔警探看起来像是松了口气，他的眼神不再偷偷地到处张望。这个可怜的家伙！对于他来说，从咖啡馆到酒店的这段距离一定相当漫长。

“好吧，让我们问候一下拉扎尔吧。”巴拉尔警探说道。这次旅行应该让他万分疲倦了。

艾利亚斯信任地拉着我的手，顺从地跟着我们。拉扎尔正靠在一根大理石柱上，双手交叉在胸前。他看起来没有平时那么威严，因为他平时总是穿着典雅的黑色西装。我从未看到过他今天这样的装扮。他穿着一件白衬衫，脖子上系着一条蓝色的领带，手腕上的大金表让他看起来更像一个喜欢健身的有钱商人。回想一下，这样的想法并非完全错误。我们能把天蝎家族比作一个金融帝国吗？拉扎尔起身，将交叉在一起的手臂放开迎接我们。好吧，这个问题我等会儿再思考。

“您可终于来啦！”苏菲没有给拉扎尔留出开口说话的时间，感叹道，“这次旅行真是太棒了！您知道吗，威尼斯简直太漂亮了！我无法向您表达自己的无限谢意。”

“不客气，”拉扎尔面带微笑亲切地说道，“对我未来的儿媳妇与她的朋友来说，这一切还不够好。”

苏菲因为这句恭维话羞红了脸，俯身爱抚着丸子，好像什么都没有发生一样。

拉扎尔转身面向我，问道：“夏洛特，一切还算顺利吗？”

尽管他的表情非常放松，但是声音中充满了焦虑不安。

“挺好的，”我轻松地回答道，“我刚刚让您破产了。”

“发生了什么？”

“在佛罗莱恩咖啡馆，我给所有人买了单。”

拉扎尔左边的嘴角微微上扬，露出了一个忧郁的微笑：“原来如此。我不知道我一天时间能否恢复元气。”

“除此之外，丹尼尔拿回了一份这几天在威尼斯举办的模仿比赛日程安排。这太可笑了。丹尼尔，你可以把日程安排给拉扎尔看一下吗？”

警探从口袋里取出那份日程安排，将它递给了拉扎尔。

“我觉得明天下午的活动挺好的。”警探一边轻点着日程安排上的一行字，一边说道。

“暗影组织的主要家族？”拉扎尔一边读着一边蹙起了眉毛。我的老天爷，我非常好奇地想知道他们接下来会说些什么……

好吧，我也这么认为。如果真的有这样的活动，关于暗影组织的主要家族，那些猎灵人知道的会比我知道的还要多。艾利亚斯的目光移到了我的身上。

“夏洛特。”艾利亚斯小声说道。

“怎么了？”

“这究竟是丹尼尔找到的，还是你找到的？”

“是丹尼尔，瞧瞧，你怎么能这样问呢？”

“好吧……”

艾利亚斯有些失望地撇了撇嘴，巴拉尔警探注意到了他的小动作。

“不过，要是没有夏洛特的话，我可能什么都做不了。”巴拉尔警探解释道。

艾利亚斯立刻又精神了起来。

“为什么要这么说呢？你难道不知道我那不靠谱的名声吗？”

“对，是这样。”巴拉尔警探强迫我接受他的这个说法，继续说道，“孩子们需要向一些英雄人物学习。我非常希望艾利亚斯的榜样是你，而不是他哥哥。”

我翻了个白眼儿。拉扎尔露出了一个微笑。

“好吧，”拉扎尔说道，“很高兴看到一切都还是老样子。”

嗯，拉扎尔难道是害怕看到一个精神上受到创伤的我吗？当然了，我确实遇到了一些心惊肉跳的事。不过，要是说到我那些让人目瞪口呆的经历，他们也一定不会无动于衷！

“你们在说些什么呢？”苏菲重新站起身问道，眼睛里满是好奇。

“我为二位准备了一个小惊喜。”拉扎尔回答道，“我想你们一定会很喜欢的，小姐们。”

两个年轻的女子从柱子的阴影处走了出来，并且面露微笑向我们走了过来。我惊讶地定在了原地。是铁线莲和勿忘我吗？拉扎尔难道没有理解那句话——“在威尼斯聚集了 52 个猎灵人”——的意思吗？

两个仙女开心地笑了起来。啊，她们听到了我的心里话。

“小姐，我们很开心可以再次见到您。”铁线莲向我走近，庄重地说道，“当拉扎尔先生向我们提议，让我们参与到他准备的惊喜中时，我们毫不犹豫地就答应了。”

“什么惊喜？”苏菲大喊道。

铁线莲与勿忘我交换了一个会心的眼神。

“小姐们，请跟着我们来吧……”

我看了拉扎尔一眼，他点了点头表示同意。因此，我们紧跟着小仙女走进了更为狭窄的楼道。这些楼道的装饰非常奢华，铺着带着金色流苏的胭脂色厚重地毯，华丽的壁画展示了威尼斯的生活，雕花木质窗棂与小雕塑被时间侵蚀。这简直就是一座博物馆。

“在这座酒店建成之初，”勿忘我解释道，“这一部分成了威尼斯贵族家庭的秘密会议室，威尼斯总督偶尔也会在这里举行会议。他们会在这里接待同谋、杀手和情妇，因此没有人知道这些人的存在。”

想到在这里策划出来的密谋事件已经消失在奢华的装饰中，我不可自抑地笑起来。等一下，拉扎尔是怎么知道这个地方的？他是不是曾经在这里被召见，还是他的父亲或者祖父曾经在这里被召见？他们仨都曾经在这里被召见？最后一位威尼斯总督是在什么时候退位的？

铁线莲的肩膀不可察觉地抖动了一下，似乎是在抑制自己大笑的冲动。我不能再胡思乱想了。

“我们可以参观吗？”苏菲惊讶地问道。

“啊，小姐，我们不仅可以参观，还可以做其他事情。”勿忘我回答道，“这些区域已经被改造成高级浴疗中心和按摩沙龙了。当然啦，这些地方都为私人所有，严格遵循着只为尊贵的客人服务的原则。”

啊，从威尼斯总督时代开始，这一条就没有发生过什么改变，不是吗？

铁线莲的肩膀抖动得更为厉害了。

“没有发生大改变。”勿忘我平静地证实道。

“你在说什么？”苏菲非常兴奋地问，“什么没有发生大改变？”

“气氛。我们总会觉得自己身处一个秘密的地点，那些秘密依旧在我们上方盘旋……”

苏菲转身面向我，眼睛里满是光彩：“夏洛特，这里真是太太太棒了！”

“我不知道在这家酒店里有些地方只有某些特权客人才能进入。”我边说，眼睛边看向走廊，似乎一位威尼斯总督会从窗帘后面突然出现。

铁线莲和勿忘我在一扇木头大门前停住了脚步。

“苏菲小姐，这是第一关。”勿忘我声音婉转地说道，“如果您愿意进去的话……”

勿忘我将房门推开，带有水果味道的蒸汽从房间里溢了出来。我低下头，想要一探究竟。这是一间小小的、让人赞叹不已的房间，光线柔和，淡紫色的墙壁与一侧的走廊形成了鲜明的对比。从铺着柔软的淡粉色毛巾的按摩床，到浴室尽头的那个咕嘟咕嘟冒泡的小浴缸，一切都散发着现代化与舒适的气息。

十几个造型优雅的小瓶子整齐地摆放在做工精良的玻璃架子上，一个深紫色的软墩子放在了一个小矮桌旁边，桌上摆满了美甲与美足的小玩意儿。

“这可真是见鬼了，”我小声说道，“他们翻新……的时候，并不是装装样子……”

“夏洛特小姐，在稍微远一些的地方，我们为您也准备了一个一模一样的休息室，”铁线莲说道，“二位会在晚饭时再聚到一起。”

苏菲将一只手搭到了我的肩膀上，笑着问道：“你是知情的，对不对？”

“你指的是什么？”

“别装无辜了！你确实想回酒店，不过，并不是因为你头疼，对不对？你想给我制造一个惊喜，对不对？拉扎尔早就已经通知过你了，对不对？”

“他只是让我找一个借口回到酒店。”当着这两个脸上挂着无辜微笑仙女的面，我假装出一副供认不讳的模样说道，“这样你开心了吧？”

“太开心了，夏洛特，我可真喜欢你呀！”

在勿忘我的陪同下，苏菲跳着舞进了这间屋子，房门关上了。我转身面向铁线莲，不太确定将会发生些什么。

“你们真的为我准备了一间休息室吗？”我问道，将声音压得很低。

“小姐，恐怕不是这样。拉扎尔先生让我们照顾好苏菲小姐，这样一来您就可以完成您的任务了。”微笑从铁线莲脸上消失。

“我的任务？你是把我的账簿当作假期任务带过来了吗？”

“夏洛特小姐，是您作为天蝎王妃的任务。”铁线莲撇了撇嘴说道。

“是的，好吧，天蝎王妃，她都不敢出门了。”我一边在口袋里翻找着，想找到那张通缉令，一边低声抱怨道，“来吧，看看吧。”

铁线莲拿起了那张纸，变得非常紧张。

“我知道了，”她小声说道，“我们现在应该去找拉扎尔先生了。”

铁线莲才刚走出一步，又立刻停住了脚步，瞪大了双眼。我的心也怦怦直跳起来。

“怎么了？”我一边检查着周围是否有危险，一边惊呼道。

铁线莲转身面向那扇已经关起来的门，鼓起了双颊，脸变得通红。

“您的朋友正试图趁着与勿忘我单独在一起的机会来审问她！”铁线莲抗议道。

“审问她？”

“她想问勿忘我，问我是不是与亚当先生有一腿！”

啊，好吧，一切顺利。

“怎么会这样呢？一切顺利？您觉得一切顺利？”

该死！我真的应该停止思考了。

拉扎尔一直在酒店大厅里等着我们，他与巴拉尔警探低声谈论着什么。在他们旁边，艾利亚斯与丸子在一起玩耍，这只小狗已经忘记了面对这个小男孩儿的恐惧。也就是说，一切都会习惯的。

天蝎家族的主人转过身，面向我们说道 :“铁线莲，谢谢你。”

“不客气，先生。”铁线莲一边回答一边行了一个小小的屈膝礼。当铁线莲再次抬起头时，她那双绿色的眼睛里闪现出一道坚毅的光芒。

“先生，如果您允许的话，我更希望可以帮助您并留在夏洛特小姐身边。”

“如你所愿。”

拉扎尔脸上浮现出一个稳妥的微笑，他的这个表情让我皱起了眉头。这一次，我又错过了什么？

铁线莲向我走来，压低声音说："厄塞布告诉我们，有一个同胞背叛了我们。只要我们无法确定这个叛徒究竟是谁，我就会待在您身边，以防他突然接近您。"

"你们知道暗影组织中出现了一个叛徒？"我惊呼道。

"是的。"

"那你们还来这里干什么？你们知道在威尼斯有多少猎灵人吗？我原以为你们会直接将我们从这里带走，而不是成群结队地跑过来！"

拉扎尔与铁线莲交换了一个眼神，前者的眼神半是嘲讽半是慈祥，后者的眼神则带有听天由命的无奈。

"先生，我之前就跟您说过了，她的反应一定会是这样的。"

"确实如此，铁线莲，确实如此……"

"我补充一句，我同意夏洛特的看法。"巴拉尔有些焦虑地插嘴道，"我认为您的计划不会成功。上个月我看到了亚当与其中一个猎灵人的艰难对抗，我知道即便对于您而言，跟这些猎灵人战斗也很困难。还有，这次他们的人真的比您的人多多了。"

"什么计划？"我不安地问。

拉扎尔露出了一个意味深长的微笑，这个微笑跟他身上的西装相得益彰，让他平添了几分金融巨鳄的气质。

"面对这么多猎灵人机会难得。"拉扎尔轻松地说道，"我们想趁此机会将他们一网打尽。”

“什么？”

我的声音哽住了，拉扎尔希望凭借两人之力——算上艾利亚斯也只有3个人——完成这次袭击吗？这是我连想都不敢想的事。他们一点儿机会都没有。这简直就是去送死！

“小姐，有件事您得先弄明白。”铁线莲为拉扎尔说情道，“在通常情况下，我们不能跟猎灵人斗起来，那是因为他在我们生活的区域附近活动。不然的话，他就会知道我们住在哪里。如果我们不能把他干掉，他就会带着援兵杀回来。如果幸运的话，我们可以把他干掉，但其同伙也会调查到底。我们从来无法取得胜利。无论如何，我们无法在需要放弃多年苦心经营的一切的情况下取得胜利。如今，唯一的一个机会出现了。几十个猎灵人集结在离我们所在地很远的地方。如果我们现在进攻，即便不能干掉所有的猎灵人，我们也不用担心他们的打击报复。”

“铁线莲，总结得不错。”拉扎尔点了点头。

“但是——”我大喊道，“您这边只有两个人，而那些猎灵人一共有52个！”

“哪一方只有两个人？”在离酒店大门不远的地方，一个男人的声音问道。

我转过身，门口出现了一对夫妻和一个看起来应该还不到18岁的小女生，他们身边放着一只大大的旅行箱。这个男人身材高壮，可以跟巴拉尔警探媲美，他长长的黑色头发在脑后绑成了一个马尾。虽然他穿着牛仔裤和百搭套衫，但他那浅褐色的皮肤让我联想到了印第安土著。他干净的脸庞上一双炯炯有神的黑色眼睛正饶有趣味地看着我。被他揽在臂弯里的女人也是如此。她苍白的皮肤与男人那浅褐色的皮肤形成了鲜明对比。她有一头漂亮的短发，一绺褐色的发梢擦着鼻尖落下，将她那双淡蓝色的眸子遮盖了起来。她的眸子跟拉扎尔的非常相似。

“玛尔特，”拉扎尔向他们走去，大声叫道，“你还是这么在意自己的出场方式！”

这个女人放声大笑起来，丢下自家男人，扑向了天蝎家族的男主人，搂住了他的脖子。

“还有什么是不能为我最爱的哥哥做的呢？特别是他还提议请我们一家来威尼斯度假！多么有异国情调啊！”

我吃惊地站在那里。她的哥哥？还是最爱的哥哥？我不知道竟然还有不在庄园生活的天蝎家族成员！

“这不过是一种表达方式。”铁线莲在我耳边轻轻说道，“拉扎尔先生与玛尔特小姐是天蝎家族那一代仅有的两个孩子。”

艾利亚斯跳到了这个女人脚边。

“玛尔特姑姑，您好呀！”艾利亚斯一边大叫着一边跑向了他们，“希拉姑父，您好呀！”丸子跟在他身后，非常喜欢这个新游戏。

“艾利亚斯！”女人惊呼道，“你都长这么高啦！实在是不可思议，我差点儿没有认出你来。”

当他的姑姑热情地拥吻他时，小男孩儿骄傲地直起了身子。

我还没缓过劲儿来，不过，当我重新思考这件事的时候，发现这一切都非常具有逻辑性。亚当告诉我说他的祖父娶了一个暗影组织的女子。因此，他的祖父有权生下两个孩子，确保暗影种族的延续。为什么我从来没有听人提起过这个玛尔特呢？还有这个人……他叫什么来着？

“希拉，”铁线莲小声回答道，“这是波利尼西亚的一位神明的名字。天燕家族起源于毛利人。”

啊，他不是印第安人，而是毛利人。

“天燕？”巴拉尔警探俯身向我们靠近问道。

“是天燕，”铁线莲证实道，“天燕座里最明亮的一颗星。天燕家族是南半球最强大的暗影家族。”

“这个家族有被国际刑警组织通缉吗？”我问。

如果巴拉尔警探的回答是否定的话，这会让我非常惊讶……

“所有的暗影家族都以星座的名字命名吗？”我问道，“不只是天蝎家族与天龙家族？”

“小姐，正是如此。星星只有在黑暗中才能闪烁。”

噢……

我稍微品了品这句话。

“夏洛特？丹尼尔？”

我抬起头，拉扎尔示意我们与他们汇合。我们顺从地走了过去，铁线莲就像我的影子一般跟在我身后。

“这是我的妹妹玛尔特、妹夫希拉、外甥女莫埃塔。”拉扎尔庄重地向我们介绍，“亲爱的家人们，这位是夏洛特，亚当的未婚妻。这位是丹尼尔，我们一家的好朋友。”

巴拉尔警探的身体蜷缩了一下，这个可怜的家伙。那个叫希拉的人向我走近了一步。

“这位著名人类女性的名字响彻了整个新西兰。”他说着向我伸出了一只大如铁锹的手。

“你别吓唬她！”他的妻子轻拍了一下他的肩膀责备道，“在这次的事件中，天龙家族承担了很大一部分工作！”

希拉微微一笑。这真是太棒了，所有人都对我的生活了如指掌……

玛尔特面色平静地向我走来：“夏洛特，欢迎你加入我们的家族。我想，从你认识艾利亚斯与亚当开始，一定会有许多疑问。”

“啊……是的。”我握住她先后伸出来的两只手承认道。

“如果你愿意的话，你现在就可以向我提出一个问题，一个你想问的问题。这个问题就当是我送给你的订婚礼物吧。”

“啊？”

要是这样的话，我真的很喜欢这个提议！我看着玛尔特，然后看向比她高了一头的丈夫，然后又看向她。

“你们是怎么认识的呢？”我腼腆地问道。

“你可以随意向我提一个与影子生物有关的问题。但是，你只想知道我是如何跟我丈夫相遇的？”她惊讶地瞪大了那双淡蓝色的眼睛说道。

“除非这个问题有些冒失。”我立刻更正道。

这对夫妻的女儿坐在旅行箱上，她扑哧一声就笑了出来。巴拉尔警探微笑着。

希拉则轻拍着拉扎尔的肩膀：“她真的就像你跟我描述的一样。”

“剩下的一切也都非常真实。”拉扎尔解释道。

“剩下的一切？”我警觉地问，“剩下的什么？”

“很好，我接受这个问题。”玛尔特的声音中带着一丝笑意，“我在一次暗影理事会委员会会议上遇到了希拉。本应该是拉扎尔去参加那次会议的，不过，他接到一个紧急委托，所以我代替他去参加了。到了现场我才知道金牛星毕宿五家族的拉斯洛也来了，那个家伙从几个星期前就无耻地骚扰我。我向第一个走来的人请求在整个会议期间给我打掩护。后来我才知道，第一个走过来的人名叫希拉，他代表天燕家族参加了那次会议。我感到有些尴尬，我从来没有想到过他来自这样一个享有盛名的家族。”

“这应该没有让他感到惊讶，因为他两周之后就跟你求婚了。”那个坐在行李箱上的女孩儿开玩笑地说道。

玛尔特非常谦虚地垂下了自己浅色的眼眸。两个星期之后？那么，亚当还算是正常的吧？当涉及婚姻的时候，暗影组织的人是不是都会快速做决定呢？

我将自己的注意力集中到那个小女孩儿身上。她皮肤的颜色比她父亲要浅一些，不过她继承了父亲乌黑的发色。无可争议的是，她有着一双天蝎家族的眼眸，非常强烈的蓝色。这种奇特的混合让她带有一种异域美。尽管她坐在被临时当成椅子的行李箱上，但看起来比我还要高。她叫什么来着？莫埃特？

“是莫埃塔，”铁线莲立刻附在我耳边说道，“是‘发现灵魂的人’的意思。”

啊，对于一个可以读懂内心的人而言，这很符合逻辑。无论如何，莫埃塔一边玩弄着自己黑色的长发一边注视着我，就像我这般好奇地看着她一样。

“我很好奇你为什么想知道这个呢？”她问道，声音中带有一丝怀疑，“你不会更想知道每年我们要完成多少合同，或者……”

我沉下了脸。不用了，谢谢你，莫埃塔。

“夏洛特小姐提出的这个问题并没有看上去那么简单。”在我身边的铁线莲漫不经心地说道，“在知道了这件奇闻轶事之后，她就可以自行确定影子生物之间的关系原则。”

啊？什么？难道他们都是一些不加思考的精神病患者吗？

铁线莲咬住自己的嘴唇不让自己大笑出来。是的，一定就是这样。

“我们到旁边的客厅里去吧，”拉扎尔吩咐道，“在那里我们可以更加舒适，可以安心地讨论些事情。”

“亲爱的哥哥，你家里的那个天龙在干些什么呢？”玛尔特一边紧跟在拉扎尔身后，一边问道，她的脚步如同在跳舞。

“朱莉娅看守着庄园，她并不想缩在后方，可是我们不能冒险让庄园处于没有人看管的状态。在没有精灵看守庄园的情况下，一旦出现危险，其他生物无法守卫庄园。”

天燕家族的成员们严肃地点了点头，我皱起了眉头。精灵都不在天蝎庄园里吗？为什么？他们都去哪里了？

我们走进了一间有着奶油色墙壁、镶嵌着金边的客厅，客厅尽头有一座巨大的、空空的大理石壁炉，铺着天鹅绒的沙发被安置在摆放了点心的小桌子周围。

玛尔特坐在最近的一张长沙发上，优雅地跷起了二郎腿，将褐色发丝拨到了一边。

“52个猎灵人？”玛尔特严肃地问道，“这是最终的数字吗？”

“这不是一个最终的数字，”突然回到警探身份的巴拉尔看起来要自在很多，他抬起肩膀，语气稍显缓和地说道，“昨天夜里应该又来了一些猎灵人，不过，他们都分散在不同的会场中。因此，借助我们现有的方式很难弄清楚他们究竟有多少人。”

“不同的会场？”

拉扎尔从西服上衣的内口袋中抽出了那张日程安排单，递给了他的妹妹。希拉与莫埃塔一起伸长了脖子，想从玛尔特的肩膀上方看看这张日程安排单上写了些什么。房间里安静了片刻。希拉抬起自己深色的眼眸看向拉扎尔，后者转身面向大理石壁炉，手插在西装裤的口袋中。

“拉扎尔，你把我们叫过来实在是一个再正确不过的决定了。”希拉简短地说道。

“这样说来，你们是 4 个人，”我不安地说道，“或者是 5 个人，如果莫埃……如果莫埃塔也一同去的话。但还是太危险了！”

“5个？”靠在沙发上的莫埃塔提高声音问道，“为什么是5个？谁不来了？”

“艾利亚斯负责近身保护夏洛特，”拉扎尔看了一眼试图借助小点心训练丸子用两条后脚站起来的艾利亚斯说道，“铁线莲与艾利亚斯会寸步不离地跟着夏洛特。自从她来到这里之后，已经有两个猎灵人想要杀她了。”

“两个猎灵人？”玛尔特惊讶地重复道，“可是……”

“你是怎样存活下来的？”她转身面向我，就像第一次看到我那样将我打量了一番。

“我运气不错。”我耸了耸肩膀，不想正面回答这个问题。

“没有人可能凭借运气从两个猎灵人手里逃脱！”

“尤其是其中一个猎灵人还死掉了。”铁线莲满意地补充道。

这三个天燕家族成员的目光中充满了尊敬，我做了一个看破一切的表情。啊，好吧，又开始了。

“第一次是美人鱼救了我的命。”我试图解释一下，“第二次，她跳起来抓住了猎灵人，将他溺死在水里了。”

“你成功地获得了一条美人鱼的帮助？”

“啊……是的，怎么啦？”

他们的目光中已经不再是尊敬，而是欣赏。我泄气地垮下了肩膀。这还是不行……铁线莲高兴地笑起来，拉扎尔则点了点头。艾利亚斯跑过来用沾满了糖与丸子口水的黏黏的手指握住了我的手，用自己最为坚定的声音说道："夏洛特是全世界最强的人。"

"我已经开始相信你们没有夸大其词了。"玛尔特高兴地承认道。

"艾利亚斯。"我低声抱怨道。

"怎么了？"

"在和狗狗玩耍之后，我们一定要把手给洗干净。"

"啊？好的。"

希拉靠在沙发上，将双臂交叉在胸前。

"没有，实际上，"希拉小声说，"他们完全没有夸大其词。"

"最后一件事情，"拉扎尔漫不经心地将一只手插进自己发丝中，"在暗影理事会里躲藏着一个叛徒。"

"你在开玩笑吧！"玛尔特惊呼道。

"有人提前通知了夏洛特跟踪的那个猎灵人，不仅告诉了他夏洛特的相貌，还透露了夏洛特执行的任务。除了天蝎庄园里的成员，只有理事会的人知道夏洛特跟踪猎灵人的事情。"

天燕家族的人都咬紧了牙关。

"你为什么要将这件事告知理事会呢？"希拉问。

"不是我，是天龙那个寄生虫。"

"天龙？瓦尔德？"

"就是他。"

“伙计，你真的打算找出这个叛徒吗？”

拉扎尔耸了耸肩膀：“朱莉娅对我发誓说天龙是无辜的。”

“你相信她说的话吗？”

“是的，在这样严肃的问题上，她从来不对我撒谎。除此之外，如果天龙真的将夏洛特告发给了猎灵人，他不就搞砸自己的调查了吗？我不明白他为什么要这么做。据我手下仙女和精灵的说法，瓦尔德最关心的事就是朱莉娅在我们这个家族的安全与地位。此外，这也是他想要进行这次调查的原因。他对夏洛特没有任何攻击性，只有蔑视。”

我露出了一副厌倦的面容，太棒了。

“如果有人将我们的这次行动通知了猎灵人，”玛尔特指出，“那就失去了突袭的效果，事态也会变得更加复杂。”

“这也就是为什么我们需要在进攻猎灵人之前揪出这个叛徒。”拉扎尔解释，“我给理事会的成员们都发去了一条消息，告诉他们夏洛特住在了哪家酒店，但我告诉每位成员的酒店名字都不相同。看看哪家酒店将会遭到猎灵人的进攻，我们就可以知道叛徒究竟是谁了。”

“在知道了各位都在这里的情况下，猎灵人还会试图杀死我吗？”我有些困惑地挑了挑眉。

“啊……我们其他人都会正式入住这家酒店，而你将会住在威尼斯城最为偏僻的酒店中以防猎灵人攻击。这样做也是出于安全考虑。”拉扎尔向我露出了一个狡猾的微笑。

“那他们会上当受骗吗？”

“他们没理由不相信我。”

嗯……

“拉扎尔，你这个坏蛋，”在我们身后传来了一个浑厚的声音，“这简直是太漫长了！”

我转头看过去，5 个人刚刚进入了这间巨大的客厅。一个年纪都可以做我祖父的男人在两个年纪与拉扎尔相似的男人和两个女人的陪伴下走了进来。如果她们的面部轮廓没有欺骗我的话，这两个女人应该是母女关系。比较年轻的那个女人应该要比我年长几岁。

“好吧，来了这么多人呀！”年长的男人边走边说道，“在我看来，玛尔特一直都是这么漂亮与纯真。这个迷人的孩子应该就是著名的莫埃塔吧？长得可真漂亮呀！”

尽管莫埃塔的肤色有些暗，但她的脸还是变红了。

“德内布[①]先生，您好。”

“你这个老混蛋，离我女儿远点儿！”希拉叫嚷道。

这两人笑着拥抱在了一起，其他的 4 个人也走近了我们。他们像跟老朋友们见面一样，向拉扎尔和他的妹妹玛尔特问好。我惊慌失措地与铁线莲以及巴拉尔警探退到了那个庄严的大理石壁

① Deneb 是天鹅座主星，此处为音译。——译者注

炉旁。如果铁线莲可以听到这些人的想法，我则几乎可以确定巴拉尔警探会在心里记下这个不可思议的杀人犯集会。

接着又有三个家族加入了这个团队，后来又来了四个。天鹅家族、室女家族、狮子家族、天秤家族、乌鸦家族、天鹰家族，甚至连著名的金牛毕宿五家族也来人了。这个大厅里站满了以星座为姓氏的男男女女，看起来他们似乎都彼此相识。有些人跟拉扎尔一样身材高大，另一些人的身材就比较普通，还有一个年轻的男人看起来比我还瘦弱。这让我有些不安。

“你发现了吗，只需要满满一车的警察就可以完成这个历史性的任务！”巴拉尔警探嘀嘀咕咕地说着。

“你发现了吗，在你刚转过身之后，这些人都消失不见了！”我轻松地回复道。

“哈哈哈哈……夏洛特，让我想一下……”

我扑哧一声笑了出来。看着这些奇怪的家伙们鱼贯而入，我感到身上的压力减轻了一些。还有人在源源不断地过来，我数了数，算上莫埃塔在内，一共有 24 个人。艾利亚斯蹦蹦跳跳地从洗手间回到了客厅，丸子一直跟在他身后。面对着这样一间人满为患的客厅时，丸子立刻表现出片刻的犹豫，它发出呻吟声，将尾巴缩进了四条腿之间，小心地贴着大理石地面绕了一圈与我们汇合。好吧，总之，这条小狗比我想象中的要聪明一些。

我俯下身，爱抚着它 :“丸子，不要怕，他们是不吃狗狗的。”

铁线莲摇了摇头，目光消失在虚空之中。该死，难道有人会吃狗肉吗？或者是铁线莲在回应其他的事？

最后，亚当终于走进了客厅的大门，不快地皱着眉头。他身边跟着瓦尔德以及三个金黄色头发的年轻男人。这三个年轻男人的发色与朱莉娅的发色一模一样。还有两个男孩儿，我立刻就认出他们是巴西尔与瑞吉斯，凤凰家族的一对兄弟。他们来这里做什么？我不知道巴西尔究竟懂不懂战斗，不过瑞吉斯除了在死掉3分钟后复活之外就不会别的什么了！

我的未婚夫环视了整个人群，然后将炽热的目光停在了我的身上。我对他露出一个羞怯的微笑，不太确定他现在的精神状态。他紧绷的面部放松了一些。好吧，看起来不算太糟糕。他步伐坚定地穿过围在放着小点心桌旁的人群，完全不顾及那些看向我们的目光将我搂进了怀中。

“夏洛特。”他一边轻声说道,一边将脸埋进了我卷曲的发丝中。

我将亚当紧紧抱住，鼻子缩进了亚当的衬衣里。

“一切都很顺利。”我用同样的语气说道,“好吧……除了我们都应该迅速离开这里，而你们却都跑了过来。所有人都看着咱们呢。”

我感觉亚当放松了一些，他和我拉开了几厘米的距离，用自己的额头抵住我的额头。

“你觉得我很丢人吗？”他戏弄我道。

“我得提醒你一下，除了我之外，这间屋子里还有25个嗜血杀手。巴拉尔警探决定将他们一网打尽，铁线莲暗示我说有人可能会吃掉丸子。我如果可以去别的地方，我早就溜了。”

“我这样暗示了吗？”铁线莲惊讶地问。

亚当微微一笑，将我搂得更紧了。在我们周围的影子生物们都骚动起来。

“她就是夏洛特吗？”他们中的一个人小声说道，“我还以为她得有两米高，可以徒手推到一堵墙！”

什么？

“你可别轻信外表，”另一个人说道，“玛尔特刚才说自从她来到威尼斯之后已经杀死两个猎灵人了。”

这可真是些胡言乱语。

拉扎尔来到我们身边，问道：“亚当，英仙家族的人在哪里？”

“很抱歉，爸爸，英仙家族的人不会过来了。”亚当耸了耸肩膀，“他们说这是我们自己的事，他们不会为了我们冒险。你知道他们。”

一道愤怒的光闪现在天蝎国王冰蓝色的眼眸中。

“好吧，”拉扎尔说道，“这样的话，我们人齐了。”

他转过身，拍拍手，将众人的注意力都吸引到我们这儿来。在我看来，这真的没什么必要，因为所有人早就在悄悄地观察着我们。

“朋友们，”拉扎尔声音洪亮地说道，“52 个猎灵人在威尼斯举办了一场小小的聚会，他们还组织了一些活动，比方说肢解仙女，展示可以刺穿巨魔皮肤的武器。”

一片沉寂。

“明天下午，”拉扎尔继续说道，“他们会举办一场关于暗影组织主要家族的会议。”他环顾着每一位来到这里的暗影组织成员，“我提议，我们给这些猎灵人的理论增加一些实践。”

我打了一个寒战，暗影组织的主要家族都聚集起来了。巴拉尔警探没有说谎，就在刚才，威尼斯已经变成了一座非常危险的城市。

10

锁定目标

拉扎尔邀请我们在沙发上坐下，详述了在过去 48 个小时里的发现。我坐在亚当与杜桑兄弟中间。

“瑞吉斯，”我小声问，“你和巴西尔来这里干什么呀？”

“我们过来是为了完成自己最擅长的事情。”他骄傲地挺了挺身，低声回答道。

“你的意思是？”

巴西尔露出了一个凄惨的微笑 :“夏洛特，我们是过来送死的。”

“什么？”

在他兄长的点头示意下，瑞吉斯俯身，避免自己的话被一些可能存在的好奇家伙们听到。

“我们知道关于那个叛徒的事。哪家酒店遭到袭击，叛徒究竟是谁就暴露无遗了。不过，如果某个与暗影理事会成员一样强大的人去攻击那个房间的话，或者是他派……某种生物去攻击，待在房间里的人就死定了。”

我点了点头，这不算糟糕。还有最后一个问题。

“可是你们只有两个人啊？”

“我俩负责蹲守拉扎尔认为最可疑的成员。剩下的房间，由小精灵们在路上设置哨卡。”

“小精灵们？”我惊慌失措地问道，“天呀！不过，你们到底来了多少人？”

“啊……我们把飞机都挤满了……”

我用手捂住了脸。上个月，只是因为一个猎灵人在贝尔福闲逛，这些小精灵半步也不敢离开庄园。而现在，他们却成群结队地来到了威尼斯——猎灵人聚集的城市。

站在我们沙发后面的铁线莲俯下身子，在我耳边小声说道：“小姐，他们都不再害怕猎灵人了。您的存在让他们感到安心。”

“怎么会这样？”我惊慌失措地问。

“他们都很信任您。他们知道如果自己处境糟糕，您会保护他们的。”

我？保护他们？如果不是那条躲在角落里的美人鱼将我从水中捞出来，我早就小命不保了！

“夏洛特，别担心，”巴西尔小声解释道，“我们每个人都非常清楚身为人类的你的极限。我的意思是，我们把你视为了……某种巨型的幸运符。”

我的肩膀垮了下来。实在是太不幸了……

艾利亚斯坐在我的脚边，丸子被他放在了膝头，他一个接一个吞着放在桌子上的小点心。他抬起头，用蓝色的眼睛看向我，眼里满是无辜。

“夏洛特，你喜不喜欢成为一个巨型幸运符，就像巴西尔说的那样？”艾利亚斯问道，他的脸颊上沾满了小香肠的酱汁。

“不是特别喜欢。”我低声抱怨道。

“你希不希望我把他干掉？”

巴西尔愤慨地从天鹅绒沙发上站了起来，我则挑了挑眉。

“我只是想惩罚他一下，”艾利亚斯解释道，“我很清楚我不可能真的把他给干掉。”

然后，艾利亚斯吞下了自己的小香肠。我叹了一口气，很显然，艾利亚斯并不知道还应该说什么……

“不，我的小宝贝，我们不能对自己的朋友下手，即便他们可以复活。”

“啊，真的吗？可是亚当就这么做了，当他在和巴西尔练习如何无痛杀人的时候，他就把巴西尔给杀死了。然后，巴西尔会告诉他究竟有没有成功。”

真的吗？我饶有趣味地看了一眼这个凤凰家族的男孩儿。此刻，他耸了耸肩膀，将双臂交叉在胸前，懊恼地让自己陷入沙发深处。太遗憾了。等一下我再问问是怎么回事儿。我重新将自己的注意力放在了拉扎尔的讲话上。看起来，拉扎尔已经将现在的情况解释完毕了。

站在壁炉旁的拉扎尔与巴拉尔警探展开了一张大大的威尼斯地图，一个红色的圆圈标识了会议的举办地。拉扎尔站在那些认真听着他讲话的人面前，这个天蝎国王用箭头标出了进攻时应该遵循的路线，他们要在不被发现的情况下攻下那栋建筑。我皱起了眉头，这个计划究竟是怎样的呢？他们总不能像马一样猛冲向那么多猎灵人吧！

在一股可以被察觉到的压力下，巴拉尔警探那宽厚的肩膀收紧了，这个动作出卖了他的紧张。他是不是跟我有着相同的想法呢？还是说他一点儿也不喜欢策划一个集体谋杀事件？

拉扎尔谈到了总指令，即不能使用影子靠近目标，不能从上方跳过水道，不能手无寸铁地到处闲逛。血色慢慢从我脸上消失，就这样吗？因为人手不足就只依靠奇袭吗？拉扎尔真的不怕一旦猎灵人警惕起来，我们的力量就被赶超吗？即便每个影子生物在猎灵人反应过来之前就能击倒他们，但是我们的数量还是远远少于猎灵人。更何况猎灵人不会任凭宰割的！

我将手放到了我未婚夫的手上。

“亚当……”

“我知道，我的小心肝儿，”亚当轻柔地打断我，“什么都别说，还没有结束呢。”

啊。

我的五脏六腑都纠结在了一起。我继续听着拉扎尔决定谁从哪条路走，他又详细介绍了一下威尼斯的地形情况，然后结束了自己的陈述。

“我们要趁着夜幕降临完成我们的计划。进攻定在了明天晚上六点，就在那个著名的会议进行的同时。”

我艰难地咽了一口唾沫。这一次，拉扎尔的讲话结束了，没有任何变动。他们还是在奔向死亡。

天蝎家族的男主人拉扎尔满意地巡视着聚集在这间客厅里的暗影组织成员。

“还有什么问题吗？”拉扎尔问道。

瓦尔德站了起来。

“拉扎尔，我不同意你的计划。”瓦尔德高声说道，“你的计划会带领我们走向灾难。在人数上，猎灵人比我们多出了一倍。我们无法在他们意识到袭击之前就将他们都干掉。”

“这个计划确实非常冒险。”拉扎尔平静地将手揣进裤兜，承认道，“不过，如果我们想将他们一网打尽的话，别无选择。”

瓦尔德气愤地摇了摇头：“二对一，拉扎尔！即便是一对一，我们都无法确定自己可以占上风！还要二对一？这简直就是在自杀！”

“夏洛特还打败了两个猎灵人呢！”玛尔特友善地微笑着说道，“我觉得我们有能力做到二对一。”

我惊讶地瞪大了双眼。玛尔特是在嘲笑我吗？我张开嘴想要解释，这时，亚当更用力地抓住了我的手指。

“别说话，我的小心肝儿。”亚当小声说道，他的眼睛里燃烧着奇怪的光。

“可是……”

“你要相信我们，让我们利用你一下。”

他们……利用我？

“这简直就是在胡说八道！”瓦尔德愤怒地抽了抽鼻子，大声喊叫道，“如果我们按照这个计划行事，我们就是去送死！”

“在猎灵人分散在城市各个角落的时候袭击他们也不可行。”年长的德内布说道，“我们并不知道这些猎灵人的位置。如果我们到处闲逛寻找他们，他们会先一步发现我们。如果他们中有人看见了我们，就会通知其他人。我们就会失去唯一一个可以摆脱这群坏蛋的机会。”

“如果我们只是干掉一些猎灵人呢，就像天蝎王妃那样？”一个身材高大的男人提议道。

其他人都转身看向他。我的脑袋中满是各种各样的问题，这些问题一个比一个可怕，我试图想起他究竟姓甚名谁。他的脸很长，一头短发完美得无可挑剔，从外貌来看，就像一位英国贵族……他是不是天鹰家族的劳伦斯？如果我没有记错的话，拉扎尔在接待他的时候，显得有些冷淡。

“劳伦斯，说出你的想法。”拉扎尔邀请道。

“我们可以在路上打闪电战，就像王妃那样。这样一来，没有证人，也没有尸体。”

啊……我干过这样的事情吗？

“我们不知道应该去哪里找那些猎灵人。”德内布提出异议。

“不，我们知道在哪里可以找到他们。”劳伦斯优雅地拿起那张日程安排单晃动着说道。

“明天早上十点，猎灵人会参加一个关于小仙女的学习小组。之前，在会场周围的街上一定会出现很多猎灵人。”

“我们不能在大街上袭击他们！尤其是其他猎灵人可能会赶过来支援他们！”

“如果我们选择那些人迹罕至的小路，就有机会看到猎灵人单独经过那里。我们只须按小组行动。我们中的某些人可以在一旁巡查，而另一些人可以袭击落单的猎灵人。”

“啊——”瓦尔德强调道，“这是一个不错的战略。劳伦斯，谢谢你。”

“这是个胆小鬼战略。”德内布指出。

“德内布，”劳伦斯语气冷漠地说道，“在这里的所有人都没有你、你的家族或者天蝎家族那样强大。如果正面进攻，双方都会出现伤亡。”

我听着他俩的对话，陷入了一种进退维谷的窘境。在我看来，瓦尔德的计划肯定要比拉扎尔的计划谨慎很多，可是，我不能公开联合天龙家族来反对天蝎家族！要是我试着悄悄跟亚当说一句话呢？亚当靠着沙发背，双肩非常放松，他很平和地听着天鹰家族对抗支持拉扎尔的天鹅家族。拉扎尔双臂交叉放在胸前，保持着这个姿势站在壁炉前，眼睛眯成了两条蓝色的细缝，他等着这两人结束争辩。我皱了皱眉头，我不能保证，不过……他的嘴唇是不是小弧度地抽搐了一下……拉扎尔在笑，不是吗？因此，我仔细观察着客厅里的其他人。有些人带着一丝理所当然的微笑看着这几位主角，还有些人一边漫不经心地听着他们的争论一边吃着小点心，剩下的人则有些厌倦地等待着他们结束争论。我稍微挺直身体，我应该是错过了些什么。

“那么，影子生物的会议就这样？”瑞吉斯脱口而出地惊叹道，“爸爸说得很对，这……这……”

“很微妙？”铁线莲补充道。

“很奇怪？”艾利亚斯抬起头问。

“非常不诚实！”巴西尔完善道。

“哎！”亚当抗议道，“我告诉你们我可听见你们说了些什么！”

另一些人笑了出来。毫无疑问，我错过了什么。我的未婚夫无意中发现了我那有些不快的目光。

“我之后再给你解释。在这期间，你不要担心，一切都会向最好的方向发展。”

“劳伦斯说得很有道理！”瓦尔德抨击道，“在会议开始前，让我们先杀死一半猎灵人。这样一来，我们的处境就会更加安全！”

“别说笑了，天龙！”德内布啐了一口说道，“如果在猎灵人到达会场之前我们就干掉他们一半的人，剩下的猎灵人就会非常小心翼翼，我们就失去了突袭的机会。他们甚至会取消会议！”

“安全起见，我们三四个人组成一组。”劳伦斯说道，“要知道我们有 28 个人，最好的情况就是可以干掉 7 个猎灵人。如果每个组都可以逮住一个落单的猎灵人，我们就可能成功，不过我也不能保证。在 52 个猎灵人中，7 个猎灵人的失踪是不会被注意到的。”

“如果只想杀死两个猎灵人，那就没有必要冒险了，还是遵从原计划吧。”

“德内布，如果你希望通过这个古怪的计划把我们除掉，”瓦尔德吼叫道，“你这就是在杀鸡取卵了！”

拉扎尔抬手做出了一个投降的动作：“好啦，好啦！我想我们都同意这个计划。”

我有些混乱地将自己的注意力重新放到拉扎尔身上。

“我们组成三到四人的小团体，明天早上分散到会场周围的小路上。运气好点儿的话，我们可以除掉 4 到 5 个猎灵人。这样一来，我们总归会在傍晚的时候少跟几个猎灵人对峙。特别是，我们还有机会在他们来的时候观察自己的目标。根据丹尼尔提供的信息，午饭的时候会有人给猎灵人分发盒饭，如果有一两个猎灵人走出去到外面吃饭，我们也可以尝试在中午除掉他们。当然啦，因为游客们会到处闲逛，不要引起他们的注意就成了一件更为困难的事。这样一来，我们就要更加小心谨慎。我们不能引来任何目击证人。”

人群中有些人严肃地点了点头。

“我们开始投票吧。”拉扎尔宣布道，“谁支持这个计划？”

瓦尔德像弹簧一样举起了自己的手臂。我发现德内布也几乎立刻举起了手，瓦尔德露出了一个胜利的微笑。我瞪圆了双眼，我还以为天鹅完全会反对这个计划呢。只消两秒钟时间，每个人都举起了一根手指，朝向饰有金色脚线的客厅天花板。很好，我真的无法理解究竟发生了什么。

“完美！”拉扎尔总结道，“接下来，明天晚上，接近下午五点时，我们就开始进攻会场。对于这次袭击，我要下达几点命令……”

拉扎尔突然直起了身子，脸色变得忧郁。

“请各位一定要保持集体行动，不要给猎灵人留下任何可乘之机。一旦我们的存在被敌人发现，就可以使用阴影移动。任何一个人受伤，另外两人要立刻将他撤离，并且陪在他的周围。如果我们在会场内部的战斗人数低于 10 人，不管还有多少活着的猎灵人，要一边打一边向外撤退。我们来这里不是送死的。这里也没有什么需要我们守卫。”

一种忧伤的安静袭来，我的胃又纠结到了一起，比任何时候都要强烈。尽管与最初的那个计划相比，这个计划有了一定的改良，并且要更为保险，但天蝎家族的男主人难道预计到失败，预计到伤亡了吗？亚当也会遭遇到这样的情况吗？一种晕眩感模糊了我的视线。

“谢谢各位的到来，”拉扎尔没有那么严肃地继续说道，“我希望各位可以度过一个愉快的夜晚。”

在客厅的各个角落立刻响起了谈论声，客人们都起身离开了客厅。拉扎尔与巴拉尔警探走到我们身边。

“他们就这么离开了吗？”我结结巴巴地问，还没有从震惊中恢复过来。

“谁？”亚当惊讶地问。

“这些客人们！好吧……这些……这些……这些其他的人！”

“为什么你会希望他们留下？”

“啊……我不知道！组成团队？说一下明天谁会……会去设下陷阱，提醒他们早上的时候不要使用阴影。”

一个愉快的微笑出现在拉扎尔的唇角：“夏洛特，小组已经组好了。我们会以家庭为单位组成小组。明天，每个人都可以按照自己的意愿各就各位。”

“这都是些老练的杀手，”巴拉尔警探半真半假地说道，“即便没有命令，他们应该也不会相互踩到脚。”

“我不认为他们会傻到使用阴影移动。”亚当总结道，“他们每个人费尽千辛万苦乘坐飞机来到这里，并不是为了现在就将自己暴露。”

啊，我试图让自己恢复镇定，但是这些人倒在猎灵人会场的画面一直在我脑海中挥之不去。亚当用胳膊将我圈起，在我耳边小声说道：“一切都会非常顺利的，我的小心肝儿。你听到我父亲是怎么说的了吗？如果我们发现自己不能打败猎灵人，就立刻撤离。”

“可是……可是……”

“拉扎尔，”希拉一边走近一边欢呼道，“祝贺你，我的朋友。”

希拉猛地拍了一下拉扎尔的后背。我眨了眨眼睛。这样的一下能把我拍飞到客厅的另一端，这间客厅简直就是空空如也。

“扮演没有脑子的粗人，你总是这么技艺高超。”

“谢谢。”拉扎尔一边回答着，一边露出了狡猾的微笑。

“如果瓦尔德没有这种反抗精神，我们可以节约多少时间呀！”玛尔特一边走到我们身边，一边说道，“夏洛特，你的脸色实在是太苍白了，你还好吗？”

非常苍白？我对此一点儿都不惊讶。

“我不太明白究竟发生了什么。”我羞涩地承认道。

“实际上，这相当简单。”一直深陷在沙发中的巴西尔平静地解释道，“无论原始计划有多么完美，天龙家族是不会在不对计划进行讨论并且不变动计划要点的情况下接受天蝎家族的安排的。因此，拉扎尔会提出一个有点儿蠢笨的战略，瓦尔德肯定会反对，然后劳伦斯就会提出真正的计划，感觉上这个计划似乎是由劳伦斯逐步想出来的一样。当德内布给劳伦斯提供机会的时候，劳伦斯就会详细说出计划的微妙性。”

我的下巴都要惊掉了。他们是故意演出这一幕的？

“啊……”巴拉尔警探跟我一样震惊，说道：“拉扎尔，我还以为这个劳伦斯一点儿也没有将你放在心上呢……”

“他是我最好的朋友。我们特地不把我们的关系展现在众人面前。这样一来，我们就可以提前计划好操控天龙家族的最好方式。”

巴拉尔警探翻了一个白眼儿：“你们……你们的生活真是太‘正常’了……”

“如果没有这一出的话，我们会无聊的。”玛尔特开玩笑道。

“可是所有人都知道发生了什么！”我惊呼，“当各位在讨论的时候，人们都在怀疑劳伦斯是不是在背地里筹划着些什么。”

“所有人都知道会发生一场角逐，”拉扎尔肯定道，“不过，知道究竟谁与谁联盟的人屈指可数。重要的是瓦尔德感觉自己在谈判中获胜而归就可以了。无论如何，他都会执行这个计划，就如同这个计划是他做出来的一样。”

我瞪大了双眼。我之前还觉得瓦尔德取得了胜利！

“可是……可是，难道没有人发现劳伦斯其实是天蝎家族的盟友吗？”我结结巴巴地问。

“你呢，你发现了吗？”

好吧，这是一个不错的论据。

“我也没有发现。”巴拉尔警探低声抱怨道，他的话语解释了我的沉默。

“那么，这一切就很完美了。”拉扎尔总结道，“没人会再与我们进行争论。我之前并不认为这件事会如此顺利，但所有人都相信了。”

亚当骄傲地用胳膊搂住了我的肩膀，突然间我感到非常沮丧。这就是天蝎家族的思考方式吧！总有一天我会习惯的。

在经过了勿忘我的按摩后，苏菲重新出现在我们面前，有些困乏。

“由各位决定吧，只要不是太远就行。”当我们开始讨论晚餐去哪里吃的时候，苏菲如是祈求道。

让我感到非常宽慰的是，我们又在酒店的星级餐厅吃了一顿饭。一想到明天的事，我就觉得非常痛苦，不想再担心外出用餐可能会遇到猎灵人。

苏菲不停地打着哈欠，拉扎尔说要早点儿休息，我们很快就散了。我亲吻了艾利亚斯的额头，这个小男孩儿跟着自己的父亲蹦蹦跳跳地走开了。亚当将我送到套房门口。我们一起跟苏菲道了声晚安。苏菲关上了自己与丸子的房门。

“勿忘我对苏菲做了些什么？”当苏菲将房门咔嚓一声关上的时候，我低声不安地问亚当。

“什么都没有，”亚当安慰我道，“只是精确地按压了几个穴位，这可以让她……她的……让她陷入沉睡。”

“沉睡？”我激动地惊叫着。

“嘘，好啦！小仙女们会采取这样的技巧让人陷入沉睡或者是将人杀死。”

“她们为什么会想让人陷入沉睡？”我嘟哝道。

亚当耸了耸肩膀：“你知道仙女的魅术，这个能力会让她们变得非常性感。某些心生邪念的男人根本不尊重女性。对此，你比别人都要有更为深刻的认识，不是吗？”

尽管我想控制一下自己，但还是有些生气。很显然，他是在说我的前上司。

“好吧，我的小心肝儿，如果你是一个仙女，你可能会先同意跟他虚与委蛇，然后他就会降低警惕性，你会把他干掉，而我则会非常开心。”

嗯，亚当狡诈的微笑表明他真的非常喜欢自己的这个想法。好吧……我不能让他再幻想了……

亚当的面部表情变得柔和，他的脸庞靠近了我的脸庞。

“那现在，”亚当用充满诱惑的声音低声说道，“跟我……一下怎么样呢？”

我的脸立刻就红了起来。

“天蝎王子，你是不是想让一个可怜的无辜女人走向堕落呢？”无论如何，我还是加入了他的游戏。

亚当将我抱起。我一边咯咯地笑着，一边紧紧抱住了他。我的房卡从牛仔裤里掉了出来，亚当拾起房卡，打开了房门。这间豪华套房铺着厚厚的红色地毯，窗上挂着绣着金线的窗帘，轻柔的静谧感迎接着我们的到来。亚当摸索着找到了房间的开关，轻柔的灯光漫溢开来。亚当巧妙地用脚踢上了房门。

“等一下，”亚当一边将我抵着墙放下，一边喃喃地说道，“我马上就回来。”

亚当走向了那处巨型的窗户，动作敏捷地将窗帘拉了起来。我眨了眨眼睛，想到了自己现在凄惨的境遇。我不能让别人看到，猎灵人和暗影理事会中的那个叛徒都想取我的项上人头。

“那么，我就睡在这里吗？”当亚当回到我身边的时候，我问道。

“是的。”

“那你跟我一起睡吗？”

“是的，除非你不愿意。”

无论如何，我还是开心地撇嘴笑了笑。在这个问题上他总是那么严肃。我用胳膊环住了他的脖子。

“我能想到一个不愿意的理由吗？”我戏弄亚当道。

“对你来说，这两天应该特别艰难吧？”亚当严肃地说，“你刚刚才遇到了地球上最可怕的杀手，艾利亚斯甚至还建议你再去干掉一个。面对苏菲的时候，你还要假装出一副一切都很好的样子。最后，铁线莲今晚在走廊里巡逻。”

我的耳朵红了。铁线莲在巡逻？那么，这样一来，铁线莲就知道了从亚当将房门关上之后我心里所想的一切了吗？我的脸变得更红了。好吧，那样她就太倒霉了。不过铁线莲已经听到了很多更加可怕的事，不是吗？无论如何，我和亚当已经打算结婚了！

亚当好奇地打量着我，说道：“我的小心肝儿，我愿意付出巨大的代价来知道你的脸为什么会这么红。”

“因为铁线莲，”我喃喃地说，“不然你能不能找到另一个我可以将你扔出房间的原因呢？”

亚当的双眼中出现了一片荫翳：“不能。”

亚当的亲吻让我无法再更加深入地思考问题，他的双臂像保护壳一样将我圈了起来。我用手指描绘着亚当方形下巴的轮廓。应该是出了一些问题，一种少有的紧张让他的肩膀变得僵硬。我将手插入他的发丝中，任凭自己的手顺着他的脖子滑下，不过亚当完全没有放松下来。

“亚当，”当他俯下身将唇印在我的脖子上时，我喃喃地问，“你怎么了？”

亚当站起身，蓝色的眼眸直勾勾地看向我的眼睛。在他那蓝色的眼眸中，我读到了一丝严肃——那种严肃让我的心都碎了。

“没什么。”

“是因为我遇到了世界上最可怕的杀手吗？”我不安地问，“因为铁线莲？”

亚当露出了一个阴郁的笑，他用自己的额头抵住了我的额头，他很喜欢这样做。

“不是。”

“那是什么呢？”

亚当将自己的脸庞埋入了我金色的卷发中。这是怎么啦？

“如果明天真的发生了什么，”亚当一边抚摸着我的后背一边轻柔地低声说道，“我希望你知道，你可以住在天蝎庄园里，想住多久就住多久。如果你愿意的话，你可以在那里一直住到生命的最后一刻。”

我的心脏开始猛烈地跳动。

“什么？”我嘟嘟哝哝地问。

“我对仆人们都下达了这样的命令，你想要的东西都会应有尽有，艾利亚斯也会照顾你的。”

我无法呼吸，仿佛空气无法再进入肺部。

“可是……可是你究竟在说些什么呀？你跟我说你的父亲……说你们都提前做好了一切准备，说你们不会发生任何意外，不是吗？”

亚当重新抬起头，打量了我片刻。他眼眸中的亮蓝色就如同两颗镶嵌在海蓝色圆圈中的钻石一样清晰地凸显出来。

“亚当！”我紧紧地攥起他的衬衣，焦虑不安地说道，“你不能死！”

“不会的，正常情况下是不会的。可是，万一真的发生了什么，还是提前说一下。”

“万一发生了什么？万一你死了的话？”

我的声音开始变得尖锐，亚当像一尊大理石雕塑一样站在那里。

“我的小心肝儿，你也知道，那些猎灵人的数量比我们多了一倍。”

“可是……那个计划！它可以很好地……很好地……”

“很好地减少损失。”

“因此，这是个不错的计划，不是吗？”

沉默再次袭来，然后，我那高大的未婚夫放松了下来。

“是的，”他突然间语气轻松地赞同道，“你说得很对，这是一个不错的计划。我们不要再谈论这件事情了。”

我的胃冷不防地收缩了起来。

亚当皱了皱眉头：“我的小心肝儿，我本想晚一点儿再跟你说这件事，我不想浪费这个夜晚。我很抱歉，我不想让你陷入……”

“可是……”我含混不清地说道，“你……你的能力很强呀！”

“是的。”

“你父亲的能力甚至比你还要强！”

“是的。”

“而且你们……你们的人数还是很多的。”

“是的。”

“这样的话……这样的话，你们不会遇到什么意外的，对不对？”

“对的，什么意外都不会发生。”

我闭上了眼睛，从亚当那里我得不到任何信息了。我明白了亚当的意思，他将自己的想法表达了出来，他没有再表现出任何一丝焦虑不安。可是，他真的想过自己可能无法从与猎灵人的战斗中活着回来。他很认真地考虑过这件事，因此他为我做了一些安排。我的思绪开始混乱，我无法想象这件事，我紧紧地抱住了他。

“我不允许你死掉。”我小声命令道。

亚当用手指捏住我的下巴，迫使我不得不将脑袋抬起，他轻柔地拥吻着我。我的心脏怦怦直跳，我用一种焦虑不安的狂热回应着他。我真的好爱他！我甚至都不敢去想象如果他无法回来……我深吸一口气，让亚当温热的气息充满我的体内。很好。无论如何我都要阻止亚当，让他明天无法去袭击猎灵人。但是，我该怎么做呢？我一个人可以完成这件事吗？我的神经开始全速运转起来。

“我们去睡觉吧！”亚当提议道,他的声音中显露出一丝不安。

我心不在焉地点了点头，我将自己的精神过分集中在想要找到一个可行的办法上了。亚当轻柔地拉着我向前走。卧室在这间套房的另一头，我们需要穿过客厅和走廊才能进入卧室，浴室的门就冲着这处走廊。当我们经过浴室门口时，亚当看到了那个粉红色脉纹的大理石浴缸。他停了下来,唇边露出了一个狡黠的微笑。

“啊——”亚当在我耳边喃喃地说道,“如果我们晚点儿睡，你意下如何？”

我眨了眨眼睛，十几个计划在我的脑袋中盘旋，我绝望地发现这些计划都无法实施，这让我非常气恼。泡个澡吗？我喜欢和亚当一起泡澡，他比任何人都清楚这一点。

“好的。”我连想都没有想就答应了。

亚当放开我，拧开水龙头，确认了水温，往浴缸里倒了些起泡的沐浴露。我的眉头因为集中精力而皱起，我无动于衷地看着亚当在忙碌，我正在构建一些或多或少有些荒诞的脚本，以便将亚当留在酒店里。从浴缸传来的水声充斥了整间浴室。

“小姐，”亚当优雅地躬下身子说道，“请允许我为您宽衣解带吧。”

我克制不住地笑了起来，我的脸也羞红了。亚当心满意足地点了点头，用手臂将我圈起，将落在我鼻头上的一绺卷发拨到了一旁，在鼻子上落下了一个吻。

“我就将这视为一个肯定的回答了，可以吗？”

“可以的。”

亚当对我露出了一个开心的微笑，他的手钻进了我的套衫中，动作灵巧地将我的套衫脱了下来，然后我的裤子也被这样脱了下来，与套衫一道被扔到了巧克力色和奶白色交错的瓷砖地面上。我解开了亚当衬衫上的扣子。当我的手指轻轻碰到亚当的胸膛时，他反射性地后退了一步。

“天呀，”亚当低声抱怨道，“必须要赶紧行动起来了。”

“怎么了？”我不安地问。

“你浑身冰凉！我得给你暖暖身子，我……”

我浑身冰凉？我都没有察觉到！亚当用一只手抓住了我的手腕，将我的双手反剪到背后，不让我触碰他。他的视线滑入我文胸的凹陷处，他的另一只手抚摸着将我的胸包裹起来的蕾丝花边。我的脊柱都麻了：“亚当……”

我的内衣也掉落在了地上。

“别害怕。”

亚当将我放进充满了泡泡的浴缸里，让我坐稳。泡泡淹没了我的肚脐，我将双膝紧紧地抱在胸前，希望可以尽快让自己暖和起来。亚当迅速地脱去了自己的衣服，我害羞地移开了双眼。

“我的小心肝儿，你可以看着我。因为我不害羞。”

我偷偷地瞟了他一眼，感觉自己从脸颊一直红到了头发根儿。这个男孩儿完全没有什么羞耻心，不过，他的肌肉……很显然，“给我暖暖身子”这个想法刺激到他了。我试图将自己的注意力转移到他肩膀上的伤疤处，不过没有什么效果——我还是只看到了其他部位。

亚当坐到我身边，浴缸里的水位又上升了几厘米。我完全没什么必要移动自己的身体，这个浴缸可以装下三个人。当然，我并不希望如此。我将自己蜷缩成一团，靠在亚当身上。对他生命安全的担忧和我身上被激发的欲望撕扯着我。亚当用一只手臂将我环住，将我拉近他的怀里，整个儿包裹起来。水温一直都在上升，亚当的体温让我战栗起来。

“我们跟浴室还真有缘，”亚当一边在我的肩胛骨处画着一些想象中的图案，一边漫不经心地说道，“我们第一次做爱就是在浴室里。我们每一次一起泡澡，最后都会以欢爱结束……”

“亚当！”我惊慌失措地打断他道，“你为什么要提起这件事？”

“啊……我挺浪漫的，不是吗？”亚当挑了挑眉毛。

“浪漫？”

“费尔曼向我保证说这样的爱就可以被称为浪漫。这是不是你想要的呢？我是不是很浪漫呢？”

我惊讶地看着亚当，嘴巴张得大大的。突然，亚当失去了一些自信，问道："难道不是吗？”

我笑了出来。

我可怜的未婚夫沉下脸，显得非常恼火："什么？”

“哦，我的上帝呀，亚当！”我眼里充满了喜悦的泪水，哽咽地说道，“你真让人觉得不可思议呀！”

“为什么？”

“菲尔曼想说的是……爱！是情感，而非动作！”

“区别又是什么呢？”

我笑得更加厉害了。我扑倒在亚当身上，搂住了他的脖子。

“这样就好。”我将脸庞靠在亚当湿漉漉的肌肤上，“我爱你。”

“啊……”

亚当安心地倚着我的头，浴池里的水一直漫溢到我的胳膊，泡沫没过了我的鼻子。他关上了水龙头，让我靠着他。

一种难以置信的温柔和快乐向我袭来。一时间，我的呼吸停滞了。然后，我放任自己靠向亚当的身体。亚当用双臂将我“囚禁”起来，似乎他很害怕看到我离开。很长一段时间后，寂静蔓延开来，空气中只有泡泡发出的簌簌声。我用脑袋抵着我未婚夫的胸膛，听着他那平稳缓和的心跳声。他是不是也是这样听着我的心跳声呢？

非常不幸的是，我的思绪很快又回到了之前担心的事情上。

我一直没有找到一个可以阻止亚当离开的办法。我非常清楚，与亚当争论无效。那我该怎么办呢？我缩了缩身体，亚当轻柔地抚摸着我的发丝，说道："谢谢你，我的小心肝儿。"

"谢我什么？"

"谢谢你没有试图阻止我前去攻击猎灵人。"

我什么都没有回答他，我的计划已经清晰地出现在了脑海中。直到我将这个计划付诸实践之前，没有人会知晓。除非有人已经知道了我的这个计划。

当亚当重新闭上眼睛，靠着浴缸休息的时候，我将自己全部的力量都集中了起来。

"铁线莲，"我心里想着，"如果你要将我的计划说出来，我们的友谊就到此为止了。"

铁线莲没有回复我——很显然，我无法读懂其他人的想法。我只能寄希望于铁线莲已经听到我说的话了。

11

夏洛特式的小斗争

第二天早上，亚当很早就起床了。我跟着他一道起身，想陪他用早餐。我们很快就跟拉扎尔汇合了。很显然，他看起来有些不快，找出叛徒的计划失败了。那些“我会入住”的酒店没有一家遭到袭击。也许是我们的计划被泄露了，也许是我的性命不再被猎灵人放在第一位。我们仨不知道应不应该对此感到开心，面包片儿都变得寡淡无味了。

当天燕家族的人来找他们时，天蝎家族这两位成员已经离开餐厅。即便我满腹的不安与焦虑，我也不会展露丝毫。虽然他们中的每一个人都能察觉到我心跳的变化，但我一心想要保全面子。我将要成为天蝎家族的一员了，这多么可怕！除此之外，从理论上来看，在今天下午五点之前他们不会遇到什么危险。猎灵人会议开始之前的小摩擦只是单向的打击，在猎灵人明白自己遭遇到袭击之前就已经毙命了。我笔挺地站在酒店门口看着他们离开，脸上带着坚忍的神情。在我身后传来一阵轻盈的脚步声，铁线莲突然出现在我身边。她平时殷勤有礼的面容被倔强的神情所取代。啊，她终究还是听到了我内心所想的那个计划。

“是的，我听到了您心里所想的计划。”铁线莲低声抱怨道。

“然后呢？”我漫不经心地问。

“我不赞成！”

这我是知道的。

“然后呢？”

“小姐，至少请允许我陪在您身旁。”铁线莲皱起了眉头。

“不用了。”

“您会需要帮助的！”

“你的能力对猎灵人不管用。”

铁线莲沉下了脸。

“等我们回到天蝎庄园之后，”她低吼道，“我也去和食尸鬼一起学习防身术。”

“可以的，”我语气随意地赞同道，“我们就这么办吧。”

我感觉铁线莲有些忧虑地看向我，不过，我已经下定了决心。

“他们已经出发了吗？”一个低沉的声音在我们身后问道。

我瞥了一眼，巴拉尔警探刚刚走下楼来到大厅里。

“是的，”我长叹了一口气说道，“他们想确保自己是第一个到场就位的，万一发生了什么事还可以解决一下。我的意思是，那些患有妄想症的猎灵人可能会在路上设立哨卡。”

“夏洛特,你已经用过早餐了吗？”巴拉尔警探点了点头问道。

“用过了，不过我还可以陪你再用一些。这比我一个人待在屋子里要好……”

巴拉尔警探友善地轻拍着我的肩膀，想给我些鼓励。同时，他看了看铁线莲。

“那你呢？”巴拉尔警探小心谨慎地问,“你吃的东西……跟我们吃的东西一样吗？”

“当然啦,”铁线莲充满魅力地眨了眨眼睛回答道,“像您这样的男士会让我感觉到饥饿！”

巴拉尔警探挑了挑眉毛，铁线莲用手拍了拍自己的前额，做出了一副似乎突然回忆起什么细节的模样。

“啊，我可真傻。”铁线莲感慨道,“的确如此，这个小伎俩已经对您不起什么作用了。既然如此的话,还是算了吧,还是算了吧。丹尼尔，谢谢。我就不跟二位一起共进早餐了。我很少吃那些机器捣鼓出来的食物。”

铁线莲微微屈膝，向我们露出了一个灿烂的笑容，然后朝着楼梯的方向走去。巴拉尔警探面带疲倦地转身面向我说 :“夏洛特，我不知道你做何打算……”

我的情绪似乎出现了一丝好转的迹象，无论如何，巴拉尔警探与铁线莲之间的关系还是很微妙……

整整过了半个小时，苏菲才来到餐厅里跟我们汇合。在这半个小时里，巴拉尔警探解决掉了一根长法棍面包、两个奶油圆蛋糕、四只羊角面包、一片厚厚的火腿以及不少奶酪块儿。为了陪苏菲用些早餐，他又吃下了一些黄油烤面包片儿，喝完了一大杯咖啡——之前吃掉的食物似乎凭空消失了。那些由机器捣鼓出来的食物并没有让巴拉尔警探感到饱足。

在路过大厅时，我们在一张扶手椅旁看到了正在与丸子玩耍的艾利亚斯。

“你们快过来看！”艾利亚斯远远地就对我们喊道，“我教会丸子转圈圈了！”

我们走近了一些。

“丸子，”艾利亚斯口吻严肃地说道，“坐下。”

丸子坐下了。我面带鼓励地点了点头，苏菲的脸上露出了一个开心的笑容。好几年前，小猎犬丸子就学会“坐下”这个指令了。

“那么，现在，丸子，”艾利亚斯继续说道，“打个滚儿！”

丸子一边用自己那满是爱意的巧克力色眼睛注视着艾利亚斯，一边摇着尾巴。

“不是吧！我说的不是摇尾巴！我说的是打个滚儿！”

丸子没有任何反应，苏菲用手捂着嘴巴扑哧一声笑了出来。巴拉尔警探在一旁默默地注视着他们。

“来吧，打个滚儿，打个滚儿呀，丸子！你记不起来这个动作了吗？就像这样！”

艾利亚斯趴在地上，在地毯上打滚儿。丸子低下脑袋，耳朵耷拉下来，似乎对眼前这一幕非常满意。好吧，现在是丸子在指示艾利亚斯打滚儿。

“我的小宝贝，你吃早饭了吗？”

“吃过了，不过，这里的早饭没有妮科莱特准备的可口。”

“你也这么觉得吗？”巴拉尔警探惊讶地问道。

“夏洛特，今天上午我们有什么安排呢？”苏菲从口袋里拿出了一张揉得有些发皱的旅游指南，“我已经标出了很多你们应该会喜欢的景点！我们去参观面具作坊吧，各位意下如何？”

我突然对这个面具作坊产生了非常浓厚的兴趣。面具吗？这是一个好想法！

我将背包挂到肩膀上——我的手提包掉水里了。跟着人群在长廊里向前行进，我用眼角的余光盯着艾利亚斯。这些长廊里陈列的物品与图片讲述了威尼斯面具与威尼斯狂欢节的历史。艾利亚斯偶尔会抬起头，似乎听到了远处传来的声音一般，然后又跑向另一处橱窗。亚当与拉扎尔应该没有遇到什么特别棘手的麻烦吧。他们究竟成功地干掉了多少猎灵人呢？

就在我犹豫的时候，我们来到了一处价格高得让人咋舌的纪念品商店，面具作坊的参观就此结束。我为自己挑选了一个点缀着祖母绿的白色面具。面具上描了一个红唇，眼睛处绣着精巧的紫色弧线；一片儿小巧的面纱垂到鼻部，可将眼睛优雅地遮盖起来；还有一片儿红宝石色的方巾可以将头发包裹起来。苏菲在看到标签上的价格后，心脏险些停止了跳动。不过，当我提出送她一个面具时，她还是开心地为自己挑选了一个周围饰有黑色羽毛的奶油色半截面具。巴拉尔警探则为一个通体金色的带有蓝色头饰的面具倾心。戴上面具，看起来更像埃及木乃伊，而非狂欢节中的威尼斯人。当艾利亚斯在一堆面具下翻到了一个钢铁侠面具时，发出了一阵欢呼。我掏钱买下了我们四人选好的面具，然后走出了这间面具作坊。

“夏洛特,我现在就可以戴上面具吗？”艾利亚斯开心地问道。

“当然可以了，我的小宝贝。”

“太棒了！”

艾利亚斯毫不迟疑地戴上了自己的面具，一个迷你钢铁侠就出现在我们中间。他在距离我们最近的河道石板路上跑跑跳跳。丸子一边叫着，一边迅速向前追赶上去，它的叫声中明显充满了兴奋与狂喜。我戴上了面具，把头发也包裹了起来。

“你打算就这样戴着面具到处走吗？”苏菲吃惊地问道。

“是的，”我坦率地说，“无论如何，我不能让艾利亚斯一个人戴着面具到处游玩。”

苏菲立刻从袋子里取出了自己的面具，将它架到了鼻子上。巴拉尔警探会心地微微一笑，也学着我们戴上了自己的面具。完美！这样一来，即便我们在街上碰到猎灵人，也不会被认出来。这是最好的情况！最糟糕的情况是我们会被认为脑子有些问题。

在这样的伪装之下，猎灵人不可能认出天蝎家族的王妃。

我们只有在吃饭和等待进入博物馆的时候，才把面具摘下来，露出正脸。我们就这样戴着各自的面具在威尼斯闲逛。我们中的任何一个人都没有为此而感到尴尬。现在正值 11 月，威尼斯的天气阴沉寒冷，阵阵冷风刮在脸上让人感觉非常不愉快。威尼斯人向我们投来冷漠的眼神，而贡多拉船夫们则一边挥舞着帽子，一边向我们问好。没有猎灵人突然出现扰乱我们的参观。我不停地看着手表,五脏六腑都纠缠到了一起。决定命运的时刻越来越近了。可是，艾利亚斯脸上始终都没有露出焦虑的神情。他怎么能够如此平静呢?

当我们从莫切尼戈府——在这座漂亮的宫殿里展出了一系列非常棒的古代衣物与香水——出来的时候，听到了某处教堂敲响了下午四点的钟声。艾利亚斯揉着自己的鼻子，将钢铁侠面具推到了脑袋上方。刚才他开心地一个接一个地闻了很多香水，我不太确定艾利亚斯明天是否还能嗅出其他的气味儿。光线暗了下来。这个时间安排简直太完美了。

“那么现在，我们出发去自然历史博物馆吧！”我开心地提议道。

“赞成！我们可以去看恐龙！”艾利亚斯高举着双手欢呼道。

“还有猛犸象。”苏菲明确指出。

“还有猛犸象！”我微微一笑。

计划进行得非常顺利，没有遇到丝毫障碍。我们步行前往自然历史博物馆，这两个景点相距并不算远，没有必要乘坐水上巴士。我是多么幸运呀！

很快，我们就来到了自然历史博物馆入口处。

“该死的，”苏菲喃喃地说道，“这家博物馆禁止狗狗入内。”

的确如此，这一点甚至还白纸黑字地印在了我们午餐时仔细翻看的折页旅游指南上。当时我们一边吃着午饭，一边为下午的参观计划做着准备，只有我一个人注意到了印刷在指南上的短小信息。我小心谨慎地将我的杯子压在了这行字上。艾利亚斯的肩膀失望地耷拉了下来。

“哦，不！我们该怎么办？我们不会现在就回酒店去吧？不会这样吧，夏洛特？”

我摸着自己的面具，装模作样地思考着，然后在艾利亚斯面前蹲了下来。

“我知道。”我一边重新将艾利亚斯连帽运动衫上的拉链拉到最上方，一边说道，“我们分成两队。你和苏菲、丹尼尔一队，你们去看恐龙。我去遛遛丸子。”

巴拉尔警探银灰色的眼眸中闪过了一道猜疑的目光。

“你和丸子要去干些什么呢？”苏菲不安地问道。

“我打算去咖啡馆喝上一杯热茶。”我用一种让人安心的语气回答道，“我的脚开始疼了。这样的话，我正好可以休息一下。”

“你确定吗？”

“千真万确。”

“你不会觉得闷吗？”

我耸了耸肩膀：“别担心，喝完茶我就回酒店，到时候我们就在酒店见吧。不管怎么说，这个自然历史博物馆是我们今天的最后一站，不是吗？如果我们不想错过晚上那场演出，就要抓紧时间了！”

苏菲点了点头，她那半截面具上的黑色羽毛也随之摆动起来。

“我打算加入夏洛特和丸子这一队，”巴拉尔警探宣布，“我的脚也挺难受的，而且我也不太喜欢恐龙。”

“我们一起去看看恐龙，好吗？”艾利亚斯转身看向苏菲，瞪大了自己的双眼祈求道。

“啊……好的。”苏菲嘟嘟囔囔地说道，反转的局面让她有些吃惊。

“太棒啦！我们可以去吃冰激凌吗？”

我微微一笑，我勇敢的小男孩儿。我就知道自己可以信任他，虽然他不是故意这么做的。现在，我只希望巴拉尔警探不要对我横加阻拦。

在苏菲保证会给艾利亚斯在自然历史博物馆里买冰激凌和纪念品之后，我递给苏菲一些钱，然后在艾利亚斯前额上烙上一个吻。他回馈给我一个充满爱意的眼神。苏菲和艾利亚斯的身影逐渐消失，我向水上巴士的方向走去，巴拉尔警探和丸子跟在我身后。

“夏洛特，请告诉我你并不打算去找亚当。”

“当然不，他会气疯的。”

“啊……”

当我爬上浮桥时，巴拉尔警探正用自己怀疑的眼神观察着我。

“我们真的去喝茶吗？”

“喝茶会让你这么不安吗？”我客气地问。

“亚当将你的安全托付给了我，这当然会让我不安。”

“啊，真的吗？我还以为负责监视我的人应该是艾利亚斯呢。”

巴拉尔警探耸了耸肩：“亚当似乎觉得自己的弟弟不是百分之百可靠。看到那个小男孩儿为了去看恐龙化石就不管你，我秒懂为什么亚当会对他缺乏信任了。”

我一边微笑着一边爱抚着丸子，这条小狗神情严肃地坐在我脚边，似乎完完全全知道等待着我们的是什么。

“那么，我们去哪儿呢？”巴拉尔警探继续问。

“我们只不过是去充当警戒而已。”我谨慎地解释道。

“你的意思是说？”

“我们现在赶过去，然后藏起来看看一切是否顺利。如果不顺利的话……”我耸了耸肩膀。

“当我们距离亚当几千米范围的时候，他就能感觉到我们的到来。”巴拉尔警探叹了口气。

“不会的，从今天一早开始，我的心脏就跳得特别快，亚当应该不会再担心我们究竟在哪里。从理论上来说，他现在应该集中精力在忙别的事。他应该听不到我到来的声音。”

巴拉尔警探的脸沉了下来。这时候，威尼斯水上巴士也到站了。

“我们不应该插手这件事。”

我站直了身体，透过面具的窟窿径直看向巴拉尔警探的双眼：“警探先生，我过去了。就这样，没什么别的可说。”

在几秒钟的沉默之后，巴拉尔警探继续说道：“夏洛特，你知道最糟糕的情况会是什么样子吧？”

“不清楚，怎么了？”

“我刚才就想找一个借口将你们丢下，不告诉你们悄悄去找他们。”

啊，好吧，万幸的是他没有时间来实现自己的这个想法。不然，如果我们在会场前碰到对方的话，应该会显得挺蠢的吧……我们登上了威尼斯的水上巴士。

“为什么要把丸子也带过来呢？”巴拉尔警探一边问，一边为我们找到了三个靠在一起的空位——巴拉尔警探需要两个位子来安放自己那宽阔的身躯，另外一个位子是留给我和小猎犬丸子的。

“是因为亚当，无论发生了什么，他都会因为我一个人跑过去而指责我。这样一来，我就可以回答他说，我不是一个人，我还有我忠心的丸子。”

“我觉得这条狗就是一个胆小鬼。”

“这个，确实如此。不过，正常情况下，亚当对此应该是不知情的。请你别出卖我，好吗？”

隐藏在面具下的巴拉尔警探叹了口气——这声叹息的含义一

定就是同意了。

来到通向会场的那条路，我们都放慢了脚步。我有些犹豫，如果我拿掉面具，可能会被猎灵人给认出来；如果我继续戴着面具，会吸引所有人的目光。夜色变得越发深沉，房屋里的灯光一盏接一盏地亮了起来。如果我将自己的头发仔细地绑起来并且待在黑暗中，原则上没有人会注意到我。特别是在这个时间点，那些猎灵人应该都已经在会场里落座，准备听那个著名的与“暗影组织的主要家族”有关的讲座，而这些主要家族的成员不久之后就会突然出现在他们的会场中。巴拉尔警探摘下了自己的面具与蓝色头巾，他的这一举动让我也模仿着他的动作将自己的面具摘了下来。我将两个面具都收入了背包里。

“那现在呢？”巴拉尔警探小声问。

“我知道一个很棒的藏身之处，我们可以躲在那里观察情况，而且不会被别人发现。请跟我来。”

我们沿着邻近的一条街道向前走，一直走到两天前我的藏身之所。那个小小的石拱桥依旧在那里，那张蜘蛛网与窄窄的水道只有几块石板的距离。我尽力让自己躲进去，丸子碎步小跑到水边，伸着鼻子嗅着黑色的流水，尾巴也开始左右摆动。一团看起来像是水藻的物体拨乱了水面，看看，看看，是谁来了……

“我的天呀，”巴拉尔警探一边在我身边蹲下，一边嘟哝道，“他们已经到了。”

我将视线从水道上移开，去观察建筑物。从窗户里射出了一些温暖的光线，在这些光线的映衬下，几个黑色的剪影就变得越发显眼了。他们如同箭矢一般穿过铺砌着石板的广场，潺潺的水声与城市里传来的喧闹声将他们跑动的声音遮盖了。当他们来到被当作护城河的水道时，这些黑色的剪影身手灵活地跳了过去。随后，他们保持着姿势一动不动地攀附在墙上。如果不仔细观察，人们几乎看不见他们的身影。我打了一个哆嗦，既是因为寒冷，也是因为不安。他们是如何做到牢牢地攀住如此平滑的墙壁的？这些影子生物是不是都有着蜘蛛的血统呢？

“见鬼了，”巴拉尔警探收紧了自己的雨衣说道，“他们可以从水道的另一边就分辨出哪些是砖石的连接处，然后紧紧地扣住这些连接处不让自己掉下去。我现在更加明白他们是如何完成那些案子的了。这些家伙真的不是人类……”

“啊，确实如此。”我放松地长叹了一口气。

巴拉尔警探向我投来吃惊的一瞥，问道：“夏洛特，你认为什么确实如此？”

我耸了耸肩膀，小心抬起头避免碰到悬挂在脑袋上方的蜘蛛网，我没有必要让自己看起来像一个窝囊废……

一个比其他侧影都更为高大的身影冲了出来，我稍微平静了一些。这个身影应该就是拉扎尔！他紧紧地附在墙壁上，开始向上攀爬。似乎其他影子生物都在等待他的到来，他们在拉扎尔身后向上攀登。他们在窗户周围停下来。一秒钟之后，响起了一阵嘎吱声，非常微弱的嘎吱声，所有的窗户玻璃都被炸成了碎片儿。

影子生物涌进了会场。我屏住呼吸，握紧拳头，在心里默数着："一，二，三。"第一声响动传来，这是一声真正的怒吼。我强迫自己深呼吸。我不能让自己的心脏跳动得太过剧烈，我不想引起亚当的警觉。巴拉尔警探也握紧了揣在上衣口袋里的手。其他的声音接连响起，中间还夹杂着打斗声。我下意识地绷紧了全身的肌肉。好了，进攻开始了。我的朋友们究竟成功地干掉了多少猎灵人呢？

"夏洛特，"巴拉尔警探目不转睛地盯着会场所在的建筑物，低声说道，"如果等一下发生了什么事，我可能需要使用武器。别害怕，好吗？"

"好的。"我结结巴巴地说道。

"甚至还可能……"

他犹豫了片刻，继续说道："我可能还会杀人。你能接受吗？"

我眨了眨眼睛，突然明白我想要的究竟是什么——我想要的就是简单而彻底地干掉一群人。我艰难地咽下一口口水。

"丹尼尔？"我结结巴巴地问。

"怎么了？"

"你觉得我是不是已经变成一头怪物了？"

巴拉尔警探将自己的监视工作中断了片刻，向我投来了怀疑的目光："怪物？你？"

"我……我，如果你真的杀掉一个人，我不觉得这会让我感到不适……"

巴拉尔警探眯起双眼观察我。

“除此之外，当亚当说起杀掉他们所有人的时候，我并没有尝试阻止他。”我小声补充道。

“就算你尝试阻止亚当，他会听你的吗？”

“啊……”

实际上，我的话起不到任何作用。

“可是，我……我真心希望他们可以死掉，就是那些可怕的家伙。”我坦白道。

巴拉尔警探耸了耸肩膀：“只要你不用牙齿咬断别人的喉咙，我都觉得没有任何问题。还有，如果我开枪，请你不要昏厥过去。”

我慌乱地咬紧了自己的嘴唇。用牙齿咬断别人的喉咙？这也太可怕了吧！

建筑物的穹顶突然间被一层白色笼罩，霜冻的裂痕也在墙体上蔓延开来，在灯光的照射下，这些裂痕闪闪发光。我强迫自己深呼吸以保持平静。猎灵人已经发现了影子生物的行踪，并且认出了他们。他们没有必要再隐藏自己的能力了。丸子弱弱地叫了一声，在我曲起的双膝之间蜷缩成一团。我依旧蹲在石拱桥的阴影里，爱抚着丸子，希望可以给它安慰。幸运的是，它永远都不会告诉苏菲自己看到了些什么……

突然，一声尖叫覆盖了其他声音，这是一个女人发出的尖叫声。我的血液凝固了。猎灵人那边没有任何女性成员。影子生物们遇到了困难。我非常困难地站起了身。

“夏洛特！”巴拉尔警探惊呼道。

“他们遇到了一些困难，”我痛苦地说道，“我得帮他们。”

“那你想干什么？”

我咬住自己的嘴唇。我想跑去帮忙，但又清醒地明白我什么忙都帮不上，这样的纠结几乎撕裂了我的理智。我向着建筑物的方向走了一步，然后停在了那里。

“躲起来！”巴拉尔警探用一种不容置疑的语气悄声说道。

我勉强听从巴拉尔警探。亚当没有什么事吧？刚才是谁大叫了一声？是他的表妹吗？亚当是不是马上赶过去救她了呢？可是如果那些猎灵人给他们设了一个圈套呢，或者是伏击？如果我的未婚夫真的回不来了？亚当已经做好了一切安排，以防万一他……

我继续向前行进，甚至连自己都没有意识到。

“夏洛特！”

我向后方看了一眼，实际上，从我们藏身的石桥到会场之间的距离我已经跑过了半程。巴拉尔警探从桥拱中探出头，脸上露出了不安的神色。

建筑物的大门突然被人打开，我猛地跳了一下。一个猎灵人后退着跑了出来，然后将门“砰”的一声关上了。他开始在桥上奔跑，我全身的血液只向一个方向流去。这个猎灵人想要逃跑！不！那些影子生物呢？必须得阻止他，别让他跑掉！我向前冲了过去，猛扑向那个猎灵人。猎灵人应该没有干掉自己的对手！如果他真的干掉了自己的对手，又会是谁呢？

猎灵人看到我，一脸震惊地张大了嘴巴。愤怒敲打着我的太阳穴。这个凶残的家伙究竟对我的朋友们做了什么？我用尽全力，一拳打在了他的肚子上。他蜷起了身体，呼吸暂停。我毫不犹豫地又在他的下巴上打了一拳，他摇摇晃晃地向水道的方向逃离。

“覆盆子！”我喊叫道。

伴随着簌簌升起的水柱声，美人鱼覆盆子从黑黢黢的水中冲了出来。她的出场方式让我目瞪口呆。她跳到了至少3米高的位置，而她鱼尾的长度则远远超过5米。在灯光的照射下，她的皮肤与鱼鳞闪闪发光。我还没有来得及多看，覆盆子那长得看不到尽头的鱼尾就将那个迟钝的猎灵人圈了起来。他们一起猛烈地扎入了水中。我吃惊地呆立原地，直到一阵突如其来的凉意拂过我的肩膀我才将身体转了过去。一个男人站在我身后，用不可思议的表情注视着水面上的漩涡。我想起了他的名字，他是拉斯洛，这家伙在年轻的时候曾经勾引过玛尔特。

“我真不敢相信，”拉斯洛用手托住下巴，喃喃地说道，“她居然可以驯服一条美人鱼……”

驯服？他是想找死还是想怎么样？我们说的是一条美人鱼，而不是一头海豹！还有就是，他在这里干什么？他怎么不去战斗呢？

“你赶紧回去战斗，我说你呢！”我一边指着建筑物一边怒吼道，“快点！”

拉斯洛向后退了一步，举起双手做投降状。

“很好，非常抱歉。我不知道已经有人守住出口了。我只是想阻止这个猎灵人……”

“快点！”

拉斯洛点了点头，稍微屈了屈膝，然后伴随着一阵冰凉的穿堂风消失在我面前。

我一个人呆立在石桥前方，心跳迅速。我用来击打猎灵人的那只手感到了剧烈的疼痛。

“夏洛特！”

我转过身去,巴拉尔警探向我跑了过来,丸子紧紧跟在他身后。巴拉尔警探抓住了我的手肘，将我拽进了石桥柱石下的阴影里。

“别站在中间！”因为刚刚那一声巨大的噪声，人们都开始将目光投到窗外。

我抬起头，惊慌失措地看向周围房屋的窗户，可是，好像没什么动静。巴拉尔警探的双眼在周围搜索着。

“亏我还担心不敢当着你的面开枪呢！”巴拉尔警探低声抱怨道,“你什么时候学会了拳击？”

“啊……”我不知如何回答。

“她就是那条拉扎尔跟我说起过的美人鱼吗？是她吗？”

“啊……是的。”

“她能一个人解决掉那个猎灵人吗？”

“啊……我希望如此……”

“好吧,真可怜啊。现在请你待在我身后。要是我们被发现了，亚当会杀了我的。”

巴拉尔警探一边仔细观察着河道，一边朝着黑黢黢的河水开了一枪，以防那个猎灵人再从水里冲出来。尽管我很信任我这位新朋友，但我还是小心翼翼地蜷缩在一边。丸子在石板上爬行着，一直爬到水边，将鼻子伸向逐渐趋于平静的水面，似乎是明白了我们面对的挑战。嗯，丸子真的很喜欢美人鱼覆盆子。我等会儿得问问铁线莲这是为什么。

我重新抬头看向建筑物。如果还有猎灵人敢从里面逃出来，不管巴拉尔警探会如何骂我，我都要向他猛扑过去！我的手还是很疼，我皱了皱眉头，但愿我没有把自己的手给弄骨折了……

又过去了几秒，在这几秒钟的时间里，充斥着混乱不堪的打斗声，玻璃的破碎声，还有男人的喊声。我不再控制自己的心跳，老天爷呀，这次战斗已经持续好几个小时了。大门突然被打开。我爬了起来，做好准备。一个矮且粗胖的身影向石桥的方向冲了过来。

“站住！”巴拉尔警探用手枪瞄准他大喊，“警察！”

什么？巴拉尔警探在搞什么？

这个身影减慢了奔跑的速度，但是没有完全停下来。一种突如其来的窒息感撕扯着我的胸膛。我愤怒地颤抖起来，巴拉尔警探双膝跪在地上，一声枪响打破了宁静。那个猎灵人发出一声惨叫，跌倒在桥上。我的气闷依然没有消散。

“丹尼尔！”我虚弱地喊道。

“没事了，”巴拉尔警探上气不接下气地说道，“我朝他的大腿上开了一枪，他这下逃不了了……”

这句话随后就消融在他嘶哑的喘息声中。我倒在了地上，那种压抑的感觉更加强烈了。哦，我的上帝呀，不要这样！突然，一阵寒冷降临在我的肩膀上，我可以自如地呼吸了。我大口大口地吸着气。石桥上，一个纤细的身影站起身，双手叉腰。那个猎灵人被她踩在脚下。

“如果二位只是想把这家伙打伤的话，他们是不会放过你们的。”

我眯起了眼睛，这是莫埃塔吗？

是她。亚当的表妹一边漫不经心地摆弄着自己的长马尾辫，一边注视着我们。

丹尼尔坐在地上，手依然捂着胸膛，神情痛苦：“可是……可是，我想……”

“我知道了，二位想给他一个机会接受人类司法机关的审判。不幸的是，这没用。如果二位想在文明国度里给他们一些必要的警告，二位也会丢掉自己的性命。亚当告诉我说你们有对付罪犯的一套习惯，不过这些家伙……”

莫埃塔来到我身边，把我扶了起来：“我们走吧。”

“什么？”我惊呼道，“我们去哪里？我……”

“这是亚当的命令。没有什么好争执的了。丹尼尔，等一下会有人过来接你的。”

“可是……不要这样！”

太迟了。这个年轻的波利尼西亚女孩儿控制住了我的腰部，阴影在我们面前合拢。

“停下！”当她不费吹灰之力就将我稍微提起来的时候，我挣扎着大喊道，“莫埃特，你立刻把我放下来！把我放地上！”

她惊愕地看了我一眼，并没有停止前行。

“莫埃特？”

“莫埃塔！我不能离开！”

“好吧，好吧……”

她松开手，任凭我掉到地上。阴影浓雾消散开来，但这也没有让光线变得明亮多少。我的脚在倾斜的地面上打个了滑。莫埃塔在最后关头重新抓住了我的手臂。一阵眩晕向我袭来，我们停在了一户人家的屋顶上。

“你把我带到哪儿了？”

“不是很远，你看，会场所在的那处建筑物就在那里。”

我顺着她手指的方向，看到了那个广场，距离这里只有一条路的距离。不过，现在那个广场上挤满了黑色的人影，那些人影正四散逃开。

“这是怎么了？”我惊呼道。

“我们的人手没有那么多。就像计划中预先告知的那样，拉扎尔下达了撤退的指令。不过，因为你还守在那个最为明显的出口，因此他没有办法撤退。这就是为什么我要把你从那里带走。”

“你们……你们知道我在那里？”

莫埃塔悄悄地看了我一眼：“你知道吗，你现在还不是王妃呢！”

“那又怎样？”

“这样的话，正常说来，你还不能够给我们下达命令。”

我挑了挑眉，有些不安。

“我没有对你下达任何命令！”我搜寻着自己的记忆，确定没有出什么岔子，“你正在绑架我，我只是在自我防御……”

“你并没有命令我，你命令了拉斯洛。”

“嗯？”

“他跑去跟拉扎尔抱怨了这件事。拉扎尔就这样知道了你守在大门口。”

“啊……”

我试图回忆自己究竟跟他说了些什么，我对他大吼让他回去战斗，还让他动作快点儿。嗯……

“那拉扎尔是怎么回答他的？”我烦恼地问道。

“你知道吗？在那样的情况下，他露出了豺狼般的笑。然后，他告诉拉斯洛，如果他不高兴，可以不服从你的指令。”

我的双颊泛起尴尬的红晕。我的上帝啊，我居然这么毫不客气地命令一个可以一巴掌就将我的脑袋从脖子上拍飞的家伙。我狼狈地注视着那些被击溃的猎灵人，他们从会场里逃了出来，就在那里，在下方的广场上。没有一个影子生物追捕他们。不管怎样，我没有看到。不过，这些猎灵人奔跑着，就像有恶魔尾随着他们。

我集中注意力，想数一数一共还有多少猎灵人，不再去考虑拉斯洛的事情。15 个，17 个，可能是 20 个或 22 个人？这些猎灵人没有停止逃跑，他们中的某些人已经消失不见了。影子生物们去了哪里呢？

莫埃塔打量着我，完全没有将自己的好奇隐藏起来的意思。

“夏洛特，你在想些什么呢？”

“啊……”我喃喃道，“我知道这挺愚蠢的，可是当我……当我告诉拉斯洛去……回去战斗的时候，我完全不认为他会不听我的话。”

这个漂亮的波利尼西亚女孩儿点点头，表示同意：“通过这一点，我们就可以认出谁才是真正的首领。”

“可是……可是我……我需要道歉吗？”

“完全不需要，除去还没有跟亚当正式结婚之外，你已经是天蝎家族的成员了。”

“下一次，”莫埃塔继续说道，“你需要等到跟我表哥结婚之后。这样可以避免麻烦……”

“夏——洛——特！”

一个真正的小炮弹冲进了我的怀里，并且留在我怀里一动也不动。我的呼吸停滞了一秒，我想向后退，但是两条结实的小手臂将我拦腰抱住。我认出了埋在我胸膛下方的蓬乱发丝，是艾利亚斯。

“艾利亚斯，你要把夏洛特给闷死了。”莫埃塔善意地提醒。

艾利亚斯松开了紧紧环抱住我的双臂，我深深地吸了一口气。

这个小男孩儿抬头看向我，我感觉自己又无法呼吸了。他的脸上挂满了泪珠，我的心跳漏了一拍。有人死掉了吗？那个人不会是亚当吧！

“夏洛特！”艾利亚斯抽噎地说道，“你居然抛下我自己走掉了！”

“什么？”陷入恐慌边缘的我大声嚷嚷道，“谁死了？”

“嗯？”

“谁死了？”

“啊……没有人死掉呀。”

啊，我平静下来。艾利亚斯哭得更厉害了。

“夏洛特，你居然抛下我自己走掉了！我也想过来！”

“很抱歉，我的小心肝儿。”我如释重负地叹息道，“你知道的，我不能把你带过来。我们需要留一个人给苏菲做伴解闷。”

“可是……可是……夏洛特，我爱你啊！”

我撇了撇嘴，这都过去很长时间了。

“除此之外……”艾利亚斯抽噎得更加厉害了，“除此之外，你还是一个人跑过来的！亚当……他会训斥我的！”

“我的小心肝儿，我不是一个人跑过来的，丹尼尔陪我一起过来的，还有丸子。”

“啊，真的吗？丸子也陪你一起过来啦？”

我就知道丸子会是一个不错的挡箭牌。

“还有覆盆子，”我越来越有信心地继续说道，“她又解决了一个猎灵人。”

艾利亚斯吸着鼻子，但将鼻涕擤在了我的风衣上。太可怜了……

“你还会爱我吗？”

“我当然爱你啦！”我一边感叹，一边将艾利亚斯更紧地拥入怀里。

艾利亚斯站直了身体，擦了擦湿漉漉的双颊。

我叹了口气，突然觉得非常疲惫。实际上，整个天蝎家族的人都有些问题。

12

遣回庄园

莫埃塔护送我和艾利亚斯回到酒店。在路上，我们遇到了巴拉尔警探和玛尔特，巴拉尔警探的怀里还抱着内心受到重创的丸子。玛尔特的前额因为忧心而蹙起了一条垂直的皱纹。我的五脏六腑重新挤在了一起。

“亚当在哪儿呢？拉扎尔呢？”我的声音有些尖锐。

“他们负责跟踪最后几个猎灵人。”玛尔特疲倦地说道，“今晚，我们不会再对他们发起进攻了。但是，我们必须对他们进行监控，以防他们返回来袭击我们。我的丈夫、哥哥，还有其他几个人想弄清楚猎灵人的藏身之所。”

“大家都怎么样了？”我问道。

玛尔特耸了耸肩膀，她那双冰蓝色的眸子暗淡了下来。

“他们不好吗？”我的声音哽住了。

“某些家族很快就会将自己的伤员转移走。我不能肯定，可是……我觉得……我感觉在战斗中，有一两个心跳消逝了。”

“什么？”

“但需要明确的是，也许，在我将注意力集中到其他事情上的时候，我就听不到这些心跳声了。”

莫埃塔什么都没有说，垂下眼睛看着自己的脚背。恐慌又慢慢将我吞噬，这种恐慌甚至将我手上的伤痛也掩盖了过去。

“亚当挺好的。”玛尔特用余光观察着我说道，“一个猎灵人发出的一击将亚当撞飞了出去，撞到了一面墙上。拉扎尔替他报了仇，解决了那个猎灵人。不过，我甚至都不太确定亚当是否真的受伤。”

我只能通过吸入冰冷潮湿的空气让自己平静下来。我想接下来的三周我都会不断做噩梦，梦到亚当被扔到墙上。当我们回到酒店门口时，温暖的光线愈发映衬出奇怪而沉重的气氛。

“那瓦尔德在哪里？”巴拉尔警探低声问道。丸子将鼻子埋在他的手臂下方。

玛尔特突然挺直了身体，她的眼睛里闪过一道亮光。

“我不知道，”玛尔特低声说，“在整场战斗中，我都没有发现他的身影。我不知道他在哪里，但可以肯定的是他跟我不在同一个楼层。”

“也没跟我在同一个楼层。”莫埃塔回应道。

愤怒充斥着我的整个胸腔。

“瓦尔德自始至终都躲起来了吗？”

“这就无从得知了！”玛尔特啐了一口，“不过，那栋楼一共就两层，这个卑鄙的懦夫……”

“我去把他干掉怎么样？”艾利亚斯满怀希望地问。

“那丸子呢？”我试图熄灭自己想要迫切干掉瓦尔德的怒火，“它怎么啦？”

“它不太能够忍受在阴影中穿梭。”巴拉尔警探一边责备地看着那只一直将脑袋埋在自己手肘里的小猎犬，一边回答道，“这条狗真是太没用了，特别是当我想到它甚至都没想去咬那个攻击你的家伙……”

“夏洛特！”一声焦虑的尖叫让我们几个人愣在了原地。

苏菲从酒店门口跳了出来，哭成了泪人。

“夏洛特！”苏菲大声喊道，“这太可怕了，我弄丢了艾利……”

她的目光落到了牵着我的小男孩儿身上。

“艾利亚斯！”

苏菲扑到了艾利亚斯身上，用尽全力将他紧紧抱在怀里。

“你这个小笨蛋！”苏菲喊道，半是气愤半是宽慰，“你为什么一声不吭就消失不见了呀？你知道我有多害怕吗？如果你真的发生了什么意外，你让我怎么跟夏洛特交代？”

艾利亚斯打量着苏菲，就像她完完全全变成了一个疯女人。莫埃塔的目光跟艾利亚斯的目光一模一样。巴拉尔警探皱了皱眉。

“你想让我把她给干掉吗？”玛尔特偷偷摸摸地向我靠了过来

悄声问道。

嗯？这只是开玩笑吧！

在我惊恐的目光下，玛尔特后退了一步。

“很好，很好，”玛尔特低声说，“我只是想帮帮你而已……”

我俯身面向一直想从苏菲的怀抱中逃脱的艾利亚斯，用最严厉的语气说道：“艾利亚斯，你没有告诉苏菲就一个人一声不吭地走开了吗？”

艾利亚斯抬起蓝色的眼眸望向我，从他那为难的表情中我读出了他的纠结，这就是艾利亚斯的回答。他听到了我内心的焦虑不安，所以他想都没想就跑过来找我了。我无法想象当苏菲发现只剩下自己一个人的时候会有多么慌乱。

“夏洛特，我真的非常抱歉，”苏菲抽噎着说道，“我应该更加小心注意才对……我……我正在和酒店的工作人员一道报警……”

我皱了皱眉，如果要让苏菲感到心安的话，我就得让艾利亚斯道个歉。得好好斟酌一下措辞！

“苏菲，别担心了，”我尝试着安慰她道，“没事了。我会责罚艾利亚斯的，毕竟他让你这么担心。”

“不要这样！”艾利亚斯抗议道。

“哦，你得接受惩罚。”

“可是，我只是想……你……”

“别废话了，”我打断了艾利亚斯，“绝对不能一句话都不说就擅自离开。大人们会非常担心，担心你会发生意外。”

“当然不会啦！”

“当然会！你不过是一个10岁的小男孩儿，而且这座城市里的人并不是每一个都那么友好和善。”

艾利亚斯想抱起双臂做出赌气的样子，但苏菲一直紧紧抱着他，似乎艾利亚斯就是自己全部的依靠。

“现在去跟苏菲道歉。”

“苏菲，对不起。”小男孩儿低声嘟哝道。

“告诉苏菲你不会再这么干了。”

艾利亚斯耸了耸肩膀。

“我不会再这么干了。”艾利亚斯结结巴巴地说道。

“可是，你为什么要走掉呢？”苏菲把艾利亚斯抱得更紧了，慌乱地说，“我真的是太着急了！我还以为你被人绑架了！”

“我只是想去看看夏洛特。”

“可是……你知道她在哪里吗？”

“啊……”

“我在回酒店的路上找到了他。”我插嘴道。

“是的，我相信夏洛特很快就会回来。”

“你需要把这件事情告诉我！”处在绝望边缘的苏菲大发雷霆，“我可以陪着你去的呀！”

艾利亚斯规规矩矩地看着自己篮球鞋的鞋帮，露出懊悔的表情。苏菲抚摸着艾利亚斯的脸庞，站起了身：“夏洛特，我实在是太抱歉了。”

“这不是你的错，”我恶狠狠地看了看艾利亚斯，安慰苏菲道，“我等一下会跟这个淘气鬼严肃地谈谈。”

“啊……”

这时，苏菲才看到了玛尔特、莫埃塔和一直抱着丸子的巴拉尔警探。

“你们好。”苏菲腼腆地说道。

“啊，对了，我给你介绍一下，这位是玛尔特，她是拉扎尔的妹妹。还有这位是莫埃塔，是玛尔特的女儿。玛尔特、莫埃塔，这位是苏菲，我的朋友，陪我一起来威尼斯度假。”

“苏菲，我很开心可以再次见到你。”为了将我从这个明显的沉默中解救出来，巴拉尔警探插嘴道，“丸子受到了很大的惊吓。”

“啊，真的吗？”

“一艘摩托艇在驶过我们附近的时候爆炸了，这个可怜的小家伙被冰冷的河水溅了一身。我尽量将它身上的毛给擦干了，但是，它不愿再离开我的臂弯了。”

“我可怜的丸子！”

苏菲快步将丸子抱回了自己怀里。这条小猎犬因为离开了巴拉尔的怀抱不满地呻吟着。不过，当它认出了自己的女主人后，又变得活跃起来。丸子安慰般地伸出舌头舔着苏菲。好吧，所有人都还挺好的。

“我们可以在酒店喝杯茶，平静一下我们的心情。”我提议。

其他人也表示同意。玛尔特最后观察了一下周围的情况。嗯，她和莫埃塔也完全没有继续陪着我们在这儿聊天的意思……

酒店经理为我们打开了一间小小的私人茶室。这间小茶室气氛温馨，墙壁四周挂满了镜子，里面摆放着雅致的家具。一位年轻的男侍者为我们送来一大壶冒着热气的茶，还有一大盘奶油小点心。他离开的脚步声消失在酒红色的厚地毯中。

在喝完热茶后，苏菲的肩膀才完全放松下来，而我的坐姿则非常僵硬。尽管玛尔特与莫埃塔面容平和，聊天的话题也非常轻松——这就代表着拉扎尔、亚当与希拉这仨没有遇到任何危险，可是我就是无法让自己平静下来。我的手疼得没那么厉害了，不过手上有一块大大的青肿。艾利亚斯坐在地上，膝盖上摆了一托盘小点心，从冲击中恢复过来的丸子用鼻子嗅着小点心。

当第三壶热茶还剩下三分之一的时候，亚当回来了。发梢遮盖住了他那让人捉摸不透的面庞，我知道他在谋划些不太妙的事。

“请各位原谅我，”亚当直言不讳地说道，“我借用夏洛特几分钟。”

他抓住了我那只没有受伤的手，用铁一般坚硬的手掌拽着我往外走。在茶室的大门再次被关上之前，我只来得及向苏菲投去一个歉疚的微笑。亚当一言不发地拉着我向楼梯的方向走去。

“我们去哪儿？”我胆怯地问。

“去你房间。”

啊，原来如此。

“你很生我的气吗？”我压低声音问道。

亚当没有回答我的问题。这样的话，他就是很生我的气。同时，我也知道自己跑到猎灵人的集会场所，将自己暴露在危险之中会造成什么样的后果。可是，我已经做好了迎战他们的准备。

“我知道你想要保护我，可是我也想保护你呀。我真的很担心你们。当你同一群残忍的怪人拼命的时候，我不可能作壁上观。特别是就连你都不知道自己是否能全身而退，我不可能……”

“夏洛特，我知道。”亚当走到门前停了下来，打断了我。

“嗯？”

“我已经知晓了一切，你没有必要再给我说一遍了。”

我没明白他的话，只能皱了皱鼻子，打开了房门。

“不过，既然你都知道了，你为什么……”

“我并没有生你的气，”亚当将我拽进屋里，打断了我的话，“我是在生自己的气。”

“为什么？”

“因为我本应猜到会是这样。”

这样一来，我更是丈二和尚摸不着头脑了。

“你本应该知道什么呢？”

亚当将我身后的窗户关上。

“我本应该知道你会跟着我跑到会场那里的。”他将我拉向自己喃喃地说道，“我本应该知道你会担心我们。我可真蠢。”

亚当把脸埋进我的卷发中，我傻傻地愣住了。亚当没有生气吗？他不打算把我骂个狗血淋头吗？这么说来，我把丸子一起带过去和我事先准备好的说辞都用不上了吗？

亚当的手指滑到我的下巴上，将我的头抬了起来，亲吻着我的额头，然后又放开了我。

“你在干什么？”看到亚当转过身，拿起了我的行李箱，我惊讶地问道。

“收拾你的行李。”

“什么？”

亚当停下动作，他那炯炯有神的蓝色眼眸直视着我的眼睛。我打了个哆嗦。

“我不能阻止你从酒店离开，”亚当一字一句地说道，似乎压抑着一种沸腾起来的愤怒，“而且，我也并不想将你绑在床上。可是，无论如何，我要保证你的生命不会受到威胁。”

“你要把我送上飞机，遣返回天蝎庄园吗？”我突然明白了亚当的用意，感到非常不安。

“是的。”

说完，亚当又转过身去收拾我的行李。

我的脸沉了下来：“我该怎样跟苏菲解释假期提前结束了呢？”

“我来负责跟她解释。”

“只要你还留在威尼斯，我就不想回去。”

亚当耸了耸肩膀，这个动作说明他试图通过深呼吸让自己平静下来。

“夏洛特，你不能留在这里。”

“为什么？”

“因为这个。”

亚当从口袋里掏出一张皱皱巴巴的纸递给了我。我将这张纸展开，牙齿咬得咯咯作响。真该死，这分明就是一张悬赏令。

“你知道的。”在我听天由命般地耸了耸肩膀后，亚当大声喊道。

“丹尼尔之前跟我简单说过几句。”

“你明明知道自己被猎灵人通缉了，今天居然还敢在威尼斯城里乱晃！”

“我戴着面具呢！”我反驳道，“那些猎灵人正忙着参加会议，学习如何肢解一个小仙女呢，他们不可能跑到莫切尼戈府去。”

亚当皱起了浓密的眉毛，表示反对。

“这一次，我非常肯定，”亚当低声埋怨道，“即便我得使用暴力，也要将你塞进飞机。你一个小时后出发。”

“可是……”

“猎灵人不会再待在会场里开会了，他们躲藏在这座城市的各个角落。从现在开始，一场围捕战就要展开了。如果他们对你下手的话……”

亚当还没有说完，就将目光从我身上移开了。不过，他的速度还是不够快——我发现了他眼中的不安，我的心变得柔软起来。

“那你呢？”我不安地问，“如果他们要找的人是你呢？”

“我们不会单独行动，我们从所有的暗影家族集结了七队小精灵，他们都已经到达威尼斯了。我不会发生任何意外。”

“可是……那如果……还剩下多少猎灵人呢？”

“根据我们最新的统计，现在还剩下21个猎灵人。你瞧，剩下的猎灵人不多了吧。即便不算上那些小精灵，我们现在只需要分别对付一个猎灵人，你不用再担心什么了。”

在亚当继续收拾我的行李箱时，我走近了他，双臂环在他的腰上，脸靠在他的背上。亚当停下手上的活儿。

“亚当，你应该知道一些事情。”我喃喃地说道。

“什么？”

“你做好了完全的准备，万一你在这次战斗中丧生，我还可以过着富足的生活。不过，这没有什么意义。”

“为什么？”

“如果你死去，我也不会独活，我永远都无法从你的死亡中走出来。”

亚当冷不防地转过身面向我，将我抱紧，我差点儿背过气去。他丝毫没有松开，猛烈地亲吻着我。在缺氧的情况下，我觉得自己的腿都软了。亚当将我抱起来，放到床上，仿佛我像一片羽毛一般轻盈。我终于可以呼吸了。

“夏洛特。”亚当一边重新将我拉过去，一边低声呢喃道。

“啊……怎么啦？”

“永远都别说这样的话。”

两个小时之后，天蝎家族的私人飞机确实从马可·波罗机场起飞了。我、苏菲、艾利亚斯、丸子、铁线莲和勿忘我都坐上了飞机。我不知道巴拉尔警探是怎么做到的，他通过协商被获准与影子生物一起待在威尼斯。我将手肘拄在悬窗边上，注视着渐渐远去的威尼斯城，城市很快就消失在灰色的云雾中。铁线莲忙着给我受伤的手涂药膏，我手上的青紫色已经变得非常吓人了。我感觉那只手从伤口到手腕都变得非常笨拙，不过，这并不是我最忧心的事。我不再试图违抗亚当的意志。我知道亚当因为母亲的去世和父亲几个月来的萎靡不振有多么痛苦。与其去经历拉扎尔曾经经历过的一切，亚当宁愿死。对于我来说，这样的做法有些自私，但是，我并不认为现在是跟他说明这件事的绝佳时机。既然那些噩梦都已经烟消云散，那就不要再让亚当回忆起这一切了。在我离开之前，玛尔特稍微跟我提了一下，说她会照顾亚当，这让我安心。在很多方面，我都在玛尔特身上看到了拉扎尔的影子。虽然除了她那双冰蓝色的眼眸，玛尔特看上去像是一个普普通通的女人。我对玛尔特是不是可以用两根手指捏碎一个男人的脑壳表示怀疑。艾利亚斯曾经在一个西瓜上给我演示过他们是怎么用两根手指捏碎别人的脑壳的。这是一个在家族中传承的技能吗？

苏菲在舒适的皮质长沙发上躺好，漫不经心地爱抚着在她肚皮上蜷成一个球的丸子。

“不过，征用你的车去逮捕那些从贝尔福监狱逃跑的犯人着实是件很奇怪的事。”苏菲困惑地说道，“幸运的是，那时候我们并不在贝尔福，不然我会非常害怕自己可能会被一枪打死。你能想象出那些警察们会怎么做吗？”

“非常严重……”我既为亚当想到的这个借口感到苦恼，又为苏菲居然会对此信以为真而忧愁万分。

“不过，竟然要在24小时之内将车取回来，没有什么人可以代你把车取回来吗？”

我耸了耸肩，鬼知道亚当怎么编的这样一个故事，是不是有网站专门收录地球上最糟糕的借口？

“很不巧，没有人能帮我把车从警察局领回来。”我小心翼翼地回答道，“这辆车登记在我的名下。”

“真糟糕，我还挺想去看今晚的那场演出。我想你可以让人帮你把票给退了……不过，好吧，至少我们完成了亚当外公安排的游戏任务。如果我们得在没有结束游戏的情况下离开威尼斯的话，我会非常难过的，特别是他的外公还为这个游戏费了那么大的劲儿。”

这是当然啦，我费了好大的劲儿才将自己愤怒的表情强压了下来。瓦尔德和天龙家族的其他三名成员在我们出发前一会儿才现身。我竖起耳朵注意听了一下，瓦尔德小声跟玛尔特解释说自己尾随着猎灵人去到地下室，想要切断可能会从地下逃跑的去路。玛尔特——拉扎尔的妹妹——瞥了瓦尔德一眼，眼里满是怀疑，不过她并没有反驳些什么。即便如此，我还是可以猜出玛尔特在想些什么，因为她的想法都写在了额头上——一座建在水上的城市会有地道吗？但为了不让自己看起来像一个傻瓜，最好还是先确认一下威尼斯到底有没有地道。虽然我并不相信这种鬼话，我甚至都怀疑他是不是自行将身上穿的那件衬衫扯破，好让我们相信他确实与猎灵人战斗过！

飞机下方出现了一片棉絮般的厚实云层。在处理完我受伤的手掌后，铁线莲就待在我身边读一本时尚杂志。苏菲闭上眼睛休息，丸子站起来到处嗅嗅。我非常担心它可能会翻出什么可疑的东西。我靠着椅背坐好，感到有些腻烦。我应该不会再这样了，不是吗？好吧，好吧，我应该还会保持这副鬼样子。

“艾利亚斯？”我转过身去叫那个乖巧地坐在我后面玩着乐高的小男孩儿。如果我没有弄错乐高的组合方式以及塑料小人的摆放位置的话，艾利亚斯正在搭建一座断头台。

“你想不想教丸子打滚儿呢？”

“当然想啦！”艾利亚斯欢呼道，“丸子，到我脚边来！”

丸子放弃了到处嗅来嗅去，跑向艾利亚斯。很好，这样一来，问题都迎刃而解了。

一个站姿如同菲尔曼一般笔挺的年轻男人在庄园里迎接我们的归来。当然了，作为小精灵们的总管，庄园管家菲尔曼现在人在威尼斯，他的任务是围捕猎灵人。

“两位小姐、艾利亚斯先生，”这个年轻男人说道，“欢迎回家。”他的声音如同菲尔曼一般沉着冷静。

“阿尔弗雷德，谢谢你。”艾利亚斯声音婉转地说道。

“阿尔弗雷德？”苏菲在我耳边轻声问，“和《蝙蝠侠》中的那个阿尔弗雷德一样吗？”

我瞥了他一眼，猜测着他的年龄。他看起来只有20岁左右，鉴于小精灵的寿命是人类的三倍，那他应该有60岁了。

“如果你想知道我的看法，我认为这当然是因为《蝙蝠侠》的缘故。”我用同样的语气回答道，“菲尔曼应该觉得布鲁斯·韦恩家里的那位阿尔弗雷德老管家是一位学习楷模……”

苏菲扑哧一声笑了出来，这使得阿尔弗雷德好奇地向我们这个方向看了一眼。看来并不是所有的小精灵都像我们已经习惯的菲尔曼总管那样面无表情。

“阿尔弗雷德是菲尔曼先生的儿子。”铁线莲告诉我。她就站在我们身后。

“小姐，请不要担心，”阿尔弗雷德用全世界最最严肃的语气说道，“即便我看起来非常年轻，但我的能力还是很强的。”

“今天有太多的事让我感到焦虑不安了。”我低声说道，“不过，可以肯定的是这都与你的能力无关，阿尔弗雷德。”

“小姐，我可以理解您的焦虑与不安……”这位“年轻”的小精灵点了点头表示赞成，他的脸上愁云惨布。

一丝怜悯在我们之间流动。当然了，他的父亲正与我的未婚夫并肩战斗。

苏菲突然绕到我的前面，双手叉腰，神气活现地站在这位新近上任的管家面前。

“菲尔曼的儿子，”苏菲从头到脚将阿尔弗雷德打量了一番，高兴地感叹道，“啊，这可真是个好消息！”

“啊……是的，小姐。”阿尔弗雷德稍显不安地眨了眨眼睛。

“你也认为应该尽量满足我哪怕最小的愿望吗？”

“啊，我想应该是这样的，小姐……”

“或许，你能跟我结婚吗？”

阿尔弗雷德的脸红了。我撇了撇嘴，如果菲尔曼想把自己的儿子打造成《蝙蝠侠》中的那位阿尔弗雷德管家的话，他还需要传授给这位见习管家非常多的经验！

“苏菲，你就别纠缠阿尔弗雷德了。”

“为什么？他年龄刚好合适，不是吗？”

“这……”

“还有，他挺性感的。”

这个倒霉的小精灵脸色变得惨白，铁线莲翻了个白眼儿。

“小姐们，请二位回房间里休息一下。”铁线莲插嘴道，“我会通知厨房两位已经回到庄园了。小姐们想什么时候用晚餐呢？”

我看了一眼大厅的挂钟，快晚上九点了。

“就现在吧。我们先把行李送回房间，然后就下来用晚餐。这样的安排可以吗，苏菲？”

“很好，不错……”苏菲长叹了一口气。

我们向那座巨大的大理石楼梯走去。与此同时，铁线莲与阿尔弗雷德迅速拎起了我们的行李箱。我用眼角瞟见艾利亚斯蹦蹦跳跳地来到阿尔弗雷德身边，跟他悄声说了几句话。这个可怜的小精灵脸色变得更加惨白了，他还猛烈地左右摇着脑袋，表示不必。好吧，我的小男孩儿艾利亚斯一定又提议说自己要……

13

荆棘城堡

我睁大了眼睛，注视着帷幔大床上的绢制顶棚。天蝎庄园里静悄悄的，闹钟上的指针有节奏地慢慢移动着。现在是凌晨三点零七分。我叹了口气，裹着被子翻了个身。尽管我已经数了差不多两千只绵羊，做了无数次深呼吸，但依旧睡不着。焦虑与不安啃噬着我。亚当在干什么？他还在战斗吗？他休息了吗？这么晚了，他是否还在跟踪猎灵人呢？我将手放到了他的枕头上，仿佛这样可以帮助我与他的思想联系到一起。生平头一次，我后悔自己不是一个影子生物，后悔自己没有办法听到爱人的心跳声。我又翻了一次身。实在是太热了，我掀开被子，看了眼闹钟，叹了口气。凌晨三点零九分，这个夜晚仿佛漫长到无法结束……

突然，房门处传来了四声谨慎的敲门声，我一下子就坐了起来。

“是铁线莲吗？”我一边点亮床头灯一边问道。

房门被打开了，铁线莲悄悄溜进我的房间。她的脸庞因为不安而变得有些扭曲，我全身上下的血液都凝固了。

“发生了什么？”我有些透不过气，“是亚当吗？”

“哦，不是这样的，小姐，”铁线莲呻吟道，“事情比这要糟糕得多。”

我感觉自己的脸色一下子变得刷白。

“更糟糕？是拉扎尔吗？还是他们两个人？”

“小姐！天蝎庄园被包围了！”

我的思路停顿了一秒。

“什么？”

“现在一大群哥布林就在庄园的大门外！我们应该怎么办呀？”

我的下巴都差点儿惊掉了。

“什么？”我现在能做的只有不断地重复这句话。

“那些哥布林，小姐，庄园外面到处都是哥布林的身影！”

一个可怕的回忆从我记忆的最深处涌现。哥布林——只有我一半高，灰色的皮肤，尖尖的耳朵，光秃秃的脑袋，小小的黑色眼睛，粗野的防御方式。

“是这里吗？”我结结巴巴地问。

“是的，小姐！您有什么指令？”

我的嘴巴因为惊吓张得更大了。我的指令？

“不过……啊……朱莉娅呢？”

铁线莲站起身，摇了摇她那头浓密的长发。

“小姐，我们还没有通知她。”铁线莲坦诚地回答道。

“为什么？”

“因为……好吧……您有何指令呢？”

我眨了眨眼睛，试图让自己恢复镇定。我什么都没有听懂，不过，显而易见的是，现在的情况非常紧急。

“不过……啊……这种情况经常发生吗？”我一边起身抓起一件厚厚的羊毛开衫一边问。

“只有在庄园的保卫处于薄弱的情况时才会发生。”

太棒了！真是雪上加霜！

“那些哥布林为何而来？”我继续问，希望弄清楚到底发生了什么。

“小姐，他们是为了杀死我们而来的。”

又问了一个愚蠢的问题。

“可是，这又是为什么呢？”我跟着铁线莲奔跑在通向大厅的走廊里追问道。亚当曾经说过哥布林都是些愚蠢迟钝的生物，他们只知道服从别人的命令！他们到底是奉谁的命令来围攻庄园呢？

“小姐，我们并不清楚。”

我们从那座巨大的大理石楼梯上冲了下去。阿尔弗雷德就站在敞开的大门前，大厅里弥漫着一种死寂。我们真的被包围了？

“您来了。”这位年轻的管家严肃地说道，“据年幼的小精灵说，这些哥布林举着黑色的旗帜，上面绣着银色弓箭手。”

“年幼的小精灵？”我吃惊地问道，“他们在外面干什么？他们得躲藏起来才是！”

铁线莲与阿尔弗雷德向我投来阴郁的目光。

“请您原谅我们，但是，只有他们还留在庄园里。”

“什么？”

“那些成年的小精灵现在都在威尼斯。”

我呆住了，我怎么能把这个细节给忘了？

“一个银色的弓箭手？”注意到了前一条信息的铁线莲提高了声调，“这样说来，这些哥布林应该是英仙家族派来的。”

这个姓氏让我感到不快，我之前应该在哪里听过这个姓氏。

“很明显，就是如此。”阿尔弗雷德对铁线莲点了点头。

“英仙、英仙……是不是就是那个借口说与自己无关，拒绝了亚当的邀请，没有前往威尼斯的暗影家族？”

铁线莲与阿尔弗雷德僵住了。

“这样一来就说得通了。”铁线莲喃喃地说道。

“无论如何，我们需要采取行动了。”阿尔弗雷德继续说，“小姐，您有何指令？”

好吧，瞧瞧，他们又开始了。

“我们得把这件事通知亚当，”我宣布道，“还有拉扎尔。”

“这也是我想到的第一个方案，”阿尔弗雷德咬牙说道，“但他们都联系不上，我的父亲也没有回应。我试着用电话跟父亲联系，但无果。此外，所有那些前往威尼斯的人都没有回应我。他们应该在忙着攻击猎灵人。小姐，现在我们只能依靠自己了。”

我感觉到自己的脸色变得更加惨白。亚当没办法赶回来救我吗？

“他应该可以感觉到我的心跳声吧！”我结结巴巴地说。

“如果他将注意力过分集中在猎灵人身上，他就无法听见您的心跳声。即便他听到了，但如果认为您在庄园里的安全无须担忧，他也必然无法丢下一切赶回来。”

我的胳膊上起了一层鸡皮疙瘩。如果真是如此，这简直就是一场灾难啊。

“小姐？”年轻的小精灵哀求地问，“我们应该怎么办呀？”

我试图让自己镇静。

“那些哥布林进入花园了吗？”我问道，声音完全称不上坚定。

“现在还没有，他们已经将庄园包围了起来，并且试图在不被发现的情况下冲破围墙闯进来。”

这就说得通了，是庄园缺少防守的消息被敌人知晓了。厌恶感和不安叠加在了一起。

“好吧，”我低声说，“英仙家族的计划就是趁我们熟睡时将所有人都干掉，避免正面战斗。这些卑鄙的家伙正是在等待一个好时机，而我们则将这个好时机托在银盘上给他们送了过去。”

“英仙家族并不知道幼年小精灵承担了他们父母保护庄园的工

作，他们也不知道会引起我们的注意。”铁线莲说道。

我眯起眼睛。即便我从来没有见过英仙家族的人，但我已经非常厌恶他们了。我并没有意识到铁线莲又一次读取了我的意念。

“小姐，我也是。”铁线莲认同道。

“外墙可以支撑住吗？”

“森林巨魔正在备战，他们用巨大的树根将墙体缠绕起来，巩固围墙。”

“哥布林没有发现他们吗？”

“小姐，还没有。不过这也只是时间问题了。您有什么建议吗？”

我揉了揉自己的太阳穴，试图拨开对我造成威胁的不安迷雾。他们请求我保护一个我还没有彻底探索过的要地，我手下有一群我并不了解其能力的仆人，我需要面对一群基本一无所知的敌人，而且双方都尽量不想被对方发现。我已经面临过许多比这还要糟糕得多的事情，不是吗？

“我建议你们去把朱莉娅给叫醒。”

阿尔弗雷德与铁线莲立刻就沉下了脸。

“小姐，如果我们可以避免……”

“别犯傻了，”我干脆地说道，突然自信起来，“如果英仙家族真的是此次袭击的主使，他们最后一定会露出自己的庐山真面目。我不清楚你们的能力，但是我知道自己是没有能力跟影子生物抗衡的。我们需要朱莉娅帮忙。”

铁线莲长叹了一口气，转身向楼梯方向走去。

“勿忘我负责去叫醒夫人了，”铁线莲低声说道，“那现在我们能做些什么呢？”

“现在的话，我们去看看巨魔。”

阿尔弗雷德瞪圆了双眼，他的眼睛看起来就如同一对茶盘。

“我们去看看巨魔？小姐，您是说您打算出去一趟吗？”

我耸了耸肩膀。

“如果菲尔曼在这里的话，”我故作轻松地指出，“他应该不会感到丝毫惊讶，还会给我递上外衣。”

这位新近上任的管家立刻站直了身体，说道：“是的，当然，小姐。”

我只看到阿尔弗雷德周遭出现了一团浑浊的空气。然后，一件厚厚的羽绒服就出现在了他的手中。啊，虽然这个年轻的小精灵尚未掌握所有的管理准则，但他对时间气泡的掌握还是可以的。我将羽绒服套在了睡衣与羊毛开衫外面，我头顶的这团乱发还有脚上踏着的绒布拖鞋让我看起来古怪异常。不过，这些仆人们非常明智地没有对此说些什么。这也就让我明白了事态的紧迫性。在正常情况下，铁线莲是绝对不可能让我这样蓬头垢面地走出房门一步的，即便是在夜深人静的时候去自家的花园。

我走到外面，铁线莲紧紧地跟在我身后。一阵冰冷的凉风向我袭来，我瞪大了双眼。一层亮白色的薄霜将整座花园都覆盖了起来。

“这是下雪了吗？”我语无伦次地问道。

“是的，小姐，雪一直下到了午夜时分。”

“可是……可是现在才 11 月呀！”

“但是，小姐，今年的雪下得有些迟了。”

我惊呆了。在冬天到来之前就下雪了！在我父母居住的城市蒙彼利埃，这简直就是一件连想都不敢想的事！何况我还未经历过巴黎的冬天。这样说来，在法国的国土上，不同的地域之间居然还有着如此大的差异？几片云彩从第一弯新月前飘过，时不时地将银色的月亮遮挡了起来。银色的月光映射到我那洁净无瑕的羽绒服上。我有些怕冷，将羽绒服紧紧地裹在了身上，重新意识到我们面临的真实威胁。寂静被一些细小的噪声打扰，似乎某些东西在轻柔地撞击着一堵非常坚固的墙面。这样细小的噪声从四面八方传来。是那些哥布林！

“小姐，您需要穿上靴子吗？”阿尔弗雷德一边向我递过来一双靴子，一边问道。

我没有去深究阿尔弗雷德是从哪里将这双靴子给变出来的，很快就将靴子套到了脚上。当然，靴子十分合脚。我一步一步走下台阶，雪花在我脚下发出了嘎吱嘎吱的声音，我呼出的热气在鼻子前方形成了一团小水雾。阿尔弗雷德谨慎地站在大门的缝隙处。

“铁线莲，”我悄声问那个像影子般跟在我身后的仙女，“幼年小精灵的年纪有多大呢？”

“小姐，他们恐怕得有一两百岁了。”

我克制着不让自己翻起白眼儿，这些生物和他们的时间观念真的是太奇葩了。突然之间，我觉得让这些幼年小精灵在围墙周围守卫庄园这件事没有那么大的负罪感了。

在雪花的影响下,我无法分辨出哪里是路,哪里是草坪。因此,我决定沿着直线走向距离自己最近的那处围墙。铁线莲紧紧跟在我身后。

“那阿尔弗雷德多大了?”我继续问。

“小姐,他 47 岁了。”

好吧,阿尔弗雷德的岁数整整是我的一倍。可是,指导这场战斗的重任却落在了我的身上。

“请您不要这样想,”铁线莲小声喃喃道,“因为他们长寿,所以他们认为时间流逝得相对更慢。在所有居住在庄园的生物看来,您比他们都要更为年长,经验也要更为丰富。”

“那要是这样说来,我比他们还要略胜一筹喽?”我低声抱怨道,“那你呢?你也觉得我是一个老家伙吗?”

“噢,小姐,不是这样的。我的情况跟他们有些不太一样,因为我的生命是没有尽头的,只要我不被人杀死,我就会一直活下去。因此,我认为自己要比您年长很多。”

这句话说得简直太是时候了。

“恭喜你,铁线莲,你刚刚获得了带领我们战斗的指挥权。”

“小姐,请您一定要相信,我一定会保护您直到我生命的最后一刻。”铁线莲露出了一个凄惨的尬笑,“但是,我无法承担您需要承担的角色与任务。”

“为什么?”

“因为我不是天蝎家族的王妃。”

“我也不是啊，”我小声抱怨道，“至少现在还不是。莫埃塔甚至还因为这一点斥责过我。不过，为什么当我提到让你们去找朱莉娅求救的时候，你们会如此反感呢？”

铁线莲一时间没有回答我的问题，耳边只传来脚踩在雪地上发出的嘎吱声和越来越清晰的攻墙的声音。

“好吧……”铁线莲终于叹了口气说道，“上一次来攻击天蝎庄园的哥布林就是受了瓦尔德的指使。”

我的脑海里突然闪现出了一个想法。

“我想亚当曾经跟我提起过那次袭击。亚当那次还受了重伤，对不对？”

“是的。那一夜，很多仆人付出了自己的生命。亚当先生跟您提起过天蝎家族与天龙家族达成的和平协议吗？”

我点了点头，表示自己很清楚，那个和平协议就是拉扎尔与朱莉娅的婚事。铁线莲没有再多说些什么。我眨了眨眼睛，觉得不太舒服。好吧，我明白这些小精灵们非常不愿意将自己的命运交到势不两立的仇敌的女儿手中，特别是现在这个情形，跟多年前几乎一模一样。不过，我并不能确定自己是否可以带领他们取得胜利。

“小姐，我个人并不确定您是否还有时间来考虑这个问题。”铁线莲悄声说道。

“你赶紧从我的大脑里离开。”我低声怒吼道。

“这是一件完全不可能的事。”

我们走近了围墙，哥布林攻击围墙发出的声音变得明晰可辨了。在黑暗中，我看到了一些身材高大的、没有伪装成人类模样的巨魔在移动着。他们将身体紧贴着地面，双手插入了雪中。围墙的石头变得有些古怪。我眯起眼睛，仔细观察。当我明白墙体为什么看起来如此古怪时，我屏住了呼吸。一些跟我身形差不多粗大的树根沿着石墙慢慢地滑动着，就像一条条沉默的巨蛇。我闭上因惊讶而大张的嘴巴。好吧，我必须承认这些树根可以阻止墙体的坍塌。我的老天爷！巨魔难道可以让如此粗大的树根迅速向上生长吗？

一个身材高大的巨魔缓慢地站起身，放慢脚步向我们走了过来。我震惊不已。这简直太不可思议了。他们在走动的时候就像处于失重状态，带着一种轻飘飘的优雅与别致。我看到过以真实面貌到处走动的罗尔夫，他属于山地巨魔。他那沉重笨拙的步伐让人难以跟森林巨魔庄严的步伐联系到一起。

“小姐，”他来到我们面前深鞠一躬，说道，“您有何指示？”

我收起胡思乱想，一本正经。

“奥利弗，现在情况如何？”铁线莲小声问道。

“小姐，我们现在势均力敌。”巨魔回答道，好像提问的是我，“这些白痴哥布林还没有发现我们。他们还在持续不断地敲打着墙体，他们的力度只能将墙体击垮，并没有办法毁坏树根。如果您想看一下的话……”

他将自己的一只大手放在了地上，这只手大得就像一块铺在浴室里的地毯。

“请您上来。”

我不安地看了看铁线莲，她鼓励般地向我点点头。我将一只脚放到了他的手上，动作尽量轻柔，不想让他感到不适，然后将另一只脚也放了上去。他不费吹灰之力就将我轻轻地托了起来，顺着石墙将我抬高，直到我的脑袋越过了石墙边缘。我抓住那些不断移动着的树根，向石墙外看去。我的血液凝固了。一眼望去，那些攒动着的哥布林没有尽头。在黑银双色的巨大旗帜之间，一颗颗灰色的光秃秃的脑袋在月光的照耀下闪闪发光。没有一寸土地是裸露的。一种不安将我整个人都吞噬了。他们是将整座庄园都给包围起来了吗？哦，我的老天爷呀！不过，这些哥布林到底来了多少呢？

那些巨大的树根继续沿着被白雪覆盖的墙体向上生长着。我感受到了哥布林击打树根造成的震动。我蜷缩在奥利弗的手掌中，他把我送回铁线莲身边。我止不住地颤抖着身体，在铁线莲的帮助下，我从奥利弗的手掌中跳了下来。

“您觉得这些墙体能坚持很长时间吗？”我非常小声地问道。

“直到有人告诉哥布林他们的行踪已经暴露，他们就不会再以这种方式对抗我们的防御。”奥利弗严肃地回答道。

“有人告诉他们……比方说，这个人会不会有可能是在幕后指挥他们的影子生物呢？”

“有可能是这样的。就目前的情况来看，这些哥布林认为他们击打的力度还不够大。不过可以肯定的是，他们一定收到了一项指令，不允许他们制造出噪声。因此，他们的动作不敢更加利落。”

“如果在足够长的时间内，我们可以将他们控制在围墙之外，让他们无法进入庄园，他们会不会因为气馁而离开呢？”

奥利弗的绿色双眸中闪过了一丝哀愁：“小姐，这种情况是不可能发生的。我们能做的仅仅是为那些居住在庄园里的、有能力对抗哥布林的生物们争取一些宝贵的时间，让他们可以从睡梦中醒来，准备战斗。”

我转身看向铁线莲，尽量轻柔地惊呼道：“有精灵能对抗哥布林吗？”

“小姐，非常不幸，我们中间没有任何一个能力特别强大。食尸鬼、拉弥亚和小矮妖可以杀死一些哥布林……当然，还有艾利亚斯先生。”铁线莲的回答让我有些丧气。

我焦虑不安的心脏又漏了一拍。艾利亚斯，当然不行！

“小姐，艾利亚斯先生是我们中能力最强的。”铁线莲争辩道。

我没有回答她，甚至都不再去听铁线莲说了些什么。她的另一句话引起了我的注意，这么说来，小矮妖们也可以……如果我们跟哥布林打对阵战的话，我们必输无疑，他们的人数实在是太多了。但我突然恢复了信心。

“铁线莲，”我悄声说道，“告诉勿忘我把所有人都叫醒，一定是所有人，除了苏菲之外的所有人。我们现在就回去，我需要查查我的小笔记本。”

“好的，小姐。”

“所有人？”奥利弗惊慌失措地说道，“小姐，他们都会被哥布林杀死的！他们并不是战士！”

“这无关紧要，我并不打算让他们像战士一样去战斗。还有就是，奥利弗……”

“小姐，您有何吩咐？”

“如果哥布林一旦成功地破墙闯了进来，你们不要试图去跟他们战斗，躲起来就好。”

“可是，我们得保护……”

“你们会不会种植什么能释放有毒气体的花树呢？”

“啊……会……”

“那么，就这样吧。到时候，你们就躲藏起来，种植这样的花树吧。好吗？”

奥利弗那双绿眼睛瞪得圆圆的：“啊……好的……啊……我是想说，没有问题的，小姐……”

“同时，在你们能力允许的范围内，尽可能让这些围墙坚持长久一些。还有就是，在哥布林下定决心更加猛烈地击打围墙的时候——”

“我们该怎么做呢？”

我恶狠狠地微笑着说道：“你们就种起荆棘。”

“小姐，是荆棘吗？”

“是的，你们就种起荆棘，或者是其他带有粗大尖刺的植物。如果哥布林打算用拳头将围墙砸破，尖刺可以刺穿他们的拳头。”

巨魔那棕褐色的脸上浮现出一个不怀好意的笑，取代了之前的惊愕。

“噢……是这种类型的荆棘呀。当然可以了,小姐。这样的话，我们先种荆棘，然后再种释放有毒气体的花树。明白了。”

我站在大厅的正中央，疯狂地查阅着记录着各种生物特点的小册子，对周遭的吵闹无动于衷。这本小册子上满是我详细记录的信息，这些信息可以帮助我延缓哥布林的进攻。不过，我到现在还没有想到一个好法子可以完完全全消灭他们，或者，说服他们放弃进攻。铁线莲迅速为我穿好衣服，我甚至都没有注意到这一点，因为完全沉浸在思考中。只要我能找到关键点，一切就都迎刃而解了。随着一阵凉风，艾利亚斯出现在我身边，他还穿着蜘蛛侠的睡衣，头发乱蓬蓬的，有些睡眼蒙眬。

“夏洛特，发生了什么？”艾利亚斯问道，他的声音里还透着浓浓的睡意。

“没什么，我的小宝贝，”我整理着他的头发，漫不经心地回答道,“你可以继续去睡觉。”

“好吧，那为什么所有人都在跑来跑去？”

“不是什么大事儿。我们正在为了击退哥布林做准备。”

艾利亚斯惊愕地张大了嘴巴，蓝色的眼眸里闪过一丝狂热。

“你希望我把他们都干掉吗？”

我停顿了片刻。如果我把这里作为指挥所，牢固地守住这里，那一切应该都会顺利吧？艾利亚斯感受到了我的犹豫不决，准备乘胜追击。

“免费的！”他大声喊道，眼睛里满是光芒。

“再好不过了，”我低声抱怨道，“现在我们可是在保卫家园……”

“真的可以吗？真的可以吗？”艾利亚斯已经不肯再乖乖待在原地了。

“没错，真的可以。不过，不是立刻开始。我有一个计划。”

“哇——！”

艾利亚斯在大理石地板上跳起舞，双臂高举过头顶。

“她说可以！铁线莲！她说可以！”

“我听到了。”铁线莲忙着安排仆人们按照不同种族聚集起来，礼貌地回应了艾利亚斯。她对我说道：“小姐，所有人都在这里了。如果您愿意的话，就可以开始了……”

我将脑袋从小册子里抬了起来。一大群仆人聚集在大厅里，他们都用充满恐惧的眼睛盯着我。我感觉自己的脸红了，腿也变得有些发软。天啊，这可不是害羞的时候。

“啊……你们好。”我结结巴巴地说，“很抱歉在深夜时分将你们叫醒……啊——”

所有人都保持着一动不动的姿势，我又平添了几分紧张。我还不如跟那些巨魔待在一起呢！跟对比我年长十倍的仆人们说明一个极具冒险性的计划相比，和哥布林战斗反而显得没有那么艰难了。

“啊……实际上……”我说道，“我们被偷袭了……这样的话……我们一起保卫家园，好吗？”

毫无疑问，这一定是全世界最为鼓舞人心的一句话。我尽力抑制住自己打算逃跑的欲望。仆人们还在等着我，他们都在聚精会神地听我讲话。

“小姐，请把您的计划讲出来。”铁线莲悄声说道。

“啊，对了，计划就是……啊……好吧……我希望你们会觉得这是个好计划……”

“我要去干掉那些哥布林。”艾利亚斯骄傲地说。

“正是！”我认可道，感觉自己立马就要瘫倒在地，“哥布林一旦突破了庄园的围墙，我们要让他们几个几个地进入庄园。这样的话，艾利亚斯就可以压制住他们。”

仆人们交头接耳，表示赞同。

“艾利亚斯，你一次可以解决多少个哥布林呢？”我问他。

这个小男孩儿已经笑逐颜开了：“至少 5 个！”

“好的……这样的话……啊……请各位安静一下！”

大厅里立刻恢复了安静。5 个？艾利亚斯确实说的是 5 个吗？

“我的想法就是艾利亚斯一次应对的数量不能超过 3 个。”

“可是……”艾利亚斯反驳道。

“因此，你们需要留在艾利亚斯的身边，以便拖住那些闯进庄园里的哥布林。”

仆人们惊恐地窃窃私语起来，我晃了晃手中的小册子。

“哥布林怕光，”我继续说道，“我们在艾利亚斯身边围起圆圈，用手电筒瞄准他们的眼睛，最好能把他们的脑袋给照到融化，或者把他们的眼睛照瞎，留给艾利亚斯足够的时间行动。我们还有些火把，如果有哥布林冲破了我们组成的防线，就用火把来对付他们。但如果有哥布林闯进了花园里，我们就执行 B 计划。我们跟他们战斗。”

“我们该怎么做呢？”厨房里的一个小学徒惊呼道，他因恐惧而瞪大了双眼，“我们不是战士！”

我愤愤地看了他一眼。如果真的有人说出这样的话，那也一定不会是厨房里的那些小学徒。

“你是在开玩笑吗？”我嘀咕道，“每一次走近厨房时，我都害怕自己会变成烤串儿。”

这个小学徒诧异地凝视着我。

“你应该知道如何让物体飞起来吧？”

“啊……是的，小姐，我可以使用意念让物体悬浮在空中。”

“很好，你们只需要控制平底锅，让它们悬在哥布林的脑袋上方，然后狠狠砸他们的头就足以让他们安静下来了。”

厨房里的小仙女们突然充满兴趣，她们挺直身体，整齐划一的动作看起来就像一个人。

“学徒们，行动起来！”妮科莱特迈着大象般的步伐从楼梯上咆哮着走下来,“我们有足够多的餐刀和餐叉。即便没有手电筒,这些餐刀和餐叉也可以让我们把那些坏蛋们戳瞎三次了！他们在攻击小艾利亚斯先生之前可得三思而后行了。”

“我们的地窖里还有好多桶油呢！”一个身材只有妮科莱特一半大小，但比我大一倍的仙女插嘴道,“如果有需要的话，我们可以将油烧到沸腾。”

“对！这是个好主意！”我赞赏地说道。

“夏洛特小姐,”妮科莱特继续说道,“我刚刚从苏菲小姐那里赶过来。您可以随意发声。我刚刚在苏菲小姐身上施了魔法，即便是5个为爱痴狂的白马王子到来也无法将她从睡梦中唤醒。”

啊，啊……好吧，非常棒。那丸子呢？毫无疑问，它现在应该躲在床底下呢。

“可是……可是如果苏菲需要逃跑呢？”我还是胆怯地问了一句,“如果哥布林攻了进来？”

“小姐，您不用为此而焦虑不安，如果他们能到楼上去，那也意味着我们都战死了。”

这个回答虽然让人感到厌恶，但也不完全错。我皱了皱眉，所有人都开始严肃认真地行动起来。小学徒们去检查厨房里还有什么东西。

“小姐，我们该做些什么呢？”马库斯问道。他是食尸鬼的首领，他苍白的皮肤看上去比平时更惨白。

“至于你们，你们在艾利亚斯行动范围之外隐藏起来，抓住逃走的哥布林。你们行动迅速，出其不意，只能在进攻的时候出现，完成之后要继续躲藏起来。”

马库斯鞠了一躬，说道："小姐，我明白了。”

“小精灵们，”我转身面向那些由阿尔弗雷德率领的一群年幼的小精灵继续说道，“你们可以在自己能力范围之内将哥布林锁在时间气泡中。当你们确定他们无法重新起身攻击我们的时候，再将时间气泡揉碎。你们就负责对付那些已经被毒刺扎过的敌人吧。”

我斜眼看了看那些年轻的女人，她们穿着裙摆拖到地面的裙子，隐藏在裙摆下的是一根根长长的蛇尾。她们就是拉弥亚。

她们充满力量地点了点头："小姐，请相信我们。”

“不要去对抗没有被冻住的敌人，明白了吗？”我不安地说，“他们的人数实在是太多了。”

“明白了。”

“小姐，我们需要做什么呢？”另一个声音问道。

“我们呢？”

“我们呢？”

我重新打开手中的小册子。

因为人手不足，我们没有办法跟哥布林正面对抗。那么，我们就要借助另外一种方式进行防御。

“山怪？”我唤道，“你们提到的近亲究竟能有多大呢？”

几分钟后，仆人们纷纷离开大厅，要么去寻找自己的武器，要么就去门口的台阶上警戒守备。那些哥布林还在坚持不懈、徒劳无功地继续敲打着围墙。我知道他们是一群愚蠢的家伙，但不知道竟能愚蠢到如此地步……

一阵寒冷的穿堂风向我迎面扑来。艾利亚斯已经回来了吗？他刚才上楼换了一身衣服，因为铁线莲告诉他，蜘蛛侠睡衣与执行任务的天蝎杀手形象一点儿都不相符。他的动作可真快！

“艾利亚斯，你准备好了吗？”我问道，“你觉得一切都顺利吗？”无论如何，我还是为他接下来要面对的一切和要冒的险担心不已。

朱莉娅出现在我身旁，她穿着一条长长的红色丝绸质地睡裙，金色的头发散落在肩膀处。虽然她急匆匆地下来，但这副打扮让她看起来依然很有王室成员的风度。朱莉娅高傲地打量着我，这是她惯常的做法。

“用手电筒和餐叉对付哥布林的眼睛？”朱莉娅审慎地开口说道，“我亲爱的夏洛特，这就是你想到的用来保卫庄园的方法吗？”

我的脸突然沉了下来，生气地低声抱怨道：“如果你有别的更好的主意的话，我洗耳恭听。”。

“我没有别的什么更好的主意了。”朱莉娅优雅地伸了个懒腰，“我等着看究竟会发生些什么。看起来挺像城里的马戏团的。你可得好好表现一番呀，不是吗？我觉得这应该会很有趣，这可是拉扎尔的原话。”

我心里充满怒气:“你不打算帮帮我们吗?”

“我能做些什么呢?你已经把所有的一切都想到了，不是吗?”

朱莉娅坐在铺着丝绒地毯的台阶上，动作优美地跷起了二郎腿。我恼火地握紧了拳头。这个卑鄙的……

“小姐，所有人都在外面等着您呢。”铁线莲匆忙地说道,“我们应该去跟他们汇合了。”

我转过身，跟在铁线莲身后。我的动作有些过快，以至于看起来有些不太自然。这个坏女人!如果有一天我可以强迫她吞下她的睡裙，我一秒都不会犹豫!我要让朱莉娅被自己的睡衣噎死!

“小姐，请不要这么想。”当我们迅速从台阶上冲下去的时候，铁线莲悄声说道,“实际上，朱莉娅夫人也没有什么更好的建议了。她得留在屋内，因为这是关键所在。如果敌人从两个不同的方向攻破庄园的围墙，她打算守住房子的入口，因为艾利亚斯先生不在那里。”

“那她为什么不把自己的想法直接说出来呢?”

“啊……因为她是朱莉娅夫人。”

我没有回答。我才不在乎她呢!我才不在乎朱莉娅夫人呢……

突然，从远处传来一阵喊叫声，我抬起了头。

“啊——”站在仆人中间的勿忘我惊呼道,“哥布林知道巨魔在保护围墙了!”

我的五脏六腑都冷不防地缠在了一起。这一刻终于还是来了。

战斗即将开始。但愿这不是我人生中犯下的最大错误，但愿他们所有人都不会是这个错误的牺牲品。叫喊声扩散开来，有人开始痛苦地大叫起来。我等在一旁,心脏怦怦直跳。从我们所在的位置，根本看不到庄园的围墙。

“可是，那都是些什么呢？”仆人中有人大叫了起来。

我转过身，向众人目光注视的方向看过去。远方出现了一些有弧度的弯曲状物体，它们一边向上攀升一边相互交织在一起。

“是荆棘,”一个站得离我不算太远的精灵瞪大了双眼说道，“这是巨型荆棘。”

话毕，寂静在人群中弥漫开来。荆棘沿着庄园四周的围墙开始向上攀爬。笑声从妮科莱特那维京海盗般的喉咙里飘了出来。

“当拉扎尔先生回来的时候,我从这里就可以看到他的脑袋！”妮科莱特大声说道,“在他出发的时候，这个漂亮的庄园里还满是秋意。等他回来的时候，就会发现这座雪下的荆棘庄园！”

紧张的气氛就像一只被戳破的气球一样消散开，有些人跟着妮科莱特大笑起来。但我还是有些紧张。比起荡然无存的庄园，我更希望拉扎尔可以看到一个被白雪覆盖起来的荆棘庄园。特别是……我到底把艾利亚斯置于何种境地了呢?

14

天蝎最强者

我们一动不动地等在那里，只听见痛苦的叫声此起彼伏地传来。很显然，那些哥布林都是些没有头脑的家伙……

“哇……”站在我身旁的小精灵小声说道，“荆棘上还开出了花呢……”

“那是什么花呢？”一个厨房小学徒问道。

“是曼德拉草的花，还有 Digitus Daemonicus 与 Mandibulae Lupi 的整段枝条。”

我挑了挑眉，我学过一些拉丁语，可以粗浅地将后两种花名理解为“恶魔之手”与“恶狼下巴”。不过，我不太确定。

“这都是些什么花呢？”我悄声问。

“小姐，这都是些神奇植物。人类植物学家认为它们并不存在于这个世界上，是因为他们没有办法将它们培育出来。但是，巨魔可以。我从来没有看见过这么粗壮的……”

“这些植物都有毒吗？”

这个年幼的小精灵一边漫不经心地摆弄着手中的手电筒，一边点了点头：“小姐，我并不希望这些花蔓延到我们的花园里。在力所能及的范围内，我还是希望去对抗哥布林。”

啊，如果巨魔知道如何让这些荆棘上的植物顺着正确的方向生长，不让它们蔓延到我们的花园里，而是朝向敌人，或许我们就不需要开战了。

“夏洛特小姐。”一个干涩的声音叫道。

就像其他人一样，我也转过身看去。在灯光的映衬下，娜塔莎那岣嵝的身体更为显眼。她拄着一根疙疙瘩瘩的拐杖，看起来比任何时候都要更为苍老与疲惫。在她那顶老式的英国保姆帽下，一双黑色的眼睛紧紧地盯着我。

“您没有给我安排任务。”娜塔莎用责备的口吻说道。

“啊……非常抱歉，”我结结巴巴地说道，“我……啊……”

“我想现在是该我上场的时候了。”

“该你上场？”

“哥布林知道自己的行踪已经暴露了，我们也就没有必要再躲躲藏藏了。”

我瞪圆了双眼。娜塔莎缓慢地站直了身体，白色的帽子与拐杖都掉落在脚边，那条厚重的黑色连衣裙变成了墨色的羽毛，双脚变成了巨大的暗色利爪。我的头发一根接一根地竖了起来。娜塔莎张开了翅膀，她的脸庞已经如梦魇般可怕，眼球闪烁着亡灵般的绿色光芒。真是太可怕了！我屏住呼吸,看着娜塔莎飞了起来，沉稳，有力。娜塔莎每一次击打翅膀产生的气流都如同一阵阴森可怖的飓风。她直接向围墙的方向飞了过去。这时候，铁线莲扑到了我身上。

“请把您的耳朵捂起来！”她大喊着。

在让人感到恐惧的吼叫声响彻起来之前，我只能感受到铁线莲用双手将我的耳朵捂了起来。有那么一瞬间，我感觉自己可能会死在这里，就是现在。

“请您注意，娜塔莎又要开始了。请一定捂好您的耳朵。”

这一次，我听从了铁线莲的建议，捂住了耳朵。铁线莲也用手捂住了自己的耳朵。新一轮吼叫声开始响起，我的血液凝固了。我的身体不再听从我的意志。倒在血泊中死去的双亲的画面突然出现在我眼前，我恐惧地抽噎起来。当这个幻象从我眼前消失后，我才意识到娜塔莎的怒吼声已经停了下来。原来，这就是报丧女妖的吼叫声，太凄惨了……在我身边的铁线莲恢复了呼吸。

“娜塔莎又要开始了，”铁线莲一字一句地说道，“我们受到的冲击还不是最为猛烈的，您可以想象一下哥布林的感受。”

“铁线莲。”我呻吟道。

“怎么了？”

“娜塔莎……她……”

“怎么了？”

“你意识到了吗？她曾经勾引过丹尼尔！”

“我的天啊，小姐。您现在还能够去想这些事情吗？娜塔莎又要开始了！”铁线莲翻了个白眼儿。

我用自己的手掌紧紧地捂住耳朵。娜塔莎这只巨大的尸头鸟，拍打着翅膀沿着荆棘绕着庄园飞翔。吼叫声又一次响了起来，这一次的吼叫声比之前那两次要更为强烈。我感觉自己的心脏即将爆裂开来，呼吸也要停止了。我开始感觉到眩晕，不一会儿，我眼前一片黑暗。

我感觉到有人在拍打我的脸颊，我苏醒过来，睁开了双眼，发现自己还站在原地，但身体非常僵硬，似乎是石头做的一样。

铁线莲坚定地用手拍打着我的脸庞：“小姐，您醒醒。”

“铁线莲？”

“一切都非常顺利。”

“那些……那些哥布林都死了吗？”

“小姐，非常遗憾，”娜塔莎在我身后抱怨道，“那些该死的畜生比人类要顽强得多。”

我转过身，报丧女妖娜塔莎已经回到了白雪覆盖的台阶上，她变回了人类的模样。一个小精灵给她递上了拐杖与帽子。这位年迈的女管家脸上浮现出了疲惫。这三声吼叫究竟耗费了她多少精力呢？

“无论如何，”娜塔莎带着某种满意的神情继续说道，“我们赢得了一些时间。从现在开始到那些蠢乎乎的家伙恢复过来的这段时间里，他们会大量吸入巨魔种下的有毒花朵的香气。至少，打头阵的哥布林会如此。这可以帮助我们消灭不少敌人……”

“你觉得他们有多少人呢？”我低声问。

娜塔莎那黑色的双眸中浸透着一种深深的忧愁：“小姐，他们的人数真的很多……”

艾利亚斯突然出现在我身边，他的眉毛因为焦虑不安而皱了起来。

“夏洛特，你还好吗？”艾利亚斯问道。

“啊……是的，我还好……”

“我听到了娜塔莎的吼叫，我也听到你的心跳变得非常慢。你知道吗，你不需要担心的！娜塔莎只是稍微吼了一下，她还是非常善良的。”

当然如此……

我发现这个小男孩儿穿上了天蝎家族的制服，腰带上还拴着一柄长长的剑。

“这是什么？”

“这是我的海盗宝剑，”艾利亚斯骄傲地回答道，“为了让你放心，我才佩戴上了这柄宝剑的。我知道你很害怕那些哥布林会伤害到我，所以我不会徒手干掉他们，我用我的宝剑！”

啊！

“这……这是你的那柄塑料……”我依旧有些担心，还是开口问道。

“啊——不是，这是一把真家伙！你是害怕我会伤到自己，希望我用那把塑料的吗？”

“啊……不是这样的，不是这样的……”

在我们周围，仆人们已经自发分成了一个个小组，激烈地讨论了起来。

“他们都为哥布林准备好了陷阱。”深谙我内心想法的铁线莲解释道，“请您拿好，这是您的手电筒。”

铁线莲将手电筒递给我，在我愣神的那一瞬间，手电筒滑到了我手中。

“谢谢你。巨魔呢？他们还好吗？”

“他们还在继续催生那些释放毒气的花朵，守着西墙的巨魔比其他地方的要更焦虑。”

“哪一面墙是西墙？”

铁线莲用手指了指我的右侧。我转头看过去，只看到了悬在围墙上的荆棘，到处都是。

“我过去看看。”艾利亚斯决定道。

“别走出花园！”我提醒他。

“好的。”

艾利亚斯蹦蹦跳跳地走远了，他还没跑出十米远，一阵可怕的轰隆声就将地面震得抖动起来。巨大的火光升起，火苗吞噬了西墙上的荆棘，接着是开心的叫声，惊恐的感觉让我的血液凝固了。

我们之前没有预料到这样的情况吗？

“小姐，恐怕今晚会出现很多我们之前没有预料到的事，”铁线莲咬牙切齿地说道，“您也想过去吗？”

也？为什么会是也呢？

我向自己周围看去，仆人们都向发生了火灾的地方跑去。我的嗓子哽住了，我不能让仆人们独自战斗。他们之所以要去跟敌人战斗，都是因为我的缘故。

“我要过去，”我费力地一字一句说道，我感觉自己正在带领所有人走向死亡。

“小姐，一切都会好起来的。艾利亚斯先生已经在那里了。”

铁线莲是想借此来消除我的疑虑和不安吗？

铁线莲不赞同地摇了摇头：“小姐，您并不太信任艾利亚斯先生。”

我没有费力去回答她，只是向远方泛着火焰的方向冲了过去。突然间，有人抓住了我的衣服，将我提溜了起来，我的双脚离开了地面。我不安地发出了一声尖叫。

“小姐，请不要害怕。”一个声音从我头顶传来，“我抓着您呢！”

我抬头看了看，抓着我的这个生物很像一只雄蜂，不过他的体型大小却跟一只鸵鸟差不多。他振动着翅膀微笑着对我说：“请您不要担心！”

在飞行中，我们超过了那些正朝着西墙跑去的仆人们，这一路上随处可见打开的手电筒与点亮的火把。我将注意力放在了火灾上，心跳漏了一拍。整群的哥布林从足有三辆车宽大的豁口处闯进了庄园，豁口处被烈火发出的游移火光照亮。在豁口周围，花园里的积雪已经完全融化，露出的草皮也被烈火熏得发黑。这一切都见证了这次爆炸的激烈程度。

“可是，可是，他们为什么可以闯进庄园呢？”我结结巴巴地问，“他们不害怕火光了吗？”

“小姐，您看，他们闯进来的时候，都把头盔紧紧地罩在头上。”这只体型巨大的雄蜂低声嗡嗡说道，“这些哥布林应该更害怕逼迫他们闯进庄园的家伙。”

我艰难地咽下一口唾沫。实际上，他们在通过豁口的时候减慢了速度，撞成了一团。在他们重新爬起来，继续趁着夜色向前奔跑之前，他们用手臂将脸护了起来。

“啊，就是那里了！”这个提溜着我飞行的奇怪生物感叹道，“小姐，请您抓紧我，我们要飞得更高了！”

抓紧？可是，我该抓哪儿？我们为什么要飞那么高？

在我们下方，一层火光四溅的霜雾突然将地面覆盖了起来，这层霜雾还以惊人的速度向外扩散。那些已经闯进庄园的哥布林顿时僵在原地。西围墙上的荆棘也遭到了火舌的舔舐，这些火舌被吹得或明或暗，如同一支支蜡烛。然后，火舌熄灭，一切重新回归黑暗。一瞬间，一切都彻底沉寂下来。我无法相信自己的双眼，到底是谁来了？就连亚当都从未展示过如此强大的能力。即便他在跟猎灵人战斗的时候，也没有出现过这样的情形！至少方圆 50 米内的一切都被冻结起来了！

“他来了！”身材巨大的雄蜂开心地说道。

“什么？”我结结巴巴地问,“谁？”

“天蝎家族能力最强的战士。”

能力最强的……难道还有一个我不认识的天蝎家族成员吗？一个稚嫩的身影出现在结冰地面的中央，他周围有一圈被冻住的哥布林。这个小小的身影拔出了一把跟他身高差不多的宝剑。

“冲啊，消灭敌人！”艾利亚斯用稚嫩的嗓音喊着。他穿行在那些动弹不得的敌人间，那些被冰冻起来的如同雕塑般的哥布林纷纷炸裂。我窒息了！是艾利亚斯吗？他这么强大吗？

一大群哥布林继续涌进庄园，在没有火焰的情况下，他们涌入庄园的速度快了很多。艾利亚斯向那些新涌来的敌人冲了过去。在月光的映射下，他们的脑袋纷纷爆裂开来。

“我们得去帮助他！”我大声叫道。

“小姐，这根本不可能！如果我们进入冰雪战场中，会妨碍艾利亚斯先生的发挥。被他冻结起来的一切都在他的掌握之中。”

“可是……可是……他们的人数真的是太多了！艾利亚斯一个人对付不了他们的！”

“小姐，艾利亚斯先生可以的。在上一次哥布林袭击庄园的时候，他就已经熟练掌握阴影功力了，那差不多是十年前的事。”

“什么？你在说什么呢？艾利亚斯今年才 10 岁！”

“对的，小姐，正是如此。”

我不可思议地扭着脖子，凶狠地盯着这只巨大的雄蜂。他只是回我以微微一笑。

“小姐，天蝎庄园里那些懂一点儿占卜的生物们对此都意见相同，艾利亚斯先生将会是这个世界上能力最强的天蝎战士。”

我将自己的注意力重新放到艾利亚斯身上，他就在我下方。仆人们将冰雪战场团团围住，在他们手中的火把和手电筒发出的光芒中，艾利亚斯挥舞着那柄海盗宝剑，用宝剑指向围墙的豁口处。艾利亚斯这孩子以惊人的速度出现，然后又消失不见。我又看到了那些“冰雕”相继炸裂成碎片儿。食尸鬼们也来了。此外，一大批叉子越过我们所在的位置，向围墙豁口处冲去。痛苦的喊叫声在深夜里此起彼伏。小仙女们也赶了过来。我注意到，一些巨大又优雅的身影远远地离开了战场，跑进树林里躲了起来。那是巨魔，他们按照我之前的要求隐蔽了起来。

越来越多的哥布林从豁口处涌进来。从我所在的这个高度，我可以看到围墙另一边的情形。那些如同恶魔般的哥布林放弃了继续与荆棘斗争，排队等候从豁口处冲进庄园。我的五脏六腑因为不安而疼痛，我看不见哥布林军团的尽头，前后左右，满眼都是，他们将庄园严丝合缝地包围了起来。即便艾利亚斯比我想象中的要更加强大，即便我们的仆人们可以尽全力用火把与手电筒射向他们的眼睛，即便可以利用陷阱对付他们，我们又能坚持多久呢？

那个将我提溜起来，带我一路飞驰的雄蜂把我放到地上，像挥舞着军刀一般挥舞着火把，猛冲过去帮助食尸鬼们对付哥布林。我躲在一棵大树后面，蜷缩在雪地里，点亮了自己的手电筒，对付那些试图从我身边逃走的漏网之鱼。我因为无法做到更多而自责不已。艾利亚斯并没有流露出任何疲惫的迹象，在手电筒射出的移动灯光下，他就像享受被记者们的闪光灯包围的巨星一般舒适自得。我知道那些光线会让哥布林感到多么不舒服。如我所见，一些哥布林僵住了，然后又纷纷倒下；还有一些迷失了方向，甚至有些已经半死不活地踉踉跄跄地走了过来，眼睛上还挂着餐刀刀柄。这证明仆人们已经尽力做到最好了。不过，在冰雪战场上，艾利亚斯一次对付的敌人数量超过了3个！我不确定艾利亚斯对付敌人的方式究竟是给我留下了深刻印象，还是让我感到恐惧。两只轰鸣的吸尘器从我的身边经过，撞击着沿途遇到的哥布林。这是那些小矮妖们的壮举吗？在月光下，吸尘器上巨大的银色管子发着光，击打着一切事物；吸尘器上的软管将哥布林的大腿和脖子缠绕了起来。一些苍白的、动作有些粗野的身影突然出现，这些不知道从哪里蹦出来的、看起来笨手笨脚的身影猛扑向那群试图避开艾利亚斯的哥布林。他们将敌人的尸体留在雪地上，又立刻消失不见，他们消失的速度跟出现时一样迅速。我艰难地咽下一口唾沫，我原本以为那些长得跟患有厌食症的白化病人一般的食尸鬼在平时是没有使用魔力幻化人形的，不过现在看来，非常明显，我想错了。那些从艾利亚斯身边突然冲出来的生物，看起来要比那些坐在榻榻米上教我防身术的食尸鬼要吓人得多。一些盛满了滚烫液体的平底锅从我头顶嘶嘶作响地飞过，液体倾倒在了从围墙豁口处闯入庄园的哥布林头上。他们一边大喊大叫着，一边向后退去，挤得那些跟在他们后面的战友也向后退去。我咽下一口唾沫，这是沸腾的热油吗？那些小仙女们是在热油上点了一把火吗？很明显，正是这样。不幸的是，这并没有将哥布林的攻势延缓多久，不够让所有人长舒一口气。然后，他们的进攻变得更为猛烈。打斗时发出的喧闹声与尖叫声刺穿了我的耳膜。我厌恶这一切。我的心脏在胸膛里异常猛烈地撞击起来。我该怎样帮助艾利亚斯呢？我又该怎样帮助所有人呢？

铁线莲突然出现在我的身边。

“一切还都挺顺利的。”铁线莲用一种让人安心的语气说道。

我审视着铁线莲，她那因为不安而深陷的面庞和因为害怕而张大的鼻孔背叛了她那让人心安的语气。

“小姐，请您不要这样观察我。”铁线莲低声嘀咕道，“我这不是在试着给您一些鼓励吗？”

“只要那些哥布林还没离开，任何事情都不会让我感到心安。”我一边悄声说道，一边转身看向那些时隐时现的哥布林。

铁线莲无声地点了点头。

“顺便说一下，你也能够去战斗，不是吗？”

“小姐，您是在问我吗？”

“你一直跟我说自己曾经干掉过很多……”

“小姐，那都是些人类。他们被我的魔力迷惑，我才能将他们一个个干掉。这与对付哥布林完全不同。即便这群怪物会将我当作最漂亮的女怪物，他们还是会将我杀死。我可以感知到危险，今夜我唯一有用的功能就是成为您的盾牌，保护您。”

我轻轻地咬住了自己的下唇，我怎样才能将铁线莲的能力运用起来呢？好吧，在她还没有成为保护我的盾牌前——当然，我并没有为此而感到狂喜——铁线莲可以作为一个非常棒的无线中转站为我传递消息。

“啊，是的，我可以胜任这个职位。”铁线莲若有所思地说道，“我从来没有想到过……”

一声巨大的爆炸打断了铁线莲。我们大吃一惊，转过头去寻找声源。围墙，确切地说是我们正对面的那堵墙被炸开了。火星舔舐着向高处生长直至天际的荆棘，我的脸色变得惨白，那些哥布林又打开了一道豁口。

“铁线莲！”我痛苦地哀叹道，“朱莉娅是不是……”

“是的，”这个小仙女轻声回答道，“是的，她正在赶过来的路上。”

“那些巨魔呢？他们……”

不安的叫声回响起来，这一次，叫声是从我们这一方传出来的。我转过身，脑袋里一片空白。艾利亚斯倒在了冰面上，他周围的哥布林都按兵不动——很显然，他们是在犹豫应该怎样办。到底是谁出手主导了这一切？铁线莲因为恐惧而打了几个嗝儿，将我从震惊的状态中拉了回来。我一下子就直起了身体，从藏身的树丛中冲了出去。

“赶紧去把艾利亚斯给抱回来！”我大声叫嚷道，“快点儿！”

持着火把的仆人们向哥布林猛冲了过去。阿尔弗雷德出现在艾利亚斯身边，将他轻轻抱了起来。

“赶紧把他送回城堡！”我吼叫着，因为焦虑不安而失去了理智。

一双手臂将我环抱起来，阻止我，不让我跑向他们。

“小姐，这根本没有用，”铁线莲吼叫着，她的声音有一些非常奇怪的变化，“艾利亚斯先生只是被击倒了。阿尔弗雷德会把他带回来的。请您不要过去。”

我抬起头，差点儿晕了过去。一个身长近乎两米的生物将我环抱了起来，它的皮肤如同黑暗的湖水一般闪烁着光芒，绿色的发丝就如同一团黏在一起的海草。它用自己那双黑色的眼睛严肃地凝视着我，将那如同藤本植物一般细长的手臂从我身上拿开。它缩了缩身体，恢复了正常的身形。

“铁线莲？”我结结巴巴地问。

“小姐，您有何指示？”

“嗯？”

“一个影子生物刚刚冲进了庄园的花园，并且出手攻击了艾利亚斯先生。”

我惊慌失措地看向周围，四周陷入彻底的混乱中。到处都是交战的人群，但是我没有发现任何一个长相与人类相似的家伙。

“小姐，这个人已经在阴影中躲藏起来了。我没办法截获他的思想，这也就解释了为什么我没办法预见他的进攻。不过，这个人真的非常狡猾，他的下一个目标，就是您了……”

“艾利亚斯！”我打断了铁线莲，心脏都快跳到嗓子眼儿了，“他还好吗？”

“阿尔弗雷德会将艾利亚斯先生送到罗马里克医生那里。”

送到罗马里克医生那里，只是被击倒了。我眨了眨眼睛，意识到我们周围回荡着打斗的声音。

“小姐，”当铁线莲发现我恢复理智之后继续说道，“那个人的下一个目标就是您了。”

一些可怕的事实相继出现在我眼前。仆人们鼓起勇气跟那些源源不断从围墙豁口处冲进来的哥布林作战，他们也许坚持不了多久了。我松开了手里握着的手电筒，艾利亚斯已经不能再做些什么了，一个影子生物还想要我的命。

“如果英仙家族真的开始对付我们的话，”我声音颤抖着一字一句地说道：“就只有一个人能保护我们了。”

“是朱莉娅夫人吗？”

“所有人都必须回到城堡里，如果我们都分散在花园里，她什么都做不了。”

我转过身，意志坚定地想要跑回去寻找朱莉娅。不过，一个软软的物体绊了我一下，我倒在了雪地里。

“小姐！”铁线莲一边惊恐地喊叫着，一边扑在我身上，用自己的身体当屏障保护我。

“我很好，”我安慰铁线莲道，“我只是摔倒了……踩到了这个东西……”

我捡起了那个把我绊倒的物体，这是一个很小的质地柔软的东西，一个绿色的针织制品，看上去很像一个面带微笑的巨魔。这不就是玩偶小杜吗？

“铁线莲！那些巨魔……他们该不会是把自己的孩子也派上战场了吧？”

铁线莲那水灵灵的面容看起来有些严肃：“小姐，只有所有人一齐上阵，才能将我们的庄园保护起来。”

“可是……可是……巨魔藏在了那里！我已经看到他们了！”

我向前走了两步。

“撤退，”我用尽全力向树林的方向大声呼喊着，“所有人都回到城堡中！撤退！”

在树林的映衬下，巨魔长长的身影特别显眼。他们听到我说的话了！在围墙前方，仆人们开始撤退。与此同时，为了方便撤退，还有一些仆人留下打掩护。我惊恐地瞪大了双眼。他们难道要牺牲自己吗？我准备冲过去帮助他们。铁线莲又一次将我紧紧抱住，拖着我向树林的阴影处走去。我被铁线莲拽着，身体被带离了地面。我屏住呼吸，只能任凭铁线莲将我带走。

“我的天啊，小姐。”铁线莲对我咆哮道，“我已经告诉过您了，那个影子生物正在找您。可是您呢？您还想引得别人将注意力都放在您身上……”

“我需要分散哥布林的注意力，好让仆人们都可以撤回城堡。”我一边挣扎着，一边打断了铁线莲，“不然的话，仆人们需要一边应对后方的进攻，一边试图撤退。还有，你去告诉勿忘我，那些跟在朱莉娅身边的仆人们也都要撤回到城堡。所有人都得撤回城堡！”

铁线莲耸了耸自己那闪闪发光的肩膀，没有停下前进的脚步。根据我深陷在铁线莲怀里的情况来看，我觉得，如果我真的打她一拳，我的手应该会像穿过水面一样，穿透她的身体。

“您成功地分散了哥布林的注意力，”铁线莲低声抱怨道，“剩下的事情也都解决了。至于您的手，它不会像穿过水面一般穿透我的身体。我的身体更像是一种黏稠的胶状物质。现在，我们可以撤退了吗？”

“不行！赶紧把我放下来！我们等一下，看看是不是需要继续分散他们的注意力确保所有人都可以躲进城堡！”

“小姐！您可是王妃呀！”

“对，正是这样！你觉得当亚当发现庄园里半数的仆人因为我这愚蠢的计划而丧命的时候，他会说些什么呢？”

铁线莲长叹了一口气，将我放在刚下过雪的地上。我们隐藏在树木和池塘中间。不远处传来了一声声愤怒的吼叫，一大群双眼通红的狗以及龇牙的狼冲向了战场。我的老天爷！这一次，又是怎么回事儿？

“这是一群山怪的近亲。”铁线莲重新将我拉向自己——这一次，她是用手拉住我的。铁线莲简洁地解释道："他们会将哥布林钳制住，好让其他仆人逃回城堡。我们走吧，当心别掉进水里，不然您会惹祸上身的。"

"不过……不过，我不是在做梦吧？"我结结巴巴地问，"丸子真的跟他们在一起吗？"

铁线莲转头看向战场的方向，战场上继续回响起喊叫声。铁线莲眯起了眼睛，想要看得更清楚一些。

"啊，是的，丸子也在其中。"

"可是……可是……"

"我原本以为这条叫丸子的狗什么都怕……我收回之前对它的看法。"

我精神涣散地任凭铁线莲带着我从池塘边走过。到底是什么刺激了胆小如鼠的丸子去……我抓紧了玩偶小杜。那些巨魔会不会是这个奇迹的幕后主使呢？

撤退的仆人们纷纷向城堡跑去，他们超过了我们。因为我们隐藏在树木的阴影中，他们并没有发现我们。我慢吞吞地走着，以便观察是不是所有人都从战场上全身而退了。

"小姐，我希望您可以走得快一些，"铁线莲神经质般地说道，"我的法术对影子生物起不到任何作用。"

我有些不大高兴。那个影子生物，为什么他到现在还没有现身呢？他只需要从阴影中走出来，与我们战斗，然后把我们杀死就可以了。他究竟在等什么呢？

“某些懂得魔法的生物只需要轻轻触碰一下尸体，就可以确定凶手是谁。”铁线莲一边试图推着我向前走，一边长叹一口气解释道。

“那又如何呢？”

“那个将艾利亚斯先生击倒在地的影子生物一定希望让哥布林完成杀掉我们的任务。这样的话，就没有人知道他究竟是谁了。”

我眨了眨眼睛。哥布林举着英仙家族的旗帜到处游荡，那英仙家族的人还躲躲藏藏干什么？

“您的想法非常正确！”铁线莲低声抱怨道，“但这没有任何意义！不过，如果您愿意的话，我们可以等一下再思考这个问题。”

我脚下一滑，一条腿踩进了黑色的池塘中，水漫过了我的膝盖。我感到一种焦虑不安。我无法将自己的腿从冰冷的泥浆中拔出来。铁线莲用力将我往岸上拽。那些躲过了山怪近亲群攻击的哥布林，开始追捕撤退的仆人们。几声爆炸般的巨响回荡在庄园里。空中飘着小仙女们抛出的发射物，还有一些强有力的不知从何而来的水柱。看起来没有人被落下。现在，我很想跑动起来。突然，一只身长差不多10厘米的形似蜻蜓的生物扇动着翅膀在我眼前飞来飞去。

“小姐！”在我正打算反手将它赶走的时候，它叽叽喳喳叫了起来，“您还在这里干什么呢？请加快速度跑起来！”

啊！这只蜻蜓还会说话。我一边注意着脚下，一边继续跟着铁线莲往前行进，我决不能让脚再踩进池塘里。在我们后方响起了一阵乱哄哄的奔跑声。我转头向后看去，一个食尸鬼向我们冲了过来："他们杀过来了！他们杀过来了！"

这只蜻蜓飞得稍微高了一些，两把不知从何处飞来的餐刀向着敌人冲了过去。可是……这个小东西……它是……几声痛苦的尖叫声提醒我不要去想些没用的事，而是要奔跑起来。

这只蜻蜓重新飞回到之前的高度，停在了我的肩膀上。

"我只解决了一个哥布林，"它一边紧紧抓住我的发丝，一边对我说道，"另一个还在一直追着我们，不过，他已经受伤了。"

"你是……小仙女吗？"我气喘吁吁地问。

"好吧，小姐！您难道没有认出我是谁吗？是我！妮科莱特！"

我没有把她给认出来？她是在开玩笑吗？妮科莱特什么时候……噢，我的老天爷！如此说来，这也就证明了猎灵人用两根手指头肢解小仙女的演示完全不是开玩笑！

"他要赶上我们了！"食尸鬼悲鸣道。

有什么东西呼啸着贴着我的耳边飞过，钉在了我左边的一棵树上。

"真是卑鄙……"妮科莱特低声抱怨道，为了不摔下去，她一直紧紧地抓着我的头发，"那个哥布林拿着我甩过去的餐刀又瞄准我们给扔回来了。"

突然，食尸鬼发出了一声痛苦的尖叫，倒在了地上。我立刻停下来。

“小姐！”铁线莲哀求道。

太迟了，我已经折返了回去，向着那个正举着斧头准备对准可怜的食尸鬼砍去的哥布林扑了过去。我用尽全力，对准他的太阳穴打了过去。一阵剧痛穿过我的手腕，沿着手臂向上延伸开来。噢，不！我为什么要用这只手呢？在我这一拳的撞击下，哥布林失去了平衡，身体向后方倒去，在雪地里踉跄了几步。因为疼痛，我的思想也开始变得迟钝。我爬起来，对着他的脑袋又狠狠地踹了一脚。这个妖怪般的生物被我踹进了池塘，沉了下去。

“噢，噢……”妮科莱特低声嘟哝道。

“什么？”我有些不安地问，“还有吗？”

“没有了，不过，我之前已经把他给弄伤了。”

“然后呢？”

“然后，他就流血了。”

“然后呢？”

受伤的食尸鬼重新站了起来，他的肩膀处插着一柄餐刀，眼神惊恐地盯着水面上泛起的一圈圈涟漪。

“噢，天哪。噢，天哪……”他不停地重复着这句话。

“可是，发生了什么？”我结结巴巴地问。

一个气泡在水中破裂开来，然后是两个气泡，接着是三个气泡。铁线莲一把抓住那个受伤的食尸鬼，将其猛地向一旁的路上推去。

“快跑！”铁线莲惊慌失措地大叫道，“各位发发慈悲吧，快跑！”

“发生了什么？”我声音颤抖地问。

“它苏醒了！”

“嗯？”

铁线莲抓住我的胳膊，拽着我向前跑去，速度比以往的任何时候都要更快。受伤的食尸鬼在我们前面跑，速度快到似乎生出了翅膀。在我们身后，响起了阵阵水声。

“小姐，请千万不要回头！”

我并不想回头去看究竟发生了什么。在月光的照射下，在我们前方洁白的雪地上倒映出了一个阴影，一个巨大的阴影。这个阴影还在不断变大，变大。

15

深水霸主

一种介于巨人的吼叫与巨蟒的嘶嘶声之间的声音，盖过了战场上的一切打斗声响。作为回应，树林周围所有的水域都开始兴奋起来。我感觉自己的胸膛处于爆炸的边缘，冰冷的空气让我的肺部灼烧起来。在漆黑的夜色中，庄园城堡就如同一个小小的光点，可它似乎距离我们有千万里之遥。

“再快一些！再快一些！”妮科莱特一边紧紧地扣住我的耳朵，一边激励着我。

我没办法回应她，只能强迫自己加快脚上的速度。我的双腿已经不是在跑了，而是在飞。在我们前方，所有的生物都跑得飞快，要么拔起双腿向前冲，要么四条腿拼命倒腾，要么不安地扑腾着翅膀。那些巨大的身影从沼泽、池塘以及花园中的所有水域中冒出来，仆人们都不再去在意那些惊愕的哥布林。我们也越过了一群张口结舌地注视着巨大身影的哥布林。

“冲呀——！”妮科莱特叫嚷着。

一阵可怕的撕裂声。突然，有个什么东西滚到了我们面前，那是一颗哥布林的脑袋。一种恶心感促使我加快速度向前冲去。不管那些身影是什么东西，它们就在我们身后！

“小心！向右跑！”铁线莲突然喊道。

我挪了一下位置，刚好避开了一棵轰然倒塌的巨型杉树，这棵杉树被连根拔起。在杉树的后方，出现了一条身形硕大无比的蓝黑色蟒。这条蟒有着一颗海马脑袋，还喷着鼻息。它的下半身还在水里，不过，那对作为耳朵般存在的鱼鳍已经将天上的星辰都遮盖了起来。这样一个庞然大物是怎么将自己的身体藏在池塘里的？它垂下头，将巨大的嘴伸向我们，它那如同深渊般黑暗的眼睛里闪过了一丝光芒。它张开大嘴，里面满是长似宝剑的利齿。一只手伸向我，抓住了我的领子，将我从巨蟒面前拖走。这只手的力道非常大，几乎将我勒了个半死。

“小姐，请千万不要停下来！它们才不会在乎我们是谁呢！它们会将一切都毁灭！”

我屏住呼吸，跟在铁线莲后面继续跑。我们得绕过这棵杉树，在跑到树冠位置的时候，我看到了惊悚的一幕。十几条巨蟒从水里冒出来，将可以触碰到的一切都摧毁殆尽：树木、雕塑、喷泉、哥布林……它们用可怕的嘴巴撕咬，某些巨蟒甚至划破了荆棘围墙。还待在围墙外的哥布林惊声喊叫，让我们明白了没有什么可以阻止这些可怕的家伙，庄园的围墙也不例外。

“趴在地上！”铁线莲厉声喊叫道。

铁线莲将我按在了雪地里，一副獠牙在距离我50厘米的地方咬了下来，一种变质的鱼腥味儿让我有些反胃。黏液落在雪地上，我惊恐地在地上打了个滚儿，得离这头怪兽远一些，躲开那摊黏糊糊的液体。我的手指沾染上了一些红色的黏液，恶心的反胃感加剧了。这黏液是血吗？

我抬头看了看，两个哥布林的身体被巨蟒的尖齿刺穿，下一秒就被吞进了嘴里。反胃的感觉让我非常难受。

“小姐，请您冷静！”躲在我头发里的妮科莱特大声喊叫着，“这不是呕吐的时候，赶紧起身！快跑！”

我已经丢了魂，像机器人一般按照妮科莱特的话行动。我身旁，在铁线莲的帮助下，那个受伤的食尸鬼重新站了起来。我们全速出发，但跑了十几米后，一条巨蟒的身体突如其来地切断了我们的前路。我竭尽全力减慢脚下的速度，避免撞上它。它全然没有注意到我们的存在，追逐着一队跑向庄园城堡的哥布林。它那可怕的海马头颅赶上了他们，利齿咬住了他们的大腿，嘎吱嘎吱的咀嚼声在我耳边颤抖着，就像粉笔在黑板上滑动发出的声音。

“从这边走！”铁线莲呼喊道。

我向着铁线莲冲了过去，顺着那些倾倒在地上的树干奔跑着。不安和焦虑重新涌了上来——我们正在向远离城堡的方向行进着！

“在回到城堡之前，我们要先活下来。”铁线莲一边转身看向我，一边简单扼要地解释着。

好吧，这可真是个好理由。我俯下身，用我的人类双腿能达到的最快速度跟上了他们。妮科莱特裹在我的卷发里，以防摔下来。

“你就不能自己飞到城堡里吗？”我气喘吁吁地问。

“不行，我太害怕了。”妮科莱特小声啜泣道。

“太害怕了？你真的是妮科莱特吗？”

“请您赶快往前跑，不要再开玩笑了！否则的话，就别怪我伴着猪油把您的耳朵做成烧烤了！”

啊，她还真是妮科莱特。

铁线莲减慢了自己的速度。我们沿着倾倒在地上的树木向前行进。有的树干上留有巨大的咬痕，有的树干上留有血迹，花园里到处都混乱不堪。巨蟒身海马头的怪物发出开心的吼叫声，盖过了冒冒失失的哥布林发出的哀号和最后几棵树木倒下的声音。

“铁线莲，”我结结巴巴地问，“是不是所有人都回到城堡里了？”

我说话的声音不够大，铁线莲并没有听到，不过，她应该接收到了我的想法。

铁线莲看了我一眼，摇了摇头。

“还没有吗？”我的声音哽住了。

“那些没有回到城堡里的人都已经被埋葬了，”铁线莲嘟哝道，“小姐，如果您不是人类的话……”

我没有听完铁线莲究竟说了些什么，不过，我也没必要去理解她究竟说了些什么。单单我人类的属性就已经够束缚他们的了。新的轰鸣声钻破了我的耳膜。

“小心！”

一个巨蟒的身影向我们猛冲了过来。我想都没想就跳了起来，滚到了地上。巨蟒冲过去，并没有注意到我们的存在。只不过铁线莲和食尸鬼被巨蟒的庞大身躯隔在了另一边，城堡也被隔在了另一边。我咬紧了牙关，将落在衣服上的雪花抖落下来。我甚至都没有费力去想越过这条大虫。我不仅担心这样会引起它的注意，把我一口给吞掉，主要还是那些黏黏的、闪闪发光的鳞片告诉我根本没这个必要。

“铁线莲，”我低声说，“你和食尸鬼赶紧回到城堡里。我和妮科莱特之后会赶上你们的。”

铁线莲——我的这位超自然能力朋友——被这条巨蟒怪物隔在了另一边，她发出了一声焦虑不安的呻吟，这声呻吟越过怪物的身体传到了我的耳朵里。

“亚当曾经说过，当仙女化为液体的时候，没有人可以抓住她。”我坚持道，“你们两个赶紧躲藏起来。”

没有任何回应。

“铁线莲走了吗？”我问待在我肩膀上的妮科莱特。

“还没有，”妮科莱特低声抱怨道，“铁线莲可真是固执。”

哼，妮科莱特究竟知不知道自己在说些什么呢？

“铁线莲，这是命令。”我用自己最有说服力的语气宣布，“你是了解我的，我自己就可以逃离危险境地。”

妮科莱特从自己藏身的金色发卷中露出了脑袋，用挑剔的眼神审视着我说道：“小姐，就连我都知道您并不相信自己说的话。”

“我并没有咨询你的意见！如果你愿意跟铁线莲一道赶回城堡的话，那现在就赶紧离开，不然你就留下。”

妮科莱特又把脑袋藏回了我的发卷中，我挑了挑眉。

“她已经离开了，”闷在我头发里的细小声音通知我说，“铁线莲已经离开了。”

很好，至少铁线莲和食尸鬼可以幸免于难，我不会再拖他们的后腿了，这个念头让我感到轻松了不少。没有人再会因为我而死去了，我现在只须留意自己。也许，除了妮科莱特。不过，这是她自己的问题，她原本只需要飞走就可以了。我重新鼓起了勇气。我审视了一下周围的情况，雪地上到处都是瓦砾与倾倒的树木。对于我而言，土地面积非常有限，我的一侧是那个晃动着身体将我与城堡分隔开来的怪物，另一侧是一片广阔水域，另一只如噩梦般可怕的怪物从那里冒了出来。我只能选择向前跑或者向后逃。我向后看了看，发现那里散落着几十个哥布林的尸体。好吧，那么，我只能向前跑了。我蹲下身体，让自己保持与被扯断的树枝平齐的高度，尽最大可能安静地向前行进。我不知道在周围这样嘈杂的环境里，它们能否听到我发出的声响，能否发现快速移动的物体。我和妮科莱特得从这些巨蟒怪物的活动范围内逃离，换句话说，就是我们得逃到庄园的围墙之外。围墙之外的吵嚷已经消失，我猜想那些哥布林都已经逃走了。这次夜袭的组织者可能告诉他们将要去攻打的庄园完全不会有任何反抗，那里只住了一些妇女和孩子，可这群傻子经历了刚刚发生的一切。如果我是哥布林，会跑去找主人。

我继续向前挪动着，心脏怦怦直跳，额头上布满冷汗。巨蟒的海马头还时不时地向我们所在的方向转过来，这时候，我就得匍匐在雪地里。不过，看起来这些巨蟒似乎并没有发现我们的存在。我们走近了一排并没有受到巨蟒攻击的木头小房子，这些房子的屋顶上覆盖着一层洁净无瑕的雪。我皱了皱眉头，这不是巨魔的小木屋吗？怎么没有被巨蟒毁掉呢？我们能不能躲进其中一间避难呢？我觉得这个想法挺冒险的。如果那些大虫们想嚼一座小木屋玩玩儿的话，我们就成它们的腹中美食了。我眯起眼睛想要看得更清楚一些。小木屋的后面矗立着一些覆盖着积雪的巨大树木，这些树木就如同一排天然的保护屏障。这是巨魔化成的树林，巨蟒并没有毁坏这些树。我不知道为什么，但很明显，我们应该到那里去。这些树木拼命地晃动着枝干，似乎在向我示意。如果这还不算一种信号……我躲在一处灌木丛里匍匐前行。突然，我的鞋子好像被卡住了，我的嘴巴冷不防地变得干涩。我转过身，什么都没有。我试图将鞋子往上拔，可是鞋子还是岿然不动。我又一次不安起来。

“请不要动，”妮科莱特在我耳边轻轻耳语道，“我来帮您。”

妮科莱特从我的头发里费力地钻了出来，碎步沿着我的背部、腿部疾走，来到了我的球鞋边。

“您的鞋带卡在了树根上，”妮科莱特一边解着鞋带一边对我解释道，“好了。”

确实，我的腿可以重新活动了。我松了一口气，将妮科莱特放回我的肩膀上。突然，妮科莱特发出了一声惊恐的尖叫，向我猛扑了过来，一头扎进了我的头发里。我有些震惊，寻找着到底是什么东西让妮科莱特如此惊恐……我发现自己正与巨蟒怪物大眼瞪小眼——我血管中的血液都凝固了。噢，不要这样！这不是真的！

我一屁股跌坐在了地上，迅速向后退去。巨蟒那双黑眼睛观察着我，丝毫没有掩饰对我的兴趣。是我激起了它的好奇心吗？那它有没有意识到我其实不是哥布林呢？如果可以找到一个让它安静下来的方法，那么，我们或许还有一线生机！巨蟒呼出的充满鱼腥臭的气体将我的头发吹了起来。

“妮科莱特，”我喃喃地说道，心脏都快跳到嗓子眼儿了，“它们……它们就是利维坦大王，对不对？”

“您认识它们吗？”小仙女妮科莱特小声问，她已经处于歇斯底里的边缘了。

在听到我们说起“利维坦大王”时，这条巨蟒的眼神中闪过了一丝光芒。

“覆盆子曾经跟我说起过利维坦大王。她还说过，美人鱼唱歌能让利维坦大王们平静下来。你能模仿美人鱼的歌声吗？”

“不！我不能！但是您，您可以唱一首试试！”

“什么？”

“唱歌！唱歌！唱歌！”

“可是，我并不是美人鱼啊！”

我感觉妮科莱特用自己纤细的双腿踢了我一下。

“我说，唱歌！”

噢！我说，妮科莱特这只小蜻蜓能不能安静一会儿？

这个利维坦大王用一种极为感兴趣的目光仔细观察着我。据覆盆子说，是利维坦大王们将上个月发生的事传递给了水中世界。这样的话，从理论上来看，它们也应该认识我。可是，它们能将我认出来吗？它们会因为欣赏我而放过我吗？我慢慢地站起了身，这个怪物目不转睛地盯着我的动作，我感觉它眼中散发着一种危险的快乐。不过，这也许是因为它嘴巴的形状。是的，确实如此。它微微张开了自己的嘴巴，露出了利齿。

“唱歌呀！”闷在我头发里的妮科莱特坚持命令道，“它要攻击我们了！”

我的意识断了一拍。唱歌？唱什么？

“快点儿！”

我母亲曾经唱过的一首儿歌从我记忆深处浮现。

“他是一个矮小的男人，”我的声音微微颤抖了起来，“旋转，花生仁，他是一个矮小的男人……”

“您就不能找一首稍微动听一些的歌曲吗？”

“……他有一所奇怪的房子，他有一所奇怪的房子……”

我可以发誓，利维坦大王瞪大了自己的双眼，只不过它并没有长眼睑。

“他的纸板房子，旋转，花生仁……”

利维坦大王重新直起了身体，从高处俯视着我，发出了一声短促的啸叫声。死寂覆盖了整座庄园。

“……他的纸板房子，纸楼梯，纸楼梯……”

其他的水中怪物也将自己的脖子，或者更确切地说是自己的身体向我们伸了过来。我不知道该怎么办了！

“想爬上楼的人，旋转，花生仁……”

好奇的利维坦大王们在我周围围成“窗帘”。我发现它们的长度各不相同。它们中最大的身体长度足以够到我这里，另一些更为纤细的缩在后面，似乎卡在了沼泽里。它们有节奏地抽动着充当耳朵的鱼鳍。

“邮差先生爬上了楼，旋转，花生仁……”我继续唱着歌，声音变得越来越微弱。因为我并不确定这些利维坦大王们相互之间交换的不良眼神究竟是不是一个好兆头。

“邮差先生爬上了楼，磕断了鼻头……”

“我们死定了……”妮科莱特呻吟道。

突然间，我看到丸子跑了过去，它在那些巨蟒中穿梭。那些巨蟒并没有注意到丸子的存在。这让我感到惊愕万分，差点儿忘记了接下来的唱段。

“啊……人们帮他把鼻头修补好，旋转，花生仁……”

小猎犬丸子消失在我的视线中。啊，这可真是件怪事儿！不过，今天晚上究竟发生了什么？我想说的是，除了哥布林的偷袭和唤醒了那些跟庄园城堡一样高的怪物之外，今晚究竟发生了什么？那些巨蟒向我们俯下躯体，并且越来越低，我感觉自己也越缩越小。

“用漂亮的金色丝线……”

当我唱完歌曲的时候会发生什么事情呢？我需不需要把这首歌重新唱一遍？我的腿开始哆嗦起来，我不知道自己还能否把这首歌再唱一遍。

利维坦大王们距离我们越来越近，夸张地咧开了长满利齿的大嘴。妮科莱特已经消失在我的发丝中，我感觉她颤抖地坐在了我的肩膀上。

突然，这些海洋生物都不约而同地抬起头，做好准备，呲着利齿，打算向我猛冲过来。我发出了一声尖叫，倒在了结冰的地上。一声巨大的吼叫声响起，利维坦大王们顿时就在距离我一米远的地方停下了动作。差点儿失去知觉的我已经无法呼吸了。利维坦大王们不安地扭动脖子看了过去。随着一声可怕的轰隆巨响，巨魔的三号小木屋炸裂开来，碎片儿在空中横飞，一个巨大的身影从那里涌了出来。我惊骇地打了个嗝儿，这个身影比利维坦大王们还要粗长！利维坦大王们动作统一地向后退去，将我一个人留在了那里。我倒在雪地里。这个新出现的生物发出了一声吼叫，如同一头被人割喉宰杀的小猪仔，不过这叫声的威力足以将玻璃震裂。利维坦大王们还在呲着利齿不断向后退，肾上腺素涌进了我的大脑。我该怎么办呢？是跟着那群利维坦大王一起向后退，还是跑向庄园城堡呢？

“妮科莱特！”我一字一句地问，“这是什么东西？”

“那是一条沙虫。”躲在我头发中的妮科莱特闷声回答道。

“它？一条虫子？可是，它的体型真的是太巨大了！”

“是的！”

“这条虫子吃什么呢？”

“什么都吃！”

太棒啦！

“抓紧我的头发，”我低声说，“我们得开始跑了。好吧，我是说我要开始跑了。”

“我们会死掉的！”

“不是，我们要跑动起来了。”

当这条体型巨大的沙虫向着利维坦大王们低下了自己那极其可怕的脑袋，让它们无法向我靠近的时候，我非常缓慢地站起了身，心脏跳得还是有些快。它身体内部的颜色是一种极美的、轻柔地闪烁着光芒的蓝绿色。天哪！古斯塔夫曾经带领我们参观的那个洞穴，这应该不是……噢，上帝啊！

这条沙虫俯身看向我，它那类似嘴巴的部位微微张开。然后，它重新挺直了身体，对着那些海洋生物们发出了可怕的叫声。作为回应，那些海洋生物们也叫了起来。这些叫声究竟蕴含了何种含义呢？

“妮科莱特？”我结结巴巴地问。

她没有回应我，她还藏在我的头发里吗？答案当然是肯定的，因为在我肩膀上的一个发卷正在以一种怪异的方式颤抖着。

我向着庄园城堡的方向走了一步，利维坦大王们重新将注意力放回到我身上，他们的眼睛里闪烁着一种强烈的饥饿的光芒。沙虫低声咆哮起来。利维坦大王们抬起头，发出了不满的低沉叫声。这是不是意味着这条沙虫是保护我的？或者它将我视为自己独享的下午茶小甜点？无论如何，我都更加清楚了为什么那些来自海洋的利维坦大王们不敢触碰那些树木了。它们应该是感受到了在树木前面沉睡的沙虫。我慢慢向前行进，我的这位守护神轻轻晃动着自己的身体，跟我保持在同一高度上。我深吸一口气，让自己保持着一种假装出来的平静。如果我像一个疯子一样跑动起来的话，这样微妙的情况可能会朝着糟糕的方向发展。实际上，无论我做些什么，这样微妙的情况都可能会恶化。在花园里所有怪兽贪婪目光的注视下，我谨慎地向前迈出了一条腿，速度不敢太快。沙虫一直都跟在我的身后，它那庞大的身躯将月亮的光辉都遮挡了起来。突然，一阵强烈的寒冷将我震慑住，朱莉娅出现在了我的身旁。她赤着脚站在冰天雪地里，她那红色的丝绸睡衣上有几处被撕坏了，金色的头发乱成一团。

“喂，”朱莉娅一边抬起头向沙虫所在的方向看过去，一边小声说道，“你总是能交到一些让人觉得不可思议的朋友。”

“什么？”我含糊不清地问。

“没什么，赶快走吧，我们得赶在那些利维坦大王们还没有下定决心攻击沙虫之前让它们平静下来，陷入沉睡。”

“我们该怎么做呢？”

“我们需要一条美人鱼。”

不是开玩笑吧。

“庄园里有美人鱼？”

“在城堡顶层的保险柜里有一张唱片，”朱莉娅一边用手指指着城堡的南侧塔楼，一边回答道，“确切地说，我们留下了一张美人鱼的唱片，以防有一天这群怪物们苏醒过来。我们赶紧行动吧。”

我差点儿就跟在朱莉娅身后离开了。但是，我注意到了一个令人不满的事实。

“为什么你没有将唱片播放出来呢？”我警觉地问道。

“需要两个人合力才能将唱片播放出来。当利维坦大王们将这里选为自己的居住地之后，拉扎尔的曾祖父出于安全考虑，订下了这条指令。当利维坦大王们兴奋起来的时候，美人鱼的可怕歌声可以让它们平静下来。但是，当它们陷入沉睡中，这歌声也能将它们唤醒。我们不能因为失误而将美人鱼的歌声播放出来。”

“你为什么不对一位仆人下令，让他帮助你将唱片播放出来？”

朱莉娅恼火地翻了个白眼儿，说道：“这对你来说肯定不是问题。可是，在天蝎庄园里，当我决定做些什么的时候，仆人们总是不太服从我的命令。”

我皱了皱鼻子，不大相信朱莉娅的说辞。我还是没有弄明白英仙家族到底要干什么。既然他们已经派来一些打着他们家族旗号的哥布林攻击庄园，为什么还要将自己的身份隐藏起来呢？还有，既然另一个影子家族想要将我们干掉，他们为什么还要大张旗鼓地派遣哥布林来执行这个任务呢？这是一个怎样的影子家族呢？他们会像天龙家族那样利用哥布林吗？比方说，在十年前的那次差点儿就要了亚当性命的偷袭，还有在几个月前绑架我的时候，他们都利用了哥布林为自己做事……

“小姐，请不要担心，”妮科莱特突然用自己细小的嗓音说道，“您可以相信朱莉娅夫人。”

“你觉得我可以吗？”我轻声问。这时，朱莉娅皱了皱眉头。

“我可以确定。朱莉娅夫人只想做一件事，那就是保护天蝎庄园。她会为我们牺牲一切。”

“什么？”

这是从什么时候开始的呢？

我将信将疑，只能抓住并且轻轻撩起披在肩膀上的大把头发。妮科莱特出现在我们眼前，她非常惊讶自己怎么会赤裸裸地暴露在外面。

“朱莉娅会不遗余力地保护天蝎庄园吗？”我挑了挑眉，“你说的真的是这个朱莉娅吗？天龙家族的朱莉娅？”

“就是朱莉娅！”小仙女妮科莱特因为自己被别人出其不意地撞见而非常恼火地继续说道，“至于剩下的事情，如果您不相信我的话，只需要去问问铁线莲就好。还有就是，赶紧把这个还给我！”

妮科莱特举起双臂，抓住了我的一绺发梢，将自己卷在了里面。

“那么，现在您赶快跟朱莉娅夫人一起去找唱片，不然的话，天蝎庄园会遇到非常棘手的麻烦。比现在遇到的麻烦要更加可怕。”

朱莉娅恼怒地观察着我们。

“你们在说些什么呢？夏洛特，你这是在和一只小虫子到处游荡吗？”

“是的，”我嘟哝道，“一种类似昆虫的东西。”

“我们快一些吧。”

朱莉娅示意我跟上她。

“你……你不用阴影把我带回城堡里吗？”我有些犹豫地问，并不太清楚自己是不是问了一个蠢问题。

朱莉娅耸了耸自己的肩膀，整理了一下自己的睡衣。

“我可是瓦尔德的女儿。”朱莉娅露出一个刻薄的笑，“如果我带着你一道消失了的话，当我再次出现的时候，仆人们会扑上来把我掐死的。”

啊。

“不要再磨磨蹭蹭了，”朱莉娅环视了一眼我们周围的情况，“利维坦大王们已经开始不耐烦了。”

我抬起头看了一下，果然，那些怪物们的胆子变大了，在一点儿一点儿地向我们靠近。沙虫发出了低沉的吼叫声，似乎是在向它们发出警告。我急忙跟在了朱莉娅后面。

尽管地面的状况非常糟糕，朱莉娅还是笔直地向前走着，而我则接二连三地被大雪覆盖着的障碍物绊倒。不过，这并没有让我停止思考，妮科莱特的话语又在我的耳边回响起来。朱莉娅真的已经做好准备为天蝎庄园奉献一切了吗？我真的无法相信！还有……一种局促不安让我透不过气。她对仆人们的想法还是相当有自知之明的！她是不是在与拉扎尔结婚后头几个月的时间里，也曾经尝试着融入天蝎庄园呢？是不是曾经尝试着让仆人们忘记自己是势不两立的死敌的女儿呢？天蝎庄园里居民的态度是不是让朱莉娅在最初的那几天就放弃了自己的想法呢？

“妮科莱特？”我一边祈祷着不要被朱莉娅听到，一边悄声开口问。

“请不要再跟我说话了！”妮科莱特哼哼唧唧地说，“您刚才说我是‘一种类似昆虫的东西’！”

“是不是所有人都知道朱莉娅会为了他们付出一切呢？”

“啊……一部分人应该是知道的吧。不过，我们都假装自己不知道。”

“为什么？”

“这样的话，我们似乎就可以不给自己任何一丝欣赏这个该死的女人的机会！她父亲手上可是沾满了我们族人的血！”

我没有反驳妮科莱特，只是若有所思地看着朱莉娅身穿绸缎睡裙的背影。

“就是因为这样，”我喃喃低语道，“就是因为这样，她才这么尖酸刻薄。就是因为这样，她才强迫艾利亚斯只能吃一些煮熟的食物。她将自己的失望转加到了……”

“什么？根本不是这样的！将喂给孩子们的食物煮熟是天龙家族的一个传统。煮熟的食物可以中和绝大多数的毒素和毒药。想一想天龙家族那些众多的死敌们吧！小姐，请相信我，他们这么做绝对不是什么奢侈的享受。”

我的胃冷不防地痉挛起来。

“什么？”

“您不知道吗？”

“不知道。”

“好吧，如果我们能活下来的话，我会告诉您很多与毒药有关的知识。”

我不再去听妮科莱特的絮叨了。这样说来，朱莉娅从艾利亚斯年幼时期就试图将他保护起来吗？当然了，是以天龙家族的方式。不过，她是真的想保护艾利亚斯吗？但是，以我为首的几乎所有人都认为她的所作所为十分专制。

我咬紧了嘴唇。如果地狱真的存在，那一定与这个女人经历的生活一样可怕。

16

双龙之争

聚集在城堡门口的仆人们进入城堡。挂灯散发出来的温热光芒让我感觉自己似乎从一场噩梦中惊醒。我得救了！

“小姐！”

处于液体状态的铁线莲从仆人中挤出一条路，用超自然的速度向我扑了过来。她差点儿就把我扑倒在地！就在我即将摔在地上时，她那具有伸展性的双臂环住了我的腰部，将我揽住了，我的身体贴在了一种柔软黏稠的物质上。

“请您以后不要再给我下这样的命令了！”铁线莲哀叹道，她的眼泪大颗大颗地砸在了我的头发上，“不然的话，不然的话，我就不再爱您了！”

“别动不动就哭哭啼啼的，你这个优柔寡断的家伙！”在我的肩膀上，妮科莱特用自己细小的声音喊叫着，“你把我的翅膀都给弄湿了！”

我尽最大的努力将自己的脸从铁线莲那黏稠的身体上抽了出来。好吧，这两个仙女都重新振作起来了。

“啊，小姐，”一个体型巨大的独腿巨魔长叹了一口气，他正坐在白色的大理石台阶上，绿色的眼睛里充满了不安，“我真的是松了一大口气。这样看来，那条小狗确实及时赶到了。”

“那条小狗？”我困惑不已地重复道，“是丸子吗？古斯塔夫，是你把丸子派出去的吗？”

“是的，小姐。”

埋在铁线莲怀里的我不敢说什么。不过，这条可怜的小狗并没帮上什么忙。在面对利维坦大王时，它都没有分散它们的注意力。

“我派它去唤醒伊尼亚斯，”这位年长的巨魔继续说道，“我很高兴它成功了。”

“伊尼亚斯？”

“就是我们的沙虫老伙计。”

我长大了嘴巴，那个怪物一般的家伙还有自己的名字吗？

“它可能会将夏洛特小姐一口吞掉的。”铁线莲语气有些刻薄地说道。

“还有我。”妮科莱特也用相同尖刻的口吻补充了一句。

“不会的，不会的。沙虫已经见过夏洛特小姐了，它知道夏洛特小姐是我们的王妃，也是它的王妃。”

“那艾利亚斯呢？”我打断他们,“他还好吗？”

“小姐，艾利亚斯先生已经恢复了意识，他还问自己干掉的哥布林数量是否足够让您感到开心。在罗马里克医生的要求下，娜塔莎留下照顾艾利亚斯先生，以防止他离开自己的房间。艾利亚斯先生很快就可以痊愈。”

我感到一种难以名状的轻松，肩膀上的重担卸了下来。艾利亚斯现在很好。我转头看向朱莉娅，她已经走上了楼梯，并没有过多关注我在做些什么。尽管朱莉娅光着的脚已经变得肮脏无比，睡衣也被扯坏了,但她还保持着王室成员般的尊严。我需要去找她。

“铁线莲，把我放下来。”我命令她道。

“当然可以啦，小姐。我很抱歉。”

铁线莲将我放开，我跑了过去，跟在朱莉娅身后。仆人们一言不发地看着我们的身影远去，他们的神色有些迷离。我是不是应该跟他们交代些什么呢?

“请各位做好防范工作，不要让哥布林进入到城堡中。”我开口说道,“正常情况下，利维坦大王们已经把他们给解决了。不过，如果有些狡猾的哥布林藏了起来，躲过了利维坦大王们的攻击，他们有可能会在第一时间进入城堡。”

仆人们立刻恢复了状态，认真地点了点头。我犹豫了一下，我还没有忘记现在至少有一个影子生物在庄园的花园里游荡。

“还有，如果你们发现了什么不寻常的事，”我补充道,“尽你们最大的努力大声尖叫。”

当我重新跟上朱莉娅，往楼上走的时候，朱莉娅耸了耸肩膀。这是不是表示朱莉娅觉得我最后下达的这个命令非常没有意义呢？她是不是在留意着仆人们的心跳以便检测到最细微的反常呢？也许是这样。或者，也许她只是觉得我有些蠢？我真的很想知道朱莉娅在想些什么，即便要为此付出巨大的代价也在所不惜。

我们毫无阻碍地来到了二楼，然后转道向南侧的塔楼走去。突然，城堡遭到猛烈的一击，墙体剧烈地晃动起来。我踉跄了一下，抓住了一件铺着绣花桌布的家具。

“这是怎么了？”我结结巴巴地问。

“是利维坦大王们，”朱莉娅蹲了下来嘟嘟哝哝地说道，“它们开始生气了，它们在寻找食物。”

一声巨大的咆哮声证实了朱莉娅的说法，击打声如雨点般打落在墙上。那些利维坦大王们开始将城堡作为自己的攻击目标了，好几幅画作从墙上掉下来，落在地上砸成了碎片儿。在玻璃的破碎声和从一楼传来的叫声中，之前被放在五斗橱上的花瓶也掉落在地上。

“噢，我的天呀……”我受到了惊吓，“可是……可是，苏菲呢？妮科莱特？”

“小姐，她睡着了！她不会知道究竟发生了什么，您赶快向前冲过去！”

“夏洛特，你速度快一点儿。”朱莉娅说道，她已经到达了走廊的尽头。

我尽自己最大的努力站起身，和朱莉娅一起向南侧塔楼跑去。突然之间，一个身影出现在我们面前，中等身材，长长的鼻子如同一只石貂。我们僵在了原地。

“爸爸？”朱莉娅惊呼道。

瓦尔德对我们露出了一个亲切和蔼的微笑。城堡又遭受到一次撞击，这次撞击比之前的要更为强烈。在这次撞击的影响下，我失去了平衡，又一次倒在了地上。

“您是过来帮助我们的吗？”朱莉娅问道，言语中充满了怀疑。

“瞧瞧你这是说的什么话呀，我亲爱的女儿。”

瓦尔德一边向前走着，一边张开自己的双臂，热情地拥抱了朱莉娅：“我为你骄傲。”

“什么？”朱莉娅结结巴巴地问，“您到底想说些什么？”

瓦尔德转过身看向我，他的微笑变得有些讽刺。

“我的小甜心儿，想要把你给干掉可真是不容易。”瓦尔德低声说道，“我原本还以为提前告诉那些猎灵人你会出现在威尼斯就足以让你从这个世界上消失呢。”

“什么？”我有些哑口无言，“是你……你……”

“您在开玩笑吧？”朱莉娅大声说道，她跟我一样对此都很吃惊，“可是，那个调查……”

“我的小天使，调查显示你很安全。”瓦尔德一个反手就驱散了我们的疑虑，他打断了朱莉娅的话，“从那时起，我只需要将天蝎家族的王妃从天蝎庄园引出去就可以了，让她处于危险中，好看着天蝎家族的人飞奔过去解救她……”

“可是……您这样做又是为了什么？”

这个男人的小眼睛里闪烁着凶狠的光：“我的女儿啊，我这么做是为了让你最终得到你应该得到的位置，你应该是天蝎家族的王后。”

“可是，我已经是天蝎家族的王后了……”

“废话，只要那个该死的拉扎尔一直在这里束缚着你，你就没有办法将自己的潜力完全发挥出来。”

“我的潜力？”

“我们要将这两个家族结合在一起，成为这个世界上最强大的家族。”

跌坐在地上的我试图重新站起来，但是猛烈的一击让城堡的墙壁颤动起来，灰尘从天花板上掉落。

“这两个家族已经结合起来了。”我咳起来，用嘶哑的嗓子试图将这句话一字一句地说清楚。

瓦尔德完全无视我的存在。

“朱莉娅，现在这个时机已经到了，所有的一切都准备好了。你只需要在今夜将所有的事情都安排好，庄园里的仆人们会将你视为一个消除了英仙家族威胁的女英雄。你的身份与地位会变得合法，当那三个天蝎家族的男性悲惨地死去，你就成为唯一的、不容置疑的天蝎家族的王后。”

“我不明白您在说些什么。”朱莉娅结结巴巴地说道。

“不，你明白。”

玻璃的碎裂声在一楼响起，随后，我又听到了慌乱的叫喊声。利维坦大王们是不是在尝试着进入城堡中呢？

朱莉娅惊愕地盯着自己的父亲：“您是不是打算杀死拉扎尔和他的两个儿子？”

瓦尔德漫不经心地耸了耸自己的肩膀：“这相当简单。我们只要杀死这个女孩儿就可以了……”

瓦尔德用手指了指我，继续说道：“这就可以让亚当变得足够疯狂。这样一来，我们可以不费吹灰之力就将他解决掉，然后就是那个小艾利亚斯。亚当会像一颗熟过头的果子一样坠落。”

朱莉娅重新挺直了自己的身体，她那苍白的、难以捉摸的脸庞被金色的头发遮去了一半。我则觉得自己慢慢地变得支离破碎。尽管城堡里充满了嘈杂声与动荡不安，但利维坦大王们已经被我抛在脑后。

“英仙家族与这一切没有任何关系，对不对？”我颤抖着身体，结结巴巴地问。

“当然没有任何关系。”瓦尔德自命不凡地回答道，“当我得知了英仙家族的人不打算前往威尼斯时，我简直不敢相信自己的耳朵。这是命运的安排！打着另一个家族的旗号袭击天蝎家族，我不认为还有比这更简单的方式了。”

我一直保持着跌坐在地上的姿势，尽最大努力小心谨慎地向后移动。我得有多么幸运才能在他们对我发动攻击之前从这里逃走呢？这俩可都是影子生物，我甚至都不可能有机会逃到走廊尽头。我感觉到躲在我头发里的妮科莱特那副小小的身躯在颤抖。这俩也发现她的存在了吗？朱莉娅是否还记得妮科莱特藏在了我的头发里？如果他俩发现了妮科莱特，那她也完蛋了。对于这一点，我没有任何怀疑。城堡的墙又一次晃动起来，伴随着这次晃动，仆人们也发出了对抗的叫声。借着这个机会，我将自己的身体稍微直起，又向后退了一些。

“我们必须让利维坦大王们平静下来，”朱莉娅有些生气地说道，“如果它们摧毁了城堡，吃掉了仆人，我可就什么王后也不是了。”

“当然啦，当然啦。”瓦尔德用慈父般的声音表示赞同，“这些小小的水中怪物是多么可爱呀。当我们可怜的夏洛特被发现压在一块大石头或者是一个大橱柜下面时，这些怪物为我们提供了一个多么好的借口呀，不是吗？所有的一切都进行得非常顺利，甚至比我预想中的还要顺利！你的堂兄弟们甚至都认为这是神灵对我们的支持呢。”

我尽最大努力让自己不要惊慌失措。我不能让惊恐的心跳声引起他们的关注，我需要远离他们，远一些，再远一些。

“我的堂兄弟们？”

“当然啦，我不可能只身一人来到这里。不过，让我们先来处理一些比较紧迫的事情，你意下如何呢？”

瓦尔德转身看向我，露出一个恶狠狠的笑。我艰难地咽下了一口唾沫，我差不多已经退到了整个走廊一半的位置上。铁线莲察觉到我的想法了吗？还是她正忙着对付那些利维坦大王？看起来没有人会过来帮助我了，我最好将所有的赌注都放在第二种解决方式上。妮科莱特手里还有没有留下一两把餐刀，好将它们刺向瓦尔德？

瓦尔德掸去了从天花板上掉下来落在他外衣上的灰尘。

“好吧，”他说道，“我们出发吧。”

他向我所在的方向走了一步。我跳了起来，向楼梯的方向猛冲过去。我的胃部遭受到了一个撞击，这让我无法呼吸，眼冒金星，我窒息地跪倒在地。瓦尔德走到我的面前，停了下来，拦住了我。

“啧啧！”瓦尔德一边在我眼前摇晃着食指，一边低声说道，“我的小甜心儿，你哪儿都去不了啦。嫁给天蝎家族的人类女性命运都一样，都会悲惨地死去。永别了，亲爱的夏洛特！”

瓦尔德抬起了手臂，我的心跳漏了一拍。我的身体尚未从之前受到的撞击中恢复过来，拒绝听从我的指令。我闭上了眼睛，不过，什么都没有发生。一种物体坠落的声响在我周围响起，我稍微睁开眼睛——瓦尔德倒在了我的面前，失去了知觉。我的心里被一种狂热的希望填满，是亚当吗？朱莉娅弓着身子，似乎还没有从自己发出的猛烈攻击中恢复过来。在痛苦与忧伤的作用下，她的面容变得有些僵硬。我目瞪口呆。是朱莉娅？为了阻止她父亲把我杀死，朱莉娅刚才将自己的父亲打昏了过去？不会吧！可是……这又是为什么呢？

朱莉娅应该是感受到了我的惊愕，因为她突然恢复了常态，用自己睡裙的下摆将自己重新包裹了起来。她的双眸中闪过了一丝光芒："你最好不要让我为自己所做的一切后悔。"

我还是无法说话，点点头以示了解。朱莉娅耸了耸肩膀，转过身去。我可以肯定自己看到朱莉娅的睫毛上挂着一颗泪珠。她的忧伤让我非常震惊，我得做些什么。我集中注意力，等待着。利维坦大王们加大了对城堡的攻击，天啊，要是这样的话，没有人能听到我说话了！

"啊……小姐，您是在找我吗？"

我猛地转过身，阿尔弗雷德出现在走廊里，一脸犹豫，左右腿交换站立着，身体摇摇晃晃，手里还握着一柄长戟，暗红色的血液从长戟上滴落。哦，简直太可怜了……

"阿尔弗雷德，"我尽可能让自己的语气听起来非常镇定，"我们这里有一位不请自来的客人。"

我闪到一边，让阿尔弗雷德看了看瓦尔德的身体。这个小精灵的目光变得非常凶恶，将自己的长戟抓得更紧了。

"他还没死。"我提醒阿尔弗雷德道，"因此，你需要将他控制起来，可以吗？我完全不知道该如何将一个影子生物关进监狱里，不过……阿尔弗雷德，你在听着我说话吗？"

这个小精灵将自己的注意力放在一直背对着我们的朱莉娅身上，毫无疑问，他的憎恶淋漓尽致地体现在脸上。我叹了一口气，很明显，就是这样。

“如果你想知道究竟发生了什么，”我继续说道，“如果没有朱莉娅的话，我必死无疑。现在，你可以处理一下瓦尔德吗？”

在我提到她的名字时，这个女人的身体颤抖了一下，不过，她的双眼继续盯着面前那堵墙，墙上挂着的画作已经消失不见了。

“阿尔弗雷德？”

“小姐，怎么了？”这个小精灵嘟哝着问道。

“你，去把瓦尔德给关进监狱里，明白了吗？”

终于，阿尔弗雷德对我的命令有了回应。他不知所措地挑了挑眉，问道：“小姐，您为什么要用这样的语气跟我说话呢？”

“我只想让你知道现在什么事情才是最紧迫的。你尽自己最大的努力处理好瓦尔德，不过，他绝对不可以挪动半步。你把他关在一间深不见底的单人囚室里，然后从头到脚五花大绑起来，让伊尼亚斯把他牢牢看好。在明早之前，我不想听到仆人们谈论这件事情，明白了吗？”

“啊……我明白了。”小精灵阿尔弗雷德回答道，他看起来有些许为难。

“楼下的情形如何？”

阿尔弗雷德挥了挥手中的长戟：“小姐，我们竭尽全力让利维坦大王们无法靠近城堡。”

“有人受伤吗？”

他皱了皱眉头：“有……有……”

“小姐，我们这边没有死亡。”阿尔弗雷德保证道，“无论如何，就目前的情况来看，仆人们的伤势没有严重到会为此送命。当利维坦大王们袭击城堡的时候，我们迅速地退到了安全的地方。”

我咬紧了嘴唇，低声说道：“很好，你们一定要万分小心。在我们的周围，还有一些对我们充满了恨意的天龙家族成员。”

小精灵阿尔弗雷德又一次转身，看向了朱莉娅。

“不是朱莉娅，”我叹了口气继续说道，“朱莉娅是天蝎家族的人。”

“啊，真的吗？”阿尔弗雷德嘟嘟囔囔地问。

“没错，那我就把瓦尔德留给你处置了。”

“没问题，小姐。”

“那么，开始行动吧。”

阿尔弗雷德消失了。一秒后，他重新出现，还带着两个小矮妖，他们好奇地俯身看向瓦尔德。片刻之后，他们的身影就消失得无影无踪。我艰难地站起身，肚子还非常难受，瓦尔德那一击不是开玩笑的。

“朱莉娅，”我低声说道，“我们马上赶过去阻止那些利维坦大王吧？”

朱莉娅转身看向我，她的表情中失去了一贯的平静与沉着，恐惧将她从内到外吞噬了。

“我们走。”

很好，至少妮科莱特一直躲在我的头发里陪伴着我。

我们来到城堡顶层。朱莉娅试图推开一扇小木门，没有成功。

“是不是需要一把钥匙？”我不安地问。

“没时间了。”朱莉娅焦急地说道。

她朝这扇小门踹了一脚，小门被踹碎，在空中横飞。看看城堡现在的这副模样，我们这样做也不算过分。我跟在朱莉娅身后，走进了一间刚好位于屋顶的小房间。本应支撑屋顶的梁柱支撑不住了。破碎的瓦片落在地板上，月光透过破洞的天花板照了进来，惨淡的月光洒在挂在墙上的武器上。这样的装饰实在是太“天蝎”了。

“就是这里了，”朱莉娅指着两个跟我一样高的、分立在巨大橱柜两侧的木箱子，“箱子里装着可以将音乐传送到花园里的扬声器。你把箱子打开，我负责把不同部位通上电。”

朱莉娅走到橱柜前，试图拉开柜门。柜门被关得很紧。她咒骂了一句，伴随着一声猛烈的声响，柜门被扯了下来，一套古老的音响设备出现在我们眼前。我皱了皱鼻子，这玩意儿比我俩的岁数加在一起还要老。

“从拉扎尔曾祖父那时候起，他们就没有用过这套设备了，怎么就没有人想到用更现代的设备代替它呢？”我低声埋怨着。

“你知道怎么使用这套设备吗？”朱莉娅回应道，她和我一样都很气恼。

“不知道。”

“好吧，你处理好扬声器。我来想办法。”

我来到第一个箱子前，试图推开箱盖，但没有成功。我踮起脚尖看了看才明白问题所在。一根房梁落在箱子上面了。

“妮科莱特，”我小声问，“你最多可以让多重的物体悬浮起来？”

躲在我头发里的妮科莱特没有动静，但房梁却移动了一厘米，灰尘从天花板上落了下来。在看到瓦片摇晃起来后，我谨慎地远离了那里。

“停下来！”我叫喊道，“这儿快塌了，我再想想办法。”

“您打算怎么办？”坐在我肩膀上的妮科莱特小声问道。

“我要用一种刚刚学到的技术。如果一切顺利的话，我会给这种技术起名‘像朱莉娅一样做’。”

我看到墙上挂着一把小斧子。我把它拿了下来，它的重量让我有些吃惊，我伤痛的手腕提出了抗议。但是，我也没有时间去挑剔了。我走回箱子旁，对着中间的箱板砸了几下，箱板裂开了一条小缝。

“别把扬声器弄坏了。”朱莉娅严肃地对我说道。

“我会尽力做到的！天啊，如果有人告诉我应该用斧子的话……”

我又砸了一下，箱板放弃了抵抗，碎裂开来。我放下斧子，徒手扯下一块块木板。木板后面，一个被大块白色呢料包裹起来的物体并没有受到‘像朱莉娅一样做’的影响。我拽了拽呢料，掀起了一团灰尘。我快速向后退去，太晚了，灰尘已经侵入了我的眼睛与喉咙。

“别玩儿了，”朱莉娅在听到我的喷嚏声与咳嗽声后斥责道，“我们没时间了，我已经找到接线了。”

透过泪水，我看到了一个巨大的唱机喇叭，这就是一个大球呀。他们怎么敢说这个东西是扬声器呢？这是什么年代的东西？我发现扬声器指向了一扇窗户……嗯，我迅速冲过去把窗户打开。这套音响设备应该是这样使用的。窗户下方的场景让我头皮发麻。利维坦大王们长长的身躯穿过了落满积雪、惨遭蹂躏的花园。它们不怀好意地将可怕的脑袋伸入一扇扇窗户，眼睛里闪烁着光芒，嘴上还挂着唾液，动作粗暴地想要闯进城堡中来。只要一个利维坦大王用自己巨大的脑袋击打墙壁，城堡就会颤抖。

“妮科莱特，”我的声音都变了，“你跟我发誓苏菲是安全的。”

“小姐，她睡得非常香甜，利维坦大王没有注意到她的存在。”小仙女妮科莱特悄声说道。

“你确定？”

妮科莱特拽了拽我的卷发。

“哎呀！”我抗议着，“怎么啦？”

“小姐，您没有时间质疑我了！”

惶惶不安让我有点胃疼。我重新捡起斧子，走向第二个箱子。朱莉娅已经在地板上铺展了几米电线，接好了音响设备与第一个唱机喇叭。跟第一个箱子的箱板不同，第二只箱子的箱板并没有坚持多久，我很快就取出了第二个喇叭。这一次，我很小心地将呢料取了下来，叠好，为了不让灰尘飞得到处都是。在我跑到房间的另一端将唱机喇叭对着窗户打开时，朱莉娅将喇叭与整套音响设备连接到了一起。相同的场景又出现在我面前。我从窗户旁离开，心痛欲裂。

“好了吗？”我无力地问。

“我觉得好了。我们要同时按下这两个按钮，但是我不知道要是想把声音调出来，该朝哪个方向拧音量钮。”

我和朱莉娅在橱柜前方汇合，朱莉娅正满脸愠色地摆弄着一个小滚轮。

“我们只要试一个方向就可以了，”我建议道，“如果声音不够大，我们就向另一个方向拧。”

塔楼又受到一次重击，瓦片摔碎在了地板上。万幸的是，两个唱机喇叭都没有受到波及。朱莉娅的手指在音响设备的按钮上游走。

“好啦，”朱莉娅嘟哝道，“你站在这儿。我们得同时按下这两个按钮。”

我站在她指定的位置，她则走向另一边，站在另一个按钮前方。

“你准备好了吗？我数到三，咱们一起按下按钮。一，二，三。”

我们动作一致地按下了按钮，音响设备的各个部位开始吱吱呀呀地运行起来。两个唱机喇叭只发出了一些噼啪的噪声，没有音乐。

“往另一个方向拧才能有声音。”

朱莉娅拧了拧音量按钮，噼啪的噪声更加强烈了。除此之外，什么都没有。恐惧将我震慑住！在那满是灰尘的橱柜里，唱盘能保持这么多年吗？

“如果音响设备无法运行的话，”我结结巴巴地问，“利维坦大王们最后会自行安静下来吗？”

“会的，当它们吃够了之后会安静下来。”

我的心脏跳得异常快，得做些什么！

“我们得找到一个会用这玩意儿播放音乐的人！”我一边试图压制住自己的焦虑不安，一边叫喊着，“那些矮妖们会吗？”

四周的墙壁接连受到两次击打，塔楼更摇摇欲坠了。朱莉娅开始摆弄着音响设备上的按钮，尝试了每个方向。她没有必要回答我的问题，我只是一个人在胡思乱想。在跑去找小矮妖的时间里，这间屋子可能就不复存在了。我扑向了离我最近的那只唱机喇叭，借着暗淡的月光检查着电线。我应该鼓起所有勇气，不去考虑落在我身上的灰尘与瓦片。我绕过那个一直发出噼啪声的唱机喇叭，看向内部，没什么问题。

“您可以狠狠地踹它一脚。”妮科莱特用最严肃的声音建议道。

“你严肃点儿。”我嘟哝着。

“用这种方式对付厨房里那些不听话的烤箱挺管用的。”

朱莉娅对付着第二个唱机喇叭，她跟我一样局促不安。好吧，如果她也没有找到可以让这玩意儿运行起来的办法，我可以试试妮科莱特的建议……我用靴子头轻轻踢了踢支撑着唱机喇叭的箱子，没有效果。

“用力些，”小仙女妮科莱特低声抱怨着，“您刚才那一脚的力度连吐司机都修不好。”

我猛冲过去，狠狠地踹了一脚。一阵十足的冲击波将我抛到了墙上。我的头狠狠地撞到墙上，在那一瞬间，我眼前一黑。歌声在我的耳边响起，我眨了眨眼睛，头有点儿晕。月光重新照亮了这间破败的房间。可怕的声音没有停下，我试图捂住自己的耳朵，头都要炸了！我匍匐在地上，努力想在大脑的迷雾中寻找一处庇护所，但胳膊肘碰到了不同尺寸的障碍物。我颤抖着，发现除非离开这个房间，否则无法摆脱噪声。我寻找着房门，一根房梁将房门挡住了，不过空隙很大，足够我溜出去。那个声音一直在吼叫着，天哪，这难道就是美人鱼唱的歌曲吗？真的能让利维坦大王们平静下来吗？朱莉娅又在哪里呢？我不久前才抖落下来的呢料突然出现在我面前，碎成了长条。我把其中的两段长条团成了小球，堵在了耳朵里，噪声似乎离我更远了些。我倒在地上，如释重负，精疲力尽，双目紧闭。我的头、脖颈、脊柱、踹向唱机喇叭的那只脚、手肘、手腕、头发都很痛。咦，头发？

我睁开一只眼睛，妮科莱特用尽全力拽着我的卷发，大声嚷嚷着什么。但是因为耳朵塞着，我听不见她的话。我看着她。之前那么多应接不暇的事让我都没时间仔细观察她。妮科莱特有趣又可爱，她小小的、圆圆的耳朵从她乱糟糟的黑色短发中露了出来。从近处看，除了纤细与半透明的翅膀之外，她长得并不像一只蜻蜓。她裸露的肌肤呈深绿色，身体的轮廓就像一个雌雄同体的微型人类。我注意到了她脚上的一个细节。她没有脚趾，这可真奇怪！

我感觉她叫喊的声音似乎更大了，我睁开另一只眼睛。她用力指着那扇窗户，好吧。

我艰难地重新站起身，妮科莱特紧紧抓住了我的头发。如果有人曾经跟我说有一天我会把妮科莱特放在肩膀上到处溜达！疼痛突然在我的脚趾处蔓延开来，我的脸抽搐了一下。我那么重地踢了一脚喇叭，脚是不是出了什么问题？我好歹是踉踉跄跄地来到了窗边。我感觉木地板在脚下摇摇晃晃，我需要以墙壁做支撑才能保证不让自己摔倒。还好外面的景象让我所受的痛苦变得值得：利维坦大王们不再进攻城堡了，它们闭着眼睛，举头朝天，一副完全沉醉其中的神情。它们中的一些还轻柔地摇摆着身体，就像听到了世界上最悦耳的音乐。很显然，它们的耳膜跟像我一样的人类不尽相同。这“音乐”，像极了最可怕的魔鬼重金属摇滚。这样一来，我也不再为美人鱼撞碎船只而惊讶万分了。

利维坦大王们慢慢消失在水域中，留下了一个满目疮痍的花园——没有一棵树、一处喷泉、一把长椅立在原地；草坪与道路都消失在无数植物与金属残骸下方；瓦砾与雪花混合在一起，变成了肮脏混乱的泥土；到处都是尸体，借助着反射在铠甲上的月光，很容易就能发现其存在；残余的荆棘屏障依旧昂首向着天空，阴森可怖，毫无用处，屏障上到处都是被捅开的痕迹。我艰难地咽下了一口唾沫。我们把这处和平的避风港变成了什么？最后一群利维坦大王的脑袋消失在水下。等到池塘水面平静之后，我才转身面向橱柜。我得让这玩意儿停止下来。我一瘸一拐地走到这个老旧的音响设备旁，按下了离我最近的按钮，一种超自然的安静降临庄园。我如释重负，肩膀也垮了下来，取下了“耳塞”。什么都没有了，一切都结束了。妮科莱特突然从我的头发中探出了头。

“啊，妮科莱特，”我喃喃地说道，“我的脑袋应该受到了重创。我感觉脚下的木地板都在摇晃……”

“那是因为木地板确实在摇晃，小蠢蛋！”小仙女叫嚷着，“这也就是我从刚才起就一直跟您费劲儿说的事！塔楼要塌了！”

我僵在了那里：“什么？”

“请您赶紧动身，从这里出去！我不想现在就死掉！”

“那……那朱莉娅呢？”

“她在那儿。”

我顺着她小小的手臂所指的方向看过去，一只大箱子翻倒靠在墙上，一只脚从箱子下方露了出来。我感觉自己脸色煞白。

“朱莉娅！”

我快速冲到大箱子旁，尽管我的脚趾受了伤，但我试图抬起箱子。疼痛在我全身爆发。朱莉娅的脑袋被卡在了箱子与墙壁之间，她看向我，黑色的眼睛罩上了一层“薄纱”。

“你还在这里，你……”她气喘吁吁地说道。

“我会帮你从这里脱身的。”我的声音都变了。

“你不……你无能为力……你还不够强壮……”

她的呼吸痛苦又断断续续，她奇怪地颤抖起来。这只大箱子弄断了她的肋骨吗？

“塔楼……离开这里……”

“不要，会好起来的。”我撑着墙壁重新站起身，问道，“你无法滑进阴影中吗？”

朱莉娅咧开嘴唇，露出了一个看透一切的笑：“要想……要想行走……在……阴影里……需要……具有行走的能力……”

“当她无法活动的时候，她也就无法使用阴影。”妮科莱特在我耳边悄声证实。

瞧瞧，她引起了我的注意，这可真是时候！

“妮科莱特，抬起这只箱子。”我命令道。

“什么？”小仙女从我的头发中露出了脑袋。

“妮科莱特？”朱莉娅重复道，吃惊地瞪圆了眼睛，“这个……从一开始……你就放在肩膀上带着走……的东西……是妮科莱特吗？”

“这也让我大吃一惊。好了，妮科莱特，别让我们再求你了，我们的时间不多了。”

一阵不祥的咯吱声响了起来，我们脚下的某些东西断裂开来。当整个房间突如其来地向下沉了几米之后，我的胃也提到了嗓子眼儿。

“妮科莱特！”我悲叹着喊道。

箱子被非常轻微地抬起了一点儿，朱莉娅发出了一声痛苦的叫声。我尝试着将手伸进缝隙之间，抓住朱莉娅，我的手指只能轻轻擦过她。

“妮科莱特，再抬得稍微高一些。”我鼓励她道。

小仙女妮科莱特从我的头发中探出身，飞到了箱子旁。

“您可真是好笑，”她低声抱怨着，“我告诉您，从差不多10分钟前起，我就一直在托着这座沉重的塔楼。如果我再把这只箱子抬得稍微高一些的话，我们还会向下落个几层。”

我僵住了，这座塔楼完全就是靠着妮科莱特的法术在支撑着吗？这么说来，我们真的会死掉吗？

“你们赶快从这里出去。”朱莉娅声音嘶哑地命令道。

我的双眼在房间里搜寻着，试图找到一个解决办法。

“朱莉娅，”我一字一句地问道，“你不能使用自己的力量托起这只箱子吗？”

朱莉娅向我投来了责备的目光。

“如果我……如果我可以这样做的话……”她低声埋怨，“我早就这么做了……”

啊，是的，瞧我这逻辑。

“影子生物需要通过移动才能运用影子，”妮科莱特紧紧地抓住了那只箱子，似乎一旦放开它，我们就都会掉下去，“亚当先生从来都没有跟您说起过吗？行走在阴影中就是躲藏在那里，沿着力量线打击出去可以增加能量，所有的这些他都没有告诉过您吗？”

我摇了摇头，这些我都很无所谓。只有一个信息非常重要：只要这只箱子禁锢着朱莉娅，她就无法使用自己的能力。但愿有人能想到把瓦尔德困在一个橱柜下。我扶着墙壁站了起来，我眼冒金星，整个身体都在向我抗议。我忘记了疼痛，抓起了我之前从木箱子上扯下来的木板，将它们堆放在箱子旁边。

“你在……做什么呢？”朱莉娅细声问。

“搭一个木头堆子。”

我用视线估摸着木头堆子的高度，这个高度我觉得就差不多了。我不再去想脚下摇摇晃晃的地板，打算走过去拿回被我遗弃在角落里的斧子。我踉跄了两次，成功地回到了朱莉娅身边。将斧子刀锋的一端滑进箱子下方，插进妮科莱特制造的缝隙中，将斧子柄放在我搭起的木头堆上。

“这是一个杠杆吗？”小仙女前后摇晃着身体嘟嘟哝哝地问。在月光下，她显得格外惨白。

“如果我们能把朱莉娅从箱子下面解救出来的话，”我嘟哝道，“即便仅仅是一秒钟的时间，她就能使用影子了，是不是？”

朱莉娅脸色苍白地注视着我。太棒了，我们仨组成了一个非常棒的组合，第一个支撑不下去的会是谁呢？我向着斧柄弯下身，只需要推一下就好了，不过得是结结实实的一下。如果箱子抬得不够高，会重新砸在朱莉娅身上，而朱莉娅本人似乎也感受到了这一点。妮科莱特笨拙地飞到我肩膀上。

“准备好了吗？”我的声音低到只有我们仨才听得见。

“准备好了。”妮科莱特细声回答。

“准备好了。”朱莉娅追加一句。

我将全部力量都集中在一起推了过去，疼痛将我撕成两段，不过箱子被抬起来了。一阵雷鸣似的轰隆声响起。我还没来得及去看掉落在我们头顶上的天花板，阴影就将我们卷了起来。

17

保护世界的女英雄们

我花了好一会儿才意识到朱莉娅紧紧地抓着我的腰，像在胳膊下夹着一袋土豆。如同进入阴影时的突如其来，我们从阴影中突然显现。朱莉娅将我放开，我硬生生地跌落在地上。虽然地上铺了一层厚厚的地毯，但一阵剧痛还是穿透了我的整个身体。我愤怒地抬起头，怒气却突然消失了。朱莉娅脸色苍白，倒在黑色长椅上，在疼痛的作用下，她整个面部都凹陷了下去。她张着嘴，嘶嘶的呼吸声中还夹杂着一丝不安。她的左前臂弯成了一个奇怪的角度，紫色的面庞显现出不祥之兆。即便如此，她还是成功地将我抓了起来，带着我从塔楼中成功逃出。

我用尽全力重新站起来，环顾着周围。我没有见过这个房间。巨大的窗户已经被打碎了，寒风涌入房间，吹起了被撕破的沉沉的天鹅绒窗帘与床上蓝银相间的珠罗纱。柔软的米色地毯上星星点点地布满了玻璃碎片儿。考究的梳妆台上方嵌有一块四边精雕细刻的巨大镜子，月光反射在镜子上。屋子尽头摆放着一个巨大的橱柜。这是朱莉娅的房间吗？是拉扎尔的？或者是他俩共有的？我甚至不知道他们是不是睡在一起。

“我现在去找罗马里克医生。”我靠在石墙上面，嘟嘟哝哝地说道。

朱莉娅没有回答我，我只听到了嘶嘶的呼吸声。我不打算再拖延了，我们之间的纠纷已经变得毫不重要。我不可能扔下她不管。我痛苦地一瘸一拐地走到门边。脚下的地板还在晃动，我的思绪一团混乱。

“妮科莱特？”我艰难地一字一句地问。

“怎么了？”从我头发里传来一个细小的声音。

“这里应该不会塌吧？”

“不会的，我们现在在拉扎尔先生的房间里。我们脚下的房基非常坚固。”

好极了，没什么可以阻止我出发去寻找救援了。我艰难地向前行进着。木门看起来距离我有几千米远，寒冷残忍地啃噬着我。我感觉自己的双腿软得就像棉花做的，发麻的感觉顺着我的皮肤向上游走。这都不是什么好迹象。

朱莉娅突然发出了一声干涩的叫声，我转过身，看到她站起身，眼神虚空。她的脸比以往任何时候都更加惨白，眼睛里混合了愤怒与担心。我僵在了那里。怎么了？

突然间，三个年轻男人在床前现身。两天前，我在威尼斯的酒店里就见过这三个男人，他们是朱莉娅的堂兄弟。从他们上挑的眉毛和交叉在一起的双臂可以看出，他们相当不快。

“朱莉娅，你在搞什么呢？”最高大的那个男人低声埋怨道，“你本来有一个完美的机会可以摆脱这个小姑娘！”

“你父亲在哪儿？”另一个男人问道，“在这个乱糟糟的地方，我们甚至都分辨不出他的心跳声！”

朱莉娅保持沉默，用黑色的眼睛看向他们。我的心脏怦怦直跳，口干舌燥，除了等待，我什么都做不了。她能毫不客气地把他们打发走吗？她能将关押瓦尔德的事情掩盖过去吗？她一个人能对付这些人吗？

“你现在可真邋遢，”第一个男人再次开口说道，“看看你自己的样子吧。你的肋骨碎了几条呢？三条还是四条？还有你的手臂！”

“奥托，我的城堡遭到了攻击，我认为这都是你们的过错。”朱莉娅酸涩地脱口而出。

“你的城堡？”奥托倨傲地重复道，“什么时候这儿成了你的城堡？”

“从我跟拉扎尔结婚的时候开始。而你们呢？你们把它给毁了。”

我沉默地表示赞同。这是一次完美的防御。奥托漫不经心地耸了耸肩膀。他对此不屑一顾。

“我可以知道你们的真实目的吗？”朱莉娅继续问道，“是杀了我吗？如果是这样，你们马上就要成功了。”

这三个年轻男人皱着眉，沉下脸。我的肩膀如释重负，至少，他们来这里并不是为了杀掉朱莉娅。我的脑海中闪过一个念头——他们不是为了杀死朱莉娅，难道是为了杀掉我吗？

“你们回天龙家族的城堡去吧。”朱莉娅宣布道，似乎是想结束与他们之间的讨论，“你们做得已经够多了。”

两个年轻男人相互交换了一个为难的眼神。不过，奥托却转身看向了我：“堂妹，如你所愿。我先处理了这个小姑娘再离开……”

“奥托，够了。”朱莉娅尖声说道，“你赶紧走吧。”

这个男人挑了挑眉，我的心脏跳得异常快速，肾上腺素让我暂时忘却了身体的疼痛。不过我知道如果他们下定决心要攻击我，我不可能胜过他们中的任何一个。

“朱莉娅，如果我不了解你的话，我会认为你是在试图保护她。你是在开玩笑，对不对？还是因为她肩膀上的那个小仙女？你怕留下证人？我也可以杀掉这个小仙女。”

躲在我头发里的妮科莱特抖得更厉害了。朱莉娅站了起来，像一位法官一样将身体挺得笔直。尽管她今夜受了伤，但在那条红色丝绸睡裙破碎的裙摆衬托下，她的身姿更显优雅。她那惨白的面容因疼痛与愤怒而缩紧在一起。

“你们赶紧从我家里出去，”朱莉娅清清楚楚地发出每一个音节，“否则，我发誓我会亲手杀了你们。”

毋庸置疑，朱莉娅眼睛里燃起了怒火。两个男人谨慎地向后退了一些，我也一样。只有奥托一个人撇了撇嘴："好了，朱莉娅，我们会走的。我只需要点儿时间来跟这个小姑娘算算账。"

他向我走近了两步。朱莉娅愤怒地吼叫起来，还踉跄了一下。她太疲惫了，无力干预。奥托停了下来，低下头，双眼变得有些呆滞无神。一滴血染红了他的羊毛套衫，血迹迅速扩大开来。艾利亚斯出现在他面前，海盗剑插入了奥托的胸膛。

"原来是你伤了我，该死的家伙！"奥托叫嚷着。

艾利亚斯将剑从双膝跪地的奥托身上拔出来，动作流畅地砍下了他的脑袋。奥托的脑袋滚落到重新站起身的朱莉娅赤裸的双脚旁。即便奥托的头颅碰到了她的脚趾，朱莉娅也不改那笔挺的身姿与冷酷的表情。她转身面向另外两个震惊得呆立原地的天龙家族成员。

"你们现在确实得离开了。"朱莉娅说，"既然拉扎尔的儿子已经发现你们了，我觉得你们都不会是他的对手。"

不劳朱莉娅再重复一遍刚才说过的话，这两个男人就消失得无影无踪了。他们的离开搅动了房间里的一股寒风。朱莉娅与艾利亚斯静止了几秒钟，然后同时放松下来。朱莉娅小心谨慎地重新坐回长椅上，她嘶嘶的呼吸比刚才更厉害了。此时的艾利亚斯则放下了剑，转身面向我，眼里满是焦虑不安。

"你希望我干掉他的吧？"

我双膝跪地，如释重负般大哭起来。

"夏洛特？"艾利亚斯警觉地问，"你真的希望他活着吗？真的吗？”

我已经快承受不住了。我一把抓住艾利亚斯，将他用尽全力紧紧搂在怀里。在这样的姿势下，他比我整整高出一头，他看起来比任何时候都要忧虑。不过，今晚，这个表情我已经见过太多了。妮科莱特在我头发里走动，来到我耳朵附近，将脑袋伸了出来。

“艾利亚斯先生，您应该去找人过来帮忙。”

“你，你是谁呀？”艾利亚斯惊讶地问道，“是一只小跳蚤吗？”

“艾利亚斯先生！是我，妮科莱特！您难道没有认出我来吗？”

好吧，好吧，她又开始这样了。

不过，艾利亚斯的眼睛亮了起来：“啊，是这样！不，不，妮科莱特，我认出你来了。”

我流着泪，无法自制地扑哧一声笑了出来。

“好啦，”我一边扶着艾利亚斯站起身，一边宣布道，“我们得替朱莉娅找到罗马里克医生。”

我一瘸一拐地走到了门边。

“夏洛特！”朱莉娅声音微弱地将我叫住了。

“怎么了？”

她抬起了头看着我，一脸筋疲力尽。

“明天上午十点，我们重新回到敌对状态，明白了吗？”

“啊……好的。”

房门在我们身后关上了。我可能永远都不会理解这些影子生物。

最终，平静重新降临。我行走在一种美妙的昏沉状态中，罗马里克医生的止疼剂与轻柔地盖在我身上的柔软鸭绒被让我充满了幸福感。有人在我耳边轻轻叫着我的名字，我装作什么都没听见，我不想从暖暖的床上起身，这是我值得拥有的。

“夏洛特小姐？”

没有，没有什么夏洛特小姐，夏洛特小姐正在睡觉。

“小姐，我知道您已经醒了。如果您再不睁开眼睛的话，我就掀您的被子了。”

在睡梦中，我皱起眉，沉下脸。该死的，这是一个噩梦。

“那好吧，小姐，您这样就不大好了！我才不是一个噩梦呢！”

声音中的不快迫使我微睁双眼。化成人形的铁线莲就在我的床边，蹲在我的脑袋旁。

“我们是遭到攻击了吗？”我喃喃地问道。

“啊……没有。”

“利维坦大王又苏醒过来了吗？”

“没有，没有。”

“瓦尔德逃跑了吗？”

“小姐，也没有。”

我皱了皱眉头，既然这样的话，她为什么还要过来打扰我呢？一对半透明的翅膀在我眼前伸展开，随着我呼吸的节奏颤动着。

“仙女喜欢翅膀上有热气，”铁线莲一边顺着我的目光看过去，一边低声解释道,“妮科莱特睡在了您的胸口上。”

我稍微抬起头，想要看看那个躺在被子上、距离我下巴只有几厘米的妮科莱特。

“她真的是累坏了。”铁线莲喃喃地说道。

“我很好奇,”我低声嘟哝着,“为什么她一整晚都躲在我头发里？”

铁线莲吃惊地看着我 :“小姐，难道您没有发现吗？”

“发现什么？”

“她保护了您一整个晚上。”

“是的，在塔楼里。”我承认道。

“比在塔楼里还要早很多,”铁线莲纠正道,“从艾利亚斯先生站出来与哥布林作战开始，她就参与了战斗。在我们逃跑的时候，她听见了我的呼唤就飞过来帮助我们。她没法让我们隐形，但至少让那些哥布林没有注意到我们，直到那个被哥布林紧追不舍的食尸鬼追上我们。当第一个利维坦大王发现你们的时候，她对它进行了催眠，防止它一口吞下您。特别是后来赶过来的其他利维坦大王也都纷纷被她催眠了。她本来以为您的歌声可以暂时压制它们……可是，事情的发展与预想中的不一样。”

我有些哽咽。妮科莱特？这个睡在我鼻子下方的小家伙做了这一切吗？

“早在您和朱莉娅夫人赶到南塔楼之前，塔楼就已经开始下沉了,”铁线莲继续说,“你们跑向南塔楼的时候，妮科莱特用尽全力支撑着塔楼。还有几个仙女试图帮助她，但是她们很快都精疲力竭地败下阵来。是妮科莱特一个人完成了如此的壮举。”

我一直都没有明白过来。妮科莱特？这个我可以一手握住的小家伙吗？

“体型越小的仙女，越能将法力都集中在自己身上。”我的朋友解释道。

“艾利亚斯从来没有见到过这副模样的妮科莱特，”我若有所思地说道，“他还以为妮科莱特是一只大跳蚤呢。”

“除了菲尔曼先生，很少有人知道妮科莱特的真实模样。她很喜爱自己那如同维京巨怪一样的外形。”

天哪，我真的很好奇这是为什么。

“她一直都在保护着我……”

“是的，她保护着您与朱莉娅夫人，好让你们可以保护我们所有人。”

嗯……我轻轻地转过头，看了眼挂在墙上的大钟。现在是早上七点，我才睡了两个小时。我今天不能睡个懒觉吗？看看我这被绷带仔细包裹起来的受伤的脚趾，还有被固定在夹板中的扭伤的手腕，无论如何睡个懒觉是我值得拥有的吧！艾利亚斯在我旁边的床上休息，娜塔莎躺在第三张床上，另外两个生物分享了最后一张床铺。所有人都睡得很沉。我也想像他们一样沉沉睡去。

“小姐，又下雪了。”铁线莲悄声说道。

“然后呢？”

“窗户一直都没有修好。”

“没有人能修好它们吗？”

“仆人们都在城堡里走来走去，没有人知道该从哪里开始，我们需要您的指令。”

我有些犹豫，死亡的阴影在我脑海里笼罩了片刻。昨天晚上有多少人倒下了呢？

“铁线莲……”

“小姐，我不知道该如何回答您的问题。”铁线莲温和地说道，“有些人受了重伤，罗马里克医生正在救治他们。因此，我不知道他们是否都可以看到今天的太阳升起。”

我的心脏抽紧了。

“罗马里克医生，他是……他是人类吗？”

据我所知，他是天蝎家族的家庭医生，住在庄园里。但是，他的真身是什么，我不是很了解。

“小姐，他曾经是人类。”

“曾经？”

“在几个世纪之后，我不知道人们是否依旧可以将橡树贤者看作人类。”

“橡树贤者？和森林巨魔一样吗？”

“不是的，小姐。橡树贤者就是德鲁伊[①]。”

啊，德鲁伊，从来没有人跟我说过这些，而我也从来没有问过这个问题。

不去深究了，把思考的精力留给正事。一个生活了好几个世纪的人应该有救死扶伤的独门秘籍。无论如何，我什么都做不了。我叹了一口气，轻轻起身，用没有受伤的手把妮科莱特放在了肩膀上。她舒舒服服地待在我的头发下面，没醒过来。很好。

“瓦尔德在哪里？”我依旧小声地问道。

“小姐，根据您的指令，他一直处于昏迷状态中，被锁在了伊尼亚斯的胃里。我认为他在醒来后连一个小脚趾头都动不了。”

啊，终于有好消息了。我站了起来：“告诉阿尔弗雷德让所有人在大厅里集合。”

“好的，小姐。”

我拿起了铁线莲放在我床尾的厚衣服，一切又开始了。

我来到被毁坏的大厅，雪花顺着被穿透的门板与破碎的玻璃飘了进来，三只顶棚灯中的两只被砸碎了，幸存的那只将一丝不真实的光芒投射到布满玻璃、石膏、石块儿、木板碎片儿与土块儿的地面上。惊恐的仆人们漫无目的地四处走动着。有一些仆人

① 德鲁伊（Druid）这个单词的原意是“熟悉橡树的人”。历史上，他是凯尔特人的神职人员，主要特点是在森林里居住，擅长运用草药进行医疗，橡果是他们崇拜的圣物。——译者注

躲在角落里小声地哭泣着。一些仆人直接坐在地上，眼神空洞。阿尔弗雷德和另外一个小精灵漫不经心地扫着地。铁线莲说得很对，是需要做些什么了。

我一瘸一拐地向前走去，清了清嗓子，以便引起所有人的注意。

"年轻人，"我开口道，想起他们中的绝大部分都将我当成了一个老家伙，"谁有能力修好窗户呢？"

没有人回答我。

"甚至连小仙女们都没有能力吗？"我问道。

两个趴在楼梯栏杆上的小生物摇了摇头。

"好吧，那我们就从阻止寒冷进入城堡开始吧。还能站起来的人，用你们可以找到的东西将门窗封起来，比方说大块塑料布和木板，任何你们可以找到的东西都行。你们需要把每一层门窗都封起来。然后，小精灵们做得很对，这里需要认真打扫一下。扎拉尔和亚当就要回来了，我们不能在这样的环境里迎接他们。"

仆人们发出了赞成的窃窃私语声。

"那些真的什么都不能干的人，"我最后说道，"就去睡一觉吧。等到太阳升起的时候，我们会看得更加清楚。"

我转身走向那些依旧趴在楼梯栏杆上的小仙女。

"如果你们还有一点儿力气的话，能不能帮所有人准备一些热饮和吃的东西呢？"

"小姐，当然可以，"其中一个小声地回答我道，同时还羞怯地向另一个小仙女走近了一步，"只是……"

“怎么了？”

“您知道妮科莱特在哪里吗？通常都是她领导我们干活儿的……”

我稍稍撩起了右肩上的头发，妮科莱特显现了出来，她还沉浸在睡梦中。我放下了头发问道：“你们能在她不在的情况下自行组织吗，就一次？”

小仙女们交换了一个我看不懂的眼神。

“怎么啦？”

“啊……如果我们擅自做主，她会用很多手段对付我们的。”

我点了点头，明白了她们不敢行动的理由，可是……

“如果妮科莱特醒来之后发现你们什么都没做，情况会更糟糕的。”

厨房小学徒们恐惧地长大了嘴巴：“天哪！小姐，您说得很有道理！”

小仙女们抖动着翅膀，两秒钟之后都消失在前往厨房的路上了。我身边的人群没有马上动起来。有些慢慢起身，显得有些犹豫。看来他们需要一个强力的刺激。

“我的话，”我大声说道，“我会去找一把矮凳来修理电灯。”

所有人都惊慌失措地看向我。

“您要干什么？”我左边的一个拉弥亚哽住了。

“去找一把矮凳。”我一边伸起固定在夹板中的手指向天花板，一边重复道，“然后爬到上面，修理电灯。无论如何，我们不能一直待在黑暗里。我很清楚黑暗让你们非常沮丧。”

突然,所有人都慌乱起来。在呼喊声中,所有生物都奔跑起来。我满意地交叉手臂，这一招起作用了。看着我在那些巨大又贪婪的海怪面前唱歌对他们来说没有任何问题，但是让我换一只灯泡就成了一件难以置信的事。在研究仆人的心理这方面，我获得了巨大进步。

铁线莲暗自笑得喘不过气来。

“怎么了？”我惊讶地问。

“小姐，其实您的进步非常大。不久之后，您就能完全掌控他们了。”

铁线莲轻快地走开了。

“铁线莲，你要去哪儿？”

她露出了一个灿烂的微笑 :“小姐，我要去找一把矮凳，再把电灯修理好。如果您真的决定自己修理电灯，我是永远不会原谅自己的，特别是您的一只脚上还绑着绷带，手上还固定着夹板。”

半个小时之后，我裹着一床厚厚的被子，坐在了楼梯满是灰尘的天鹅绒地毯上，没有受伤的手端着一杯热巧克力。我一边注视着忙碌的仆人们不停地穿梭，一边小口地喝着热饮。自此，窗户被防雨布遮盖了起来，巨魔拿来了大大的花架放在被砸碎的门前。根据他们的身高来判断，其中三个应该还是孩子，因为他们还没有超过两米。他们保持着弯腰的动作，双手伸进土地里，灯芯草以肉眼可见的速度生长。突然，一个长着四只脚的小身影钻进他们中间。我皱起眉。丸子刚刚进入大厅中，神色疲倦地在地板砖上拖拖拉拉地走着，皮毛也湿了，看上去有些恶心，嘴巴里还叼着什么。

“哦,丸子,”一个孩子兴奋地叫了起来,“你找到我的小杜了！”

一个小小的树魔——才比我高一点儿——跑着穿过了大厅，在丸子边上跪了下来。丸子放下小杜，在孩子的爱抚下虚弱地晃动着尾巴。小猎犬丸子为了让汉斯高兴，尽管又冷又累，仍跑出去在尸体中找一个毛绒玩具吗？我以后再也不会指责丸子胆小懦弱了。

年轻的巨魔们种下的灯芯草很快就碰到了天花板，他们将这些灯芯草砍下来，紧密地编在一起，将入口挡住。寒风立刻就无法灌进屋内了，所有人都如释重负般地长叹了一口气。当他们看向我时,我微笑地点了点头,他们眼中的骄傲让我的心也暖了起来。清理工作已经开展起来，一堆堆瓦砾按顺序堆放在大厅的四个角落里。整座城堡都在进行打扫，混乱的状态已经过去了。从现在开始，每个人都有自己需要完成的任务。我小心翼翼地在脑袋里重新回忆了一遍昨天夜里发生的所有事。相比其他不可思议的事，有一件事让我更为苦恼，那就是朱莉娅的行为。我不知道自己该对此做何感想，她希望保护城堡里的所有生物——因为他们都属于她的世界——这尚且还说得过去。那我呢？从我来到这里的第一天开始，她就很讨厌我，但是她一直在保护我，甚至不惜对抗自己的家族，这没有任何道理。

我肩膀上的一阵颤动将我从混乱的思绪中拉回。

“您在喝什么呢？”一个细小的声音在我耳边问道。

我垂下眼睛，妮科莱特从我的头发里探出脑袋，皱着鼻子，朝着杯子的方向吸着气。

“是热巧克力，”我一边回答着，一边让她看了看杯子里的东西，“还有桂皮和鲜奶油。放心吧，这个热巧克力非常棒。在你睡觉的时候，你的学徒们保证了饮食的供应。”

“他们还挺积极主动的。”妮科莱特低声抱怨道。

“是我下的指令。”

“啊，真的吗？”

“是的。”

“啊。”她若有所思地用我的头发将自己裹了起来，“无论如何，我都要责备他们一下。”

“为什么？”

“这是原则问题。不然的话，他们可能会认为我受伤了，受到了惊吓变得虚弱了。”

我沉默地认可了她的说法，如果这是一个原则问题的话……

“说到原则，我一直都不知道该如何看待朱莉娅。”

“小姐，所有人怎么做您就怎么做，厌恶她就可以了。”

我瞪大眼睛，看着这个跳上我肩膀的小仙女。

“为了阻止她的父亲杀掉我，她甚至攻击了他。我还没有说到奥托呢。”

“是艾利亚斯先生教训了猪头奥托。”

“也许吧，但是朱莉娅可能再也回不到自己家了。”

妮科莱特皱起眉头，沉下了脸，她用将整个脑袋都埋进我的头发里来表达自己的不满。

“我不认为她会做出这种事，”我继续说道，依旧在惊愕与不可思议间徘徊，“她保护了所有人，甚至还包括我。可是她本来有办法除掉我的，并且不会受到怀疑。”

“这个计划的最终目的就是利用一系列连锁反应摧毁拉扎尔先生。”妮科莱特指出，“先是您，然后是亚当先生和艾利亚斯先生，最后是拉扎尔先生。这才是她无法忍受的。”

“为什么？”

“因为朱莉娅夫人爱拉扎尔先生。”

我震惊不已。我冷不防地拉开了自己的头发，想好好看看这个小仙女。

“你没有在开玩笑吧？”我惊呼道。

妮科莱特叉起了胳膊，非常生气。我的发丝如同有了生命一般从我的手指中滑了出去，回到肩膀上将她遮盖了起来。

“当我以又高又壮的形象出现的时候，您是不会像这样跟我说话的。”妮科莱特露出脑袋低声抱怨道。

“你昨夜一整晚都在拽我的头发，我想怎么跟你说话，就怎么跟你说话。”

“啊……”

她若有所思地观察着我的头发，用自己细小的手轻轻拍打着一缕发丝，想让它重新恢复卷卷的状态。

“您瞧，修好啦。”妮科莱特声明道。

毫无疑问，但是我对这完全不感兴趣。

“妮科莱特，朱莉娅爱拉扎尔吗？”

“是的。”

“是从什么时候开始的？”

“我想几乎就是从最开始吧。”

“朱莉娅爱拉扎尔？我无法相信！”

妮科莱特生气地挑起了一条眉毛：“您变迟钝了吗？是的，她陷入爱情中了，而且这还是一个秘密。如果您跟别人说这是我告诉您的话，我会在您的热巧克力里下药的。”

“可是……可是为什么呢……这是为什么呢？”我结结巴巴地问道。

“为了让您拉很长时间的肚子，至少能将您困在卫生间里两天。”

嗯？妮科莱特在说些什么呢？

“为什么朱莉娅会这样？”

“怎么啦，哪样呢？”

“啊，好吧……就是……就是这样让人讨厌呀！”

妮科莱特将我的头发提了起来：“她应该不知道如何用另外一种方法行事。您知道吗，拉扎尔先生一直以来都爱着弗洛伦斯夫人，朱莉娅夫人也意识到了这一点。”

弗洛伦斯是亚当与艾利亚斯的母亲。朱莉娅知道在她心爱的男人心里永远也无法取代她，是吗？我的胸膛紧了一下。朱莉娅该多么痛苦啊！

“我不明白一个天龙家族的女人怎么会爱上一个天蝎家族的男人。”我轻声说道，同时还试图找到某些依据。

“啊……在他们婚后的日子里，拉扎尔先生对她表现出了友善与和气。她不习惯这样，她没有期待过这样的事。然后就是这样了。如果您想听听我的想法的话，这就是拉扎尔先生犯的最大的错。他应该将她关在一间牢房深处，给她送些干面包和凉水。如果相互仇恨，也就不会遇到良心这样的难题了。”

一时间，我安静了下来。我又回忆起铁线莲拒绝跟我透露朱莉娅的想法。我不记得任何一个仆人或任何一个天蝎家族的成员会不尊重这位庄园的女主人。所有人心里都清楚，他们只是装作忽视她。

“这真是无聊，”我轻声说道，没有办法找到其他的形容词，“你们是怎么忍受这一切的呢？”

“我们召开了一次大会，找到了一个解决办法。”这个非常实际的小仙女回答道，“我们决定要厌恶她。小姐，实话实说，您也得像我们这样。这样一来，一切都会更简单。此外，她还通过自己的所作所为帮助我们……”

“你们怎么能够做出如此的决定呢？”我打断了她，“这……这真是太恶毒了！”

妮科莱特的脸色变得更加暗淡了。

“离弗洛伦斯夫人的葬礼还不到一年，”妮科莱特低声抱怨道，“天龙家族就对我们的庄园发动了进攻，还杀死了我们很多人。在我们依旧为死去的族人哭泣的时候，朱莉娅夫人就嫁过来了。小姐，请不要过于严苛地评价我们。”

“可是，然后呢？事情都发生了，不是吗？”

“大家达成共识，没人质疑，包括朱莉娅夫人。”

我出神地盯着自己那杯已经凉透的热巧克力。所有的这些混乱都是因为时间问题……如果弗洛伦斯去世得早一点儿，或者天龙家族决定晚一点儿发动进攻，这场婚礼就会在拉扎尔服完丧之后举行，事情也会变得不一样了……等一下。

“妮科莱特？”

“我不会再回答与朱莉娅夫人有关的问题了，”她低声埋怨道，“您会让我产生负罪感。”

不过，这是当然啦。

“天龙家族在弗洛伦斯去世后就立刻对天蝎庄园发动了进攻，是这样吗？”

“是的。”

“为什么？他们是希望趁拉扎尔处于悲伤中好干掉他吗？”

“完全如此，小姐。”

我又陷入了出神的思考，忘却了热巧克力的存在。

“亚当曾经告诉过我，他们从来都没有找到谋杀弗洛伦斯的凶手。”

“确实如此，小姐。”

“我想因为天蝎家族与天龙家族这个全新的姻亲关系，在当时没有人会去审问天龙家族吧？”

愤慨的妮科莱特抬起了下巴：“小姐，天蝎家族有很多敌人。在过去的十年间，亚当先生将我们这些仙女和精灵都派遣到最有杀人动机的几个家族中，希望可以找到与谋杀夫人的凶手有关的线索。当然，我们也秘密监视过天龙家族。但是，什么都没有发现。”

我忧心地轻咬住嘴唇。

“小姐，您在想些什么呢？”

“你们都没有发现昨天夜里的攻击，你、铁线莲、厄塞布，都没发现。”

小仙女不高兴地沉下了脸，皱起鼻子，生气地撇了撇嘴：“小姐，还是有方法可以避开我们读取内心的，只要将足够的注意力集中到其他事……”

“这我知道，瓦尔德也知道。我记得曾经听你说起过，他最深切的愿望就是保护朱莉娅，看到她幸福。这是事实。在他的认知里，朱莉娅的幸福就是所有天蝎家族成员的死亡。”

妮科莱特保持沉默，她小小的黑色眼睛死死地盯着我。

“我唯一的疑问就是，瓦尔德究竟是从何时开始借着这样的幌子来隐藏自己的真实目的的？三个月前还是两年前？”

她一直没有回答我的问题。

我的大脑飞速运转着。瓦尔德是一个精明、狡猾，擅于将别人玩弄于股掌中的男人。他一直都躲藏在暗处，只有当整个形势都在自己的掌控之中时才会现身。不过，他也是一个懦夫，一有危险迹象出现，他就会马上躲起来。如果我们让他无法掌控外界情况，让他感受到巨大的恐惧，他的防御会不会宣告破灭呢？我们能否读到他的想法呢？即便是一会儿也行。

我小心翼翼地站了起来，不想压到自己受伤的脚趾。

“你能不能把我也变得像你一样吓人呢？”我问道，将声音压得更低了。

妮科莱特容光焕发。

“您想变得高大吗？”她开心地大叫。

“不,只是想让别人看到会完全陷入紧张与恐慌之中。比方说，变成一个看起来想要杀人的女孩儿，就像你和你的长汤勺造成的恐怖效果一样。”

妮科莱特不大赞同。

我长叹了一口气 :“无论如何，我们能试试吗？”

“当然啦！”

“那么，现在我们出发去伊尼亚斯的胃里走一趟吧。”

妮科莱特重新站起身，从我的头发里探出了脑袋和肩膀。

“出发去伊尼亚斯的胃里走一趟！”她开心地重复道。

18

颇具成效的法术

我感觉自己浑身无力。妮科莱特施在我身上的法术让我像走在棉花上，呼吸的空气都厚重起来。真是古怪！当那些生物用法术变成人形时，是不是也会有相同的感受呢？我在一面镜子前停留片刻后离开了城堡。当看到自己现在的模样时，我吓得全身僵硬。镜子里的我双目圆瞪、眼睛充血、头发蓬乱，咧开的嘴角神经质地抽搐着，我不禁想起了精神病患者。我从来没有看到过这种状态下的自己。妮科莱特没有说谎，我看起来真像去杀人的。

我略显蹒跚地跟在古斯塔夫身后。古斯塔夫摩挲着自己的拐杖，明显非常疲惫。我小心翼翼地走下地下长廊——我已经知道这里是可怕的沙虫的喉咙。这些暗色的粗壮树根实为沙虫肌肉的隆起部位或是血管的内壁。可是那些磷光闪闪的、照亮了食管的奶绿色线条又是什么呢？

“小姐，人类体内并没有参照物。”紧跟在我身后的铁线莲回答道。

我点了点头，表示明白。我们走向完全被摧毁的小棚屋时，铁线莲跑了过来，落着积雪的头发在风中被吹乱。当她来到我们身边时，我冲着她露出了一个微笑。这让她后退了一步——我的相貌真的很像一个精神病人。不过铁线莲很快就恢复了镇定，她听到了我需要她。还有谁能胜过一个可以注意到夏洛特心理活动的仙女呢？镶嵌在隐蔽处的孢芽闪烁着温和的光芒。

“这些，”我问道，“都是淋巴结吗？”

“不是的，都是真正的宝石。”古斯塔夫回答道，声音因为用力说话而变得有些嘶哑，“虫子在挖土的时候会把宝石吞下去，它们可以消化土，但是无法消化宝石。”

啊，如果它们不能消化宝石的话，那么……

“巨魔会时不时地将这些宝石收集起来，这样伊尼亚斯的消化道就不会紊乱了。”妮科莱特补充道，“肠道阻塞是造成沙虫死亡的罪魁祸首。”

我本以为自己会对此感到惊讶。但是，一种奇怪的情绪越来越强烈。沉重感消失了，还有点儿过头了，我感觉自己漂浮了起来，想法与心脏一样都在加速运转。

“小姐，别恐慌。”铁线莲的话消除了我的疑虑，“这是被施法术后的正常反应。”

“我感觉自己兴奋得像一只跳蚤。”我坦诚地说道。

“这是正常现象。”妮科莱特认可道。

我们来到了两个身材中等、比青少年稍微高那么一点儿的巨魔面前,他们守在暗色树根旁,每个人手里都拿着一根短粗的木棍。看到我走过来，他们分立在两旁。

“小姐。”他们小声说道。很明显，他们被我的相貌吓到了。

嗯，很好，那就直奔主题吧。

“是他吗？”我指着那堆树根问道。

“是的，小姐，那就是瓦尔德。他已经被牢牢地关押起来了。”

“他醒了吗？”

“还没有。”铁线莲回答。

“能在不对我们造成任何危险的情况下，把他的头露出来吗？”

“可以的，只要我们把他恰当地固定起来就没问题。”

在我的示意下，一个年轻的巨魔走上前，把自己关节粗大的手放在了一条树根上。这条树根缩了回去，瓦尔德那张苍白的脸随之露了出来，他的一只眼睛被打得又肿又紫。我很想大笑一番，是朱莉娅把他打成这副德行的！尽管如此，相较于失去了一条腿的古斯塔夫，瓦尔德也没有付出多少代价。我跺着脚，充满了不明的力量。一只眼睛变肿了可真不好看，如果我再把他另一只眼睛打肿，正好对称了！我眨了眨眼睛，突然反应过来自己变得如此具有侵略性。天啊，这也是法术的副作用吗？我觉得有些可笑！

“我们能给他浇一桶水，叫醒他吗？”我建议道，希望以此压制住那个提议痛殴他的小小声音。

“小姐，这么一大早您就有这么多有趣的主意。”古斯塔夫说道，嘴角挂着微笑。

“这是我的法术。”妮科莱特骄傲地解释。

如果他们知道……

“我有水，但是没有水桶。”一个年轻巨魔说道，“我可以吗？”

“当然啦。”我表示同意。

我看了周围一圈，他在哪里藏了足够将瓦尔德唤醒的水？我看到他步伐轻快地走近瓦尔德，深深呼吸，朝着他的脸吐口水。我满足地大笑起来，真是有趣！

古斯塔夫疑惑地仔细观察着我，铁线莲向他表示不用担心。

“是法术，”她小声说道，“她很好。”

瓦尔德咳嗽几声，吐了口唾沫，艰难地睁开了那只完好的眼睛。年轻的巨魔快速向后退。我晃动着身体向前走了一步，傲然站立，双手叉腰。

“亲爱的，欢迎回来。”我声嘶力竭地说道，“请原谅这个为了叫醒你而使用的消防水枪。不过，得承认，这挺有趣的，不是吗？”

我开心地笑了起来。这个男人不可思议地看着我。铁线莲站在我左边，妮科莱特骄傲地站在我的右肩上。恐惧出现在瓦尔德脸上。我偷偷看了看自己的同伴。铁线莲的双眼中燃烧着冰冷的火花，指甲像利爪，肌肉紧绷，表明她已经准备好猛扑到瓦尔德身上。至于妮科莱特，她的呼吸比任何时候都更为急促，她头发蓬乱，口水从唇边流下。她俩都露出了恶魔般的微笑。要不是我现在的状态和她们一样，我会被她们吓死的。她们是否也受到了法术的影响呢？尽管我的随从们面露凶光，但瓦尔德只盯着我看。是时候清算了。

“我就有话直说了。”我开口说道，这个声音比我想要的粗哑声音更为可怕，“瓦尔德，我知道是谁杀害了弗洛伦斯。还剩下一个问题，我该如何处理这条信息呢？”

我大笑起来，轻快地转了个身，为自己的谎言感到愉悦。瓦尔德失去了最后一丝血色。

“夏洛特……”他结结巴巴地问，“你怎么了？你……你不舒服吗？”

“嘘！”我继续说道，蹲下身，用指尖敲了敲瓦尔德那黄鼠狼般的鼻子，就像几个小时前他对待我的那样，“提问题的人是我！明白吗？我要把所有的一切都告诉拉扎尔吗？是的。这个可怜人应该知道所有的一切！”

我歇斯底里的笑声在封闭的空间里回响，铁线莲和妮科莱特有些颤抖，好像被我凶恶的笑声刺激到了。瓦尔德看着我，因为恐惧而瞪大了双眼。

“我觉得你对这个问题没有异议了！”我叫喊道，“那我们不如来聊聊惩罚吧！拉扎尔会把你杀死，不过，我觉得我们应该做些更有意思的事。”

我蹲在轻柔多孔的地上，直面瓦尔德，对他露出了一个坏笑。他试图动动身体，但是树根将他越捆越紧，瓦尔德发出了透不过气的叫声。

“请保持安静！”我从容不迫地打击他道，“如果你试图逃跑，伊尼亚斯就会接收到指令，把你越缠越紧。”

瓦尔德停下了动作，眼里满是恐惧。

“瞧瞧，瞧瞧，”他喘息着说道，“我善良的小夏洛特……”

“别白费功夫了，”我打断了他，“亚当不在，我没有必要那么善良。仆人们会为我要做的事保守秘密。”

显而易见，铁线莲、妮科莱特和巨魔满意地表示了赞同。

“那么，说到惩罚，你知道像弗洛伦斯一样被人毒死有多痛苦吗？因为我完全不知道。我甚至都不清楚为了杀死一个人该注入多大剂量的毒药。所以，我可以给你小剂量分次注射，你告诉我你的感受。让我们看看你到底什么时候死掉，好吗？”

他眼中的恐惧加深了。

“你不会真的打算这么对付我的！”

“不，不，比起你让弗洛伦斯遭的罪来说，这稍微残酷了些。不过我们不会把这件事情告诉任何人！”

在我身后传来几声冷笑，一支粗大的注射器突然凭空出现在妮科莱特手中。我抓住了这支注射器，检查了一下针头。

“完美。”

“等一下，”这个被树根囚禁起来的人哽咽道，“请不要杀死我，真实情况跟你想的不一样！我会把所有的一切都解释给你听的！”

死寂降临。铁线莲突然瞪大了双眼大叫道：“哦，我的天哪！他真的杀死了弗洛伦斯夫人！他刚刚想到了这件事！”

“不，不！”瓦尔德为自己辩护道，他的脸色比以往任何时候都要更加惨白，“这是一个意外！我向你们保证！”

“小姐！他正在想方设法给您编一个好听的故事。但是，他真的杀死了弗洛伦斯夫人！他雇佣了一个人类杀手在弗洛伦斯夫人的水杯中下了毒！”

“那不是她的水杯，”瓦尔德胡乱嚷嚷道，因为焦虑不安，他的声音都变了，“我想……我不想……”

“安静。”我低声吼道。

他闭嘴了。在通常情况下，一个被囚禁的人会求饶，但现在瓦尔德却格外平静。瓦尔德觉得我有能力杀死他，实际上我也这么认为。

我轻轻推了一下注射器的活塞，少许液体从针尖处流了出来。

“不……”瓦尔德喃喃地说。

“你的目标不是弗洛伦斯夫人吗？”我打断了他。

“完全不是。她……她对我构不成任何威胁。我……我的目标是亚当。”

我的胃部猛烈地痉挛起来，忍不住想对着他那只完好无损的眼睛打上一拳，但是夹板将我限制住了。

“但是，我并不想杀死亚当。”瓦尔德连忙继续说道，“毒药不会杀死任何影子生物，只能让他变弱、生病。我想吓倒拉扎尔，然后……”

“他在说谎。”铁线莲斩钉截铁地说。

我的血液沸腾起来。我还应该再保持片刻冷静。

“朱莉娅知道吗？”我低声问。

“不，当然不知道了。她无法很好地控制自己的想法。”

妮科莱特和铁线莲同时低声叫了起来，她们的动作还是第一次这么同步。瓦尔德说了实话。我控制不住自己的手指。法力真的可以推动我杀人吗？

我拿着注射器对准了瓦尔德的脸，将注射器的活塞一推到底。液体飞溅出来，撒在了他的皮肤上。瓦尔德发出了惊恐的尖叫，他的一切活动都被树根限制住了。

“把你的嘴闭好了，”我冷冷地建议，“否则的话，你就会把毒药吞进肚子里。”

我重新站起身，走远了几米。我应该从这里离开了。我身上的疯狂让双手颤抖起来。铁线莲快速走向我，但是，我示意她停下，然后转身看向那两个巨魔。

“对他严加看管，”我命令道，“如果他敢动一下的话——”

瓦尔德全力闭紧双眼与嘴巴，浑身上下都颤抖起来。

“就杀死他。”

这两个年轻的巨魔脸色变得稍微有些惨白。古斯塔夫一脸阴沉地走向前：“小姐，请您相信我。”

“永远也不要和别人讲起你们在这里听到的事，可以吗？”

一阵沉默。

“可以吗？”

“小姐，可以的。”

“很好。”

我朝着出口走了两步，这时，一个想法让我停住了脚步。

“最后一件事情，”我说道，“扔一只箱子在他身上。”

“小姐，一只箱子吗？”

“一只箱子，一只巨大且坚固的箱子。他对在那晚或是过去给我们造成的痛苦不屑一顾，不过我们可以让他感受一下他让自己女儿遭受的痛苦。”

两个年轻的巨魔低下头，为自己接到一个比杀人更容易的指令而长吁了一口气。

“小姐，我们立刻去办这件事。”

我重新往出口处走，铁线莲紧跟在我身后。长廊比我记忆中的要远一些……

“妮科莱特。”我最后低声说道。

站在我肩膀上的小仙女从我的头发中伸出了脑袋：“小姐？”

“那不是真正的毒药吧？”

“不是的，小姐。”她像猫一样露出了一个心满意足的微笑，“那只是苦涩的盐水罢了。我向您保证过，不会让您杀死任何人的。但是您对瓦尔德那个狗东西做的一切都是他罪有应得。”

我烦恼地轻咬着嘴唇。

“小姐！”铁线莲不满地说道。

“怎么啦？”妮科莱特转身面向铁线莲警觉地问，“她在想些什么？”

“她希望我们完全保守秘密，不将瓦尔德所说的一切泄露给任何人！”

我从眼角处看到妮科莱特皱了皱自己的小鼻子。

“嗯？这是为什么呢？我以为您禁止巨魔谈论这件事情，是为了可以第一个告诉拉扎尔先生。如果您不这样做的话，那我会告诉他的。”

“还有我。”铁线莲赞同道。

“不要胡闹！你们觉得如果把这件事告诉拉扎尔、亚当或者艾利亚斯会发生什么呢？”

“他们会杀死瓦尔德！”

“他们会血洗天龙家族的老巢！”

我停下了脚步，神情严肃地看着她们。

“你们很了解他们，他们会报复天龙家族，会杀死天龙家族所有还活在这个世上的成员，包括朱莉娅。”

“然后呢？”妮科莱特叉着双臂低声抱怨道。

“我要提醒你们一下，昨晚如果没有朱莉娅，所有事情都会变得非常糟糕。”

她们一言不发。我继续向出口走去。

“所以我们要对此保守秘密。”

“小姐！”

“我们无须对任何人隐瞒瓦尔德昨晚的所作所为，”我继续说道，“天蝎家族对他的惩罚应该足够让他打消卷土重来的念头了。特别是如果我们告诉他们瓦尔德的明争暗斗险些害死了朱莉娅。”

我们来到了外面。凛冽的寒风卷起雪花，寒冷猛烈地啃噬着我的肌肤，一种奇怪的感觉充斥着我。

“我还是不同意您的做法。”在我肩膀上的妮科莱特低声抱怨道。

我不再听她说了些什么。倒在地上的树木与尸体已经裹上了一层薄薄的白色雪花，阻挡了我们回城堡的道路。城堡的南侧已经完全坍塌了。但还有比这更糟糕的。一面可能被风吹起的英仙家族的军旗飞到了大门口，骄傲地贴在门上。我像个弹簧一样站了起来。

“不，你们看到那个东西了吗？”我一边挥舞着夹板指向那面军旗，一边厉声喊道，“是谁让那个东西到处乱飞的？仆人们都在哪里？是谁干的？”

妮科莱特与铁线莲惊恐地看了我一眼。

“该死，”妮科莱特低声抱怨道，“我忘了寒冷会加剧法力的效果。”

“啊……”依旧非常惊讶的铁线莲喃喃地说道，“如果你可以听得到她的思想，她依旧思绪不宁……”

“真的吗？我不认为她会如此敏感……”

“不要像我不在场一样谈论我，你们这两个蠢妇！”我大发雷霆，“我们走吧！我还有其他事情要去处理！”

我看到她们小心翼翼地交换了一个眼神。

“我们晚一点儿再跟她说朱莉娅夫人的事情吧。”铁线莲悄声说道。

“好主意，还得让人在壁炉里生起熊熊大火，让她平静下来。”

“我提醒你们一下，我听得到你们在说些什么！”

“小姐，很抱歉。”

我大步向城堡走去，这样能缓和一些气氛！

阳光成功地穿透云层，在白色的雪上闪闪发光。大厅里非常寒冷，暗示着天蝎家族的归来。我站在仆人中间，城堡内部稍高的温度让我平静了一些。我罕见地活力四射地下达着命令。我的好斗性与挑衅性逐渐消退，眼皮也开始正常跳动了，但思绪万千，我无法控制所有从我嘴巴里说出的话。艾利亚斯头上绑着厚厚的绷带，他坐在台阶上，拒绝回去睡觉。当我说出一句意想不到的话时，他开怀大笑。

拉扎尔与巴拉尔最先出现在我身边，他们焦虑地环顾着整个一楼。从墙上的窟窿我们可以一直看到厨房。亚当出现在他们身旁，蓝色的眼睛里闪烁着焦虑与不安。

“啊，亲爱的，”我尽量用平静的语气迎接他，“还好吗？”

在几个小时之前，我打算像什么都没有发生一样迎接他们的归来，不想让他们挂心。我希望在他们回来之前可以清扫掉更多的瓦砾，可是，好吧……

“夏洛特，”他的声音非常粗哑，“这里发生了什么？”

“没什么大不了的，”我晃动着夹板回答道，“我们已经处理好了。你们抓到所有猎灵人了吗？”

小精灵们突然一个接一个地凭空出现，相互搀扶着，绝大多数身上都缠着绷带。嗯……所有人都不容易，亚当的手臂上也缠着绷带。

“你们今天没有从大门进来吧？”面对着他们那让人感到痛苦的安静，我假装轻松地问道。

“小姐，我们试过了。”一个身材高大的生物回答道，“可是，大门口被我从未曾见过的巨大荆棘堵住了。”

我挑起了一条眉毛。他的胳膊下夹着一个铁头盔，铜绿色的盔甲上留着打斗过的痕迹。

“你是谁呀？”我喃喃地问。

“哦，请原谅。”

他的轮廓变得模糊起来，一个穿着西装、太阳穴发白的完美男人出现在那里。

“啊，菲尔曼。”我认出了他，“我为那些荆棘感到抱歉。我们在紧急情况下布置了那些荆棘，还没来得及把它们清理掉。古斯塔夫！我们得把那些荆棘处理掉！”

在稍微远一些的地方，这位老巨魔正忙着回收那些在大厅里继续生长着的嫩芽。他向我抬了抬头，露出了一个善意的微笑："好的，小姐！"

"不过你们别担心，没有死亡。"我向惊愕地观察着我的天蝎家族成员与菲尔曼走去，继续说道，"很不错，不是吗？好吧，是有不少人受伤，不过……"

"夏洛特，"亚当打断了我，"是英仙家族的人干的吗？"

我转身看向那些仆人们。

"你们这群笨蛋，难道你们还没有烧掉那些该死的军旗吗！"

艾利亚斯大笑起来，在场的人都一动不动。

"小姐，抱歉。"他们异口同声地回答道。

直到法力完全消失前，他们决定不跟我对着干。

"我说过要优先完成这件事。"我抱怨道。

"小姐，我们会处理的。"

"那就快点儿！"

矮妖宝宝们快速向外面冲去。

"早安，拉扎尔先生！早安，亚当先生！早安，丹尼尔！"在路过他们的时候，矮妖宝宝们向他们问好。

他们的身影消失了。我拉了拉自己的外衣，好让自己恢复风度，并且把注意力转移到了一脸震惊地看着我的天蝎家族成员身上。好吧，怎么啦？啊，对了，我还没有回答他们的问题。

"这个吗？"我尽自己最大的能力表现出泰然自若，指着惨遭蹂躏的大厅说道，"没事儿，没事儿，别担心。不是哥布林将这里破坏成这个样子的，是利维坦大王们的杰作。”

“什么？”亚当哽住了。

“不过，你们别担心。伊尼亚斯保护了我们。”

“伊尼亚斯？”拉扎尔重复道，无法理解我的话。

“就是那条沙虫，我也不知道它还有名字。不过，它叫伊尼亚斯。因为肠梗塞的原因，它挺喜欢那些巨魔的。它很喜欢听我唱歌。啊，你知道吗，美人鱼的录音有一段空白，就在最开始的时候，是不是为了让播放音乐的人有时间躲起来呢？你应该写下一条注意事项的。我踹了音箱一脚，把脚都给弄伤了。”

坐在楼梯上的艾利亚斯捧腹大笑起来，我生气地向他看了一眼。我的话也许有些缺乏条理，但没有能让人哈哈大笑的内容吧。

“安静点儿，小矮子！”我粗暴地对他说道。

没有任何效果。

铁线莲突然出现，从楼梯上冲了下来。

“拉扎尔先生，亚当先生，”她喘着气说道，“很高兴可以再次见到二位。”

“铁线莲，”拉扎尔说道，语气如释重负，“你跟我们解释一下这里发生了什么吧。我什么也不明白。”

“哎！”我抗议道，“你根本不用试着去理解！你应该……”

“先生，抱歉，”铁线莲快速打断了我，露出了一个内疚的尬笑，“请不要对夏洛特小姐怀恨在心。夏洛特小姐受到了法术的影响。”

“法术？”亚当不安地问道，“严重吗？”

“哦，不，一点儿也不严重。妮科莱特按照夏洛特小姐的请求给她施了法术，过几个小时就应该消散了。”

“一切还不错。”我说道，但双眼中充血的情况非常严重了。

铁线莲责备地看向我。

“怎么啦？”我反抗道。

“是的，小姐，您说得很有道理。”

“顺便说一句，”我继续说道，“拉扎尔，我很抱歉，你的房间里有一具尸体，他的脑袋应该在长椅下。我忘了叫人去把尸体给清理干净。”

“一具尸体？”拉扎尔震惊地重复道，停止了估计他的损失，“谁的尸体？”

“奥托。如果你想找瓦尔德的话，他就在伊尼亚斯的胃里，身上还压着一只箱子。”

艾利亚斯发出的大叫声盖过了一楼所有的声音。我皱着眉，沉下脸，这个小矮子是有什么问题吗？

“天龙？”拉扎尔重复道，他的神色突然变得可怕起来，“朱莉娅在哪里？”

朱莉娅？我命令妮科莱特去查实一下她有没有吃点儿东西。她查实了吗？我拽起了自己那团乱糟糟的头发，扯了扯。什么都没有。

“啊，”我嘟哝，“她不在那里了……”

“是朱莉娅？”拉扎尔不可思议地问。

“啊，不是的，瞧瞧。妮科莱特！”

天蝎家族的两位成员与巴拉尔警探都瞪圆了双眼。只有菲尔曼眯起了眼睛，似乎明白了我的意思。我转向那个连通到厨房的大窟窿。

“妮科莱特！”我用尽全部力气呼唤道。

回答我的是一阵震耳欲聋的喧哗声。木门一阵风似的被打开了，幻化成可怕维京女人的妮科莱特出现了，她手里拿着一把长汤勺，模样看起来比以前更可怕。

“你给朱莉娅送吃的了吗？”我开口问道。

“还有什么事吗？”妮科莱特将长汤勺举向空中，大声问道，“我还有工作要做呢！您让我们将所有的刀叉都扔进了花园里！您觉得用蛋杯或是泡茶球做饭会更容易吗？”

我大声喊叫道：“放下你的长汤勺！”

妮科莱特顺从地接受了我的命令，平静下来。

“拉扎尔先生、亚当先生、警探先生，还有菲尔曼先生，欢迎各位回家……”

“妮科莱特，”拉扎尔惊慌失措地跟她打了个招呼，“你跟我保证，这个年轻人真的是夏洛特吗？”

妮科莱特骄傲地将双手插在了腰上：“她当然是夏洛特小姐啊！您没有认出她来吗？”

“实际上并没有。”亚当嘟哝道。

“天啊，不过，请您睁大眼睛看看她，您这个……”

“妮科莱特，”我咆哮道，“你马上给朱莉娅送点儿吃的过去！”

“您不能强迫我做这件事！”

“我可以！如果她醒过来的时候没有看到咖啡和面包片儿，你就被开除了！”

妮科莱特将长汤勺指向空中，看上去有些生气：“天哪……在这座满是疯子的城堡里，还有什么是主子不让我做的……”

“你也不能给她下药！”在门被“砰”的一声重新关上之前，我喊道。

然后一切都安静了下来，只有艾利亚斯疯狂的笑声与仆人们忙碌的脚步声。我意识到天蝎家族的两位成员、巴拉尔警探还有菲尔曼都在观察我，他们目瞪口呆。

“好吧，怎么啦？”我惊讶地问。

“这法术太让人惊讶了，”菲尔曼喃喃地说道，“妮科莱特给您施法的目的是什么呢？”

我皱着眉，沉下了脸。

“我希望自己看起来像一个狂怒的疯子。但谁要是说这个法术非常成功，小心会被我打断鼻梁。”

他们保持了一种宗教仪式般的安静。很好……

“那么，朱莉娅……”拉扎尔又一次开口问道。

“在一间改造成医务室的房间里，”我告诉他，“她断了七根肋骨和一条手臂，身上还有不少青肿。巴诺拉米斯[①]认为她的头部可能受到了创伤。”

“巴诺拉米斯？”

“就是那个医生。”

“是罗马里克医生吗？”

“你既然知道，还问什么呢？”

在我身边的铁线莲竭尽全力露出一个尬笑，即便她看起来有些激动。

“法术还没失效，”她嘟嘟哝哝地说，“还有，夏洛特小姐昨晚其实没怎么睡觉。”

亚当点了点头，突然兴趣盎然地研究着我。

“当法术消失之后，她还能记得起自己说过的话吗？”亚当问。

“当然啦，先生，您为什么这么问呢？”

“我觉得我们会捧腹大笑的。”

我挑起了眉毛，叉着双臂，但我真的不知道是为了什么。

“夏洛特，”拉扎尔耐心地继续问，“朱莉娅为什么会变成这副模样？”

“因为她对抗了哥布林、利维坦大王、老旧的音响系统、一只箱子、她的父亲、三位堂兄弟还有南塔楼。如果我是她的话，我

① 巴诺拉米斯（Panoramix）是法国《高卢英雄历险记》系列漫画中的一个角色，能制造出魔力药水。——译者注

可能已经死掉了。并且，如果没有她的话，我可能也死掉了。她……”

“她对抗了自己的父亲？”天蝎庄园的主人打断了我。

“当然啦！不然，我们怎么能够成功地把瓦尔德关进伊格尼斯的肚子里呢？”

“她为什么要这样做？”

我恶狠狠地斜视着拉扎尔。

“因为她也是天蝎家族的一员，即便你假装不知道这件事。还有，拉扎尔，我真的想跟你说一句，你真的是一个蠢……”

铁线莲扑向我，用手捂住了我的嘴巴。

“这是法术的影响，”她解释道，嘴边挂着一个痛苦的尬笑，“先生，您希望我送夏洛特小姐去休息一下吗？”

“呜呜呜，呜呜呜！”我气愤地试图挣扎。

“你打算把她绑起来吗？”亚当饶有兴趣地问。

“先生，如果需要的话，我会这样做的。”

“我陪你一起去吧。”

“那英仙家族呢？”拉扎尔的声音透出了一丝不快。

“天龙家族想让英仙家族背黑锅。”铁线莲总结道，她一直都牢牢地抓着我，“菲尔曼先生，很抱歉，您能代替夏洛特小姐指挥紧急修复工程吗？”

“嗯……那些将庄园环绕起来的荆棘和有毒的花朵，被啃噬的尸体，散落在花园每个角落的银制刀叉，还有吸尘器、扫把、手电、火炬。没有一扇窗户是完好无损的，南塔楼也坍塌了，有些墙壁也不是那么坚固了……”

“银制刀叉散落在花园里的每个角落？”

“为保护艾利亚斯先生，小仙女们用刀叉弄瞎了哥布林的眼睛。”铁线莲快速解释道。

“我感觉这里发生了很多事情。”巴拉尔警探挠着脑袋喃喃地说。

“您指的是那些插着哥布林眼球和沾满了黏液的刀叉吗？”菲尔曼问。他看起来变得越来越高，皮肤也越变越绿了。

嗯，总之，也许是时候休息一下了。我昨晚已经对抗了太多的怪物。实际上，这或许将是我这一个月、一辈子的纪录了。

我任凭铁线莲将我带走。艾利亚斯走到自己父亲身边。

“在法术的作用下，”艾利亚斯大笑着，“她称呼我小矮子，而不是小宝贝！”

“艾利亚斯，是谁把你伤成这样的？”拉扎尔指着他头上的绷带问。

“是奥托。不过，爸爸，您不要担心！我已经把他给干掉了。特别是我想这还让夏洛特稍微开心了一点儿。我不是很确定，因为在我杀死奥托之后她哭了，不过我觉得是这样的。”

亚当用眼神追随着我们，他的脸庞突然沉了下来：“铁线莲，我来照顾夏洛特。”

“先生？”铁线莲有些惊慌失措。

“没事儿。”

“可是……啊……我想说的是……如果她再侮辱您的话，您……”

“铁线莲。”

“是的？”

“没事儿。”

铁线莲不再说话了，亚当接过了我。我没有时间说上一个字，阴影就在我们周围合上了。

我突然醒了过来。太阳通过被简单修补过的窗户透了进来，被扯坏的绢纱轻柔地摆动着。

“我的天哪。”我呻吟道。

在我睡觉的时候，亚当将我包裹在一床厚被子里。

“夏洛特？一切还好吗？”

我看着他，大张嘴巴呆住了。我的未婚夫起身，亲吻了我的额头。

“亚当。”

“怎么了？”

“我……这是做噩梦吗？我没有把你父亲像一个蠢蛋一样对待吧？”

他眨了眨眼，开始疯狂地大笑起来。我的身体恐惧地缩成一团。是的，我这样做了。我会永远被逐出这个家庭了。

“那么，我的小甜心，怎么样啊？你重新变成你自己了吗？”

“我要死了。”

“不会的，我会保护你的。”

亚当将我拥进怀里，收紧手臂，让我靠在他的胸膛上。我需要几秒钟来找回自己的思绪。

“他恨我吗？”

“我的小甜心，没有人会恨你的。铁线莲已经详细地跟我们说了夜里发生的事。你救了所有人。”

“可是……”

“阿尔弗雷德向菲尔曼解释了你是如何组织防守后，就连菲尔曼都说不计较花园里的银质刀叉了。”

“那朱莉娅呢？”我小心翼翼地问。

“她醒来的时候，父亲去看过她了。更多的消息我就不知道了。”

“他……他没有生她的气吗？”

“生气？因为她救了你，保护了天蝎庄园吗？”

啊，这么说来，铁线莲省略了那天夜里的后续部分。我如释重负，肩膀松弛了下来。

“那你呢？”我抚摸着他前臂的绷带小声问道，“一切进行得如何？”

亚当的身体变得有些僵硬。他稍微起身，看着我：“我们没有抓住所有的猎灵人，至少有两个逃脱了。”

他声音中的忧伤让我的心都碎了。

“这没什么！”我惊呼道，“50多个人中只有两个人逃脱了，无论如何，已经非常不错了！”

“是没错。”

亚当似乎想再说些什么，但他又改变了主意。

“你一定饿了。”

“啊……”

我想起了跟妮科莱特的最后一次争论，我竟然威胁要将她解雇。我有些头皮发麻。

“我觉得我以后不会再有东西吃了。”我呻吟道。

亚当爆发出一阵洪亮的笑声。

“怎么了？你也听到了我是怎么跟她说话的，不是吗？”

“我的小甜心，我听到了！如果你不想吃饭，你得赶快找到一个借口，因为苏菲在餐厅里等着你呢！”

天哪！苏菲！

“一个小型地震？”苏菲目瞪口呆地问道。

“一个里氏4.3级的地震。”亚当将黄油涂在面包片儿上，严肃地解释道，“今天早上，收音机里有报道。这是一个比较轻微的地震，不过，足以震碎窗户了。”

“真是不可思议！可是今早，我的窗户也碎了一地。”

“你睡得很沉，”我的未婚夫说道，“或者是床帏将噪声阻隔了。”

“哦，是的，一定是这样！我希望保险公司可以负责所有的修理费用……”

我埋头喝着茶，听亚当和苏菲闲聊着地球上日益增多的自然灾害。

“还有，我得说明一下，我今天就要出发了。”苏菲将红棕色的头发拨向脑后说道，“我本想帮你们一起收拾呢。”

“我们不能劳烦你，”亚当说道，“对于我们来说，你是一位非常特殊的客人。”

苏菲开心得羞红了脸。

三个小时后，我和亚当将苏菲送到庄园大门口，她笑得很开心。雪在我们脚下发出嘎吱声，嘴边的水汽也变成了一团团小小的云雾。荆棘与尸体已经不可思议地消失了，但倒在地上的树木还没有被清除干净。菲尔曼会第一时间处理好这些树木的。

“啊，夏洛特，”苏菲长叹一口气说道，她将自己裹在厚厚的羊毛围巾里，“我可真羡慕你呀！你住在童话故事中才会有的城堡里，你的未婚夫又是个十足的大炮[①]，食物又这么美味……”

“确实如此。”我抬眼看了一下苏菲口中只会出现在童话故事里的城堡，这座城堡现在已经缺了一座塔楼和所有玻璃窗。

“十足的大炮，是一句恭维话吗？”亚当在我耳边悄声问道。

“是的。”

① 法语 canon，直译为大炮，口语中指一表人才。——译者注

“甚至对于人类而言也是如此？”

我抬眼看向乌云密布的天空：“是的，但并不是字面上的意思。指你是一个帅气的男孩儿，并不是说你是一个很棒的杀手。”

“哦……那就没什么用了。”

幸亏苏菲已经转身走向正在汉斯面前摇着尾巴的丸子。汉斯过来跟丸子道别，手里拿着被洗干净的小杜。

“丸子，再见了。”小男孩儿严肃地说道，“当你再回来的时候，我就是一个男人了，我会像你一样勇敢，即便没有小杜也一样。”

丸子开心地叫着，舔了舔汉斯的脸。汉斯笑了。

“我希望可以在这之前回来，”苏菲看了我一眼对我说道，“如果要等到汉斯长成男人才见面的话，可能要等太久了。”

天哪，如果我们不希望苏菲发现这个小树魔过于迅速的成长速度，我真得在短期内再邀请她来做客了。我们热情地拥抱后苏菲就坐上了车。

“一路顺风！”我对她说道。

路易发动了汽车，苏菲摇下车窗跟我们挥手，最后又渴望地向城堡看了一眼。

“天哪，夏洛特，你真是太幸运了，我也想像你一样过着无忧无虑的生活！”

我呛了一下，她想过我这样“无忧无虑”的生活？亚当善意地替我点点头。

“苏菲，再见，不久之后再见！”

汽车开走了。我们看着汽车颠簸在积雪的路上，直到它消失在光秃秃的树木之间。我如释重负地长叹了一口气："啊……结束了。"

亚当用手臂环住我的肩膀，吻了我的额头："我的小甜心，你可真完美。"

我露出了一个苦涩的笑："完美？但是我把你的家给毁了。"

"理论上说，这不是你的错。"

"当然是我的错。如果你或你的父亲，又或者菲尔曼在这里的话，城堡应该就完好无损了。"

亚当什么都没有回答。我感到一丝气馁。

"你觉得我们需要花费多长时间才能将一切重建起来呢？"我想到艰巨的重建任务，感到十分消沉。

"我们不会重建庄园了。"

我吃惊地抬起头。

"什么？"

"无论如何，不在这里了。石头会被移走，我们要离开这里。"

"可是，可是……为什么呢？是因为我没能保护庄园吗？"

亚当垂下眼睛看着我，满含柔情地吻了我一下："小甜心，你安排的庄园防御非常完美。即便是我，在十年前受到攻击的时候，做得也没有你好。问题出在别的地方。"

"啊，真的吗？"

"就像我今天早晨跟你说过的那样，有两个猎灵人逃脱了。从我们在现场找到的资料来看，有几份材料提到了在贝尔福神秘自杀的索格中尉。我们不知道那两个逃走的家伙有没有看过这些文件。总之，我们得离开这里。之后，猎灵人来这里想尽情搜寻多长时间就搜寻多长时间，我们已经走远了。”

我目瞪口呆地看着水面、被摧毁的喷泉、倒在地上的树木、被蹂躏的数公顷土地。

“可是，那些……那些……所有人都走吗？”

“是的，所有人都一起离开。”

“甚至包括利维坦大王？”

“是的，它们也一起离开。”

“可是我们没有美人鱼歌曲的唱盘了？”

亚当笑了一下，提示我道：“也许你可以请求覆盆子帮帮忙？你们是朋友，不是吗？”

我瞪着亚当。

“你知道美人鱼的歌是噪声吗？”

亚当大笑起来，我也放松了下来。

“如何把所有这一切都搬走呢？”我继续问。

“我们会想办法解决这个问题的。仆人们都跟我保证说一切都会非常顺利，因为你会在这里帮助他们。”

啊，是的，当然啦，我和我“无忧无虑”的生活……

尾声

（拉扎尔，天蝎庄园的主人）

早晨，雪踩在脚下发出嘎吱声。阴云密布的天空似乎威胁着要降下更多的雪。嘴巴呼出的水汽让我回忆起一些美好的画面。在亚当和艾利亚斯还很小的时候，我带着他们团过多少次雪球呀？带着他们进入寒冷的训练室里，教过他们多少次在阴影中控制自己的能力呢？

距离朱莉娅与夏洛特一起应对的那场袭击已经过去四天了，但只要重新想起，我都感到汗毛直立。我们怎么会落得如此田地呢？我们怎么会没有听到她们呼救的心跳声呢？瓦尔德声东击西的计划非常完美，对此我也心有余悸。幸运的是，收拾花园里的烂摊子让我没有闲暇去想太多。倒地的树木被一层布满了脚印的白雪覆盖。所有人都在行动。我们的离开迫在眉睫。这里不宜久留。

我看见了夏洛特，她裹着一件厚实的大衣，跟在一个小水仙后面。这个小水仙的心脏跳动得过快。我好奇地放慢了脚步。这一次会发生什么呢？尽管小水仙的外表是一个年轻女子，但她还像孩子一样晃动着双臂跳来跳去。我很好奇夏洛特是不是已经见过她的真实模样了。实际上，我也很好奇她知不知道自己跟着一个小水仙。

“小姐，就是这里了。”小水仙停在一处被毁的喷水池旁揪心地说。

“这里是什么地方呀？”夏洛特小心翼翼地问。

“这里是我的家。”

小水仙哭成了泪人。夏洛特目瞪口呆地看着她。我忍不住笑了。这个可怜的小姑娘，仆人们应该照顾她，可是……

“我们可以把这些碎片儿都贴回去。”夏洛特试探着说道，她拿起了喷水池的一块碎片儿，想将它放回原本的位置上，“我确定用一支好的强力胶棒，我们可以……”

“不过，这一切都不重要了！”小水仙泪流满面地呻吟道。

“啊，真的吗？”

“如果我们搬走的话，我就没有家了！”

“我们可以把你的家搬走。”我们的人类小姑娘好心地说。

“不，我们做不到的！”

我摇了摇头，可怜的夏洛特，她不知道小水仙说的不是喷水池，而是养育了她的水源。夏洛特观察着这处破碎的景观，很明显，她很好奇为什么不能将这个喷水池塞进卡车里。

“我们带不走水源，”小水仙解释道，“水源永远不可能一样！”

“啊……”夏洛特十分沮丧。

“新水源不会有相同的温度！相同的气味！甚至不会有相同的波动！”

我看到我那可怜的儿媳张大了嘴巴。不过，她没有放弃。

“那，如果你接一桶这里的水呢？如果我们把这里的水倒进新的喷水池里呢？这就像是……就像是这里的水源跟你一起走了呀，对不对？”

小水仙瞪大了眼睛。

“借助大海藻……”小水仙喃喃地说道。

“嗯？”

但是小水仙没有再去听她说了些什么，而是用袖口擦了擦眼泪，转身面向周围那些被毁坏的喷水池。

“姑娘们！”她朝着喷水池喊道，“夏洛特小姐想到了一个非常棒的主意！”

我露出了一个微笑。我未来的儿媳妇在看到小水仙们的真实模样后，大吃了一惊。小水仙们从各个角落跳了出来，她们天生体型庞大——有两米高。我可不能忘记告诉菲尔曼多预备一辆卡车。如果这些小水仙们每人都背上一桶水的话，这辆卡车就派上用场了……

我向着森林巨魔的小屋走去。今早在我醒来之后，一个极其微弱的声音让我警觉起来。我从巨大的、被白雪覆盖的方形菜园前经过，一个蹲在角落里的小小身影引起了我的注意。我眯起了眼睛，他粉白色的心脏带有蓝色的纹路。好吧，我靠近这个小身影，认出了汉斯。这个年龄最小的树魔正在抽泣着，涕泗横流，鼻子埋在了针织玩偶里。

“好啦，”我轻柔地说道，不想让他害怕，“你在伤心什么呀？”

汉斯转过身，站了起来，脸蛋因为寒冷与泪水而变得通红。

“拉扎尔先生，我很伤心……”

“我知道，但是为什么呢？”

“因为……因为……我的胡萝卜……”

他用玩偶指着一小块从雪中清理出来的方形菜地。

“要是我们离开，我的胡萝卜……它们会死掉的……”

我克制住自己没有挑起眉毛。接下来几天还有寒潮来袭，这些可怜的胡萝卜也撑不了多长时间了。我该不该把这件事告诉他呢？

“这是我种的第一批胡萝卜，”他又哭起来，“是和曾祖父一起种的！我还没有看到它们发芽呢！”

他的伤心感染了我。我决定试试夏洛特的方法。

“汉斯，如果你愿意的话，你可以把胡萝卜放进大木箱里。搬家的时候，我们可以把它们一起带走。到了新家之后，你可以把它们再种回土里。”

这个小树魔泪眼蒙眬地看着我。

“真的吗？”他结结巴巴地问。

“真的。”

他的目光从胡萝卜转向我，又回到胡萝卜上，眼睛突然亮了起来。

“真的吗？”他狂喜地重新问了一遍。

“是的，是的，是真的。”

他用针织玩偶蹭了蹭双颊，想将脸擦干 :“我来负责这件事。拉扎尔先生，我们说好了，我不会让您失望的，您会吃到世界上最美味儿的胡萝卜！”

最终，汉斯振作起来，向 1 号小屋跑去。

“妈妈！妈妈！我要拯救我的胡萝卜！”

好吧，我还是不要遇到太多人了，不然一整个搬家公司都不够用。我继续前行，一直走到最后一间小屋才停下来。这是最大的一间小屋。为了不让沙虫嘴巴大张着待在外面，第三间小屋已被迅速修建好。后面是树林，也是花园里目前唯一还直立着的一片树林了，光秃秃的枝条没有举向阴云密布的天空，而是向下垂着。它们也预料到了即将发生的事。最后一间小屋的房门关着。我敲了敲门。

“请进。”一个嘶哑的声音说道。

我进入小屋，小心翼翼地将身后的房门关上，一股柔和的热浪向我袭来。小屋的墙上挂满了面带微笑的巨魔的照片，壁炉里的炉火呼呼作响，古斯塔夫坐在壁炉前代代相传的摇椅上休息，膝盖上还盖着一块方格子图案的毯子。当他变回树魔原形时，差不多有天花板那么高。他的拐杖放在脚边柔软的地毯上。

“啊，拉扎尔先生，”他睁开一只绿色的眼睛虚弱地说道，“我还在想您今天会不会过来一趟呢。”

“我的朋友，我听到了你心脏跳动的声音。”

“我猜就是这样，我猜就是这样……它不太能逞能了，是不是？”

他朝我指了指身旁的沙发，我点了点头，坐了上去。他往自己椅子深处又坐了一些，露出了一个心满意足的微笑。

“先生，我的人生非常美好。我有众多健健康康的后代。至于天蝎家族的下一代……我感觉您会非常开心的。”

“我也这么认为。”

我们相视一笑。古斯塔夫开始咳嗽，我感到很心疼。

“请不要为我忧伤，先生，”古斯塔夫声音嘶哑地对我说道，“当您到了我这个年纪，您就会知道是时候该放手了。”

我什么都没有回答。

“您已经为庄园找到一个新地点了吗？”他问道，想转移一下话题。

“是的，亚当在埃佩尔奈附近找到了一个理想的小山丘，周围树林环绕。夏洛特也去那里看过了，她说那是一个完美的地方。”

“她说那里很完美吗？”古斯塔夫微笑着重复道，好像不大信服。

“她说那里真的很偏僻，因此很完美。”

“我知道了。”

“你也和我们一起走吗？”

“先生，我想不会了。在你们出发的时候，我可能已经不在人世了。”

我的喉咙发紧。古斯塔夫是庄园里最后一个认识弗洛伦斯的巨魔了。他是最后一个在弗洛伦斯怀孕时参与庄园修缮，最后一个在花园里种下她最爱的花朵的巨魔。看着他离去，就像看到最后一张翻过去的书页。

“先生,这儿挺适合我的。”古斯塔夫坐在椅子里继续说道,“我太老了，已经无法再去经历新的冒险。我更希望自己可以平静地长眠在工作了一辈子的土地上。我留在这里，好照看留在这里的东西。”

寂静又一次降临，回忆涌上心头。我认识古斯塔夫的时候，他大概跟汉斯差不多高，在小树丛的拐弯处，他突然滚到了我的脚边，追着一只瓢虫。我抓住了瓢虫，想让他开心。随着年月的流逝，小树魔对我的尊敬变成了友情。

“那朱莉娅夫人呢？”

我缄默不言。朱莉娅，我知道她为我们做的一切，我知道她一直以来为我们做的一切，我知道她对我的感情。在第一天她的心就背叛她了。一开始，这让我感到很不舒服。我爱弗洛伦斯，我一直都爱她。可是朱莉娅忍受这一切是罪有应得吗？即便天龙家族的教育准则让我很厌烦，但是朱莉娅差不多像对待自己的亲生儿子一样养大了艾利亚斯。我原本以为出于对自己家族的忠诚和抱着拥有自己孩子的愿望，她会拒绝抚养艾利亚斯。她从来不曾在庄园里找到自己的位置，我也完全没有帮助过她。夏洛特也许说得没错，在很多方面，我都是个蠢货。我的目光迷失在壁炉里跳动的火焰中。我就是一个名副其实的蠢货。昨夜，尽管仆人们已经尽力将我们的窗户封闭，但涌入的冰冷寒风还是让朱莉娅在床上瑟瑟发抖。生平第一次，我把朱莉娅揽进了怀里，想给予她一些温暖。她的身体却变得僵硬，似乎我要打她一样，她一整夜都没有再动过。对此，我有些惊慌。难道我还希望用这个愚蠢的姿势来解决长达十年的夫妻问题吗？

“先生，您有些出神了。”古斯塔夫在摇椅里轻轻晃动着说道，“一切都不简单，不是吗？”

“如你所说。”

“请您不要担心，您还有时间来解决这个麻烦。”

我抬头看了他一眼。

“古斯塔夫，你想到什么解决方案了吗？”

这个年老的树魔闭着眼睛，露出了一个微笑：“朱莉娅夫人是个好人。”

我的双臂垂了下来：“你从什么时候开始说这种话了？”

“从我变得年老多病，没有人敢指责我开始，先生。”

嗯，在某种意义上，是从昨天开始的。

“是因为她救了夏洛特吗？”

“还有其他的事，先生，还有其他的事。从她的行为可以看出，她已经完全变成天蝎家族的一员了。天龙家族永远也不会原谅她的背叛。她永远也回不去了。”

“我知道。”

“先生，您知道该做些什么吗？”古斯塔夫语气更轻松地继续说道，“跟她一起去上节舞蹈课吧。”

“舞蹈课？”我惊讶地大呼道，“为什么？”

“这可以让二位相互熟悉一下彼此。”

我皱了皱眉头，沉下脸，将注意力重新放到了炉火上。

“跳舞……”我低声抱怨，“让那些愚蠢的人类议论她比我小10岁吗……”

“先生应该不会不知道，朱莉娅夫人为了让自己看起来比实际年龄大一些而费尽了心思。”古斯塔夫幽默地说道，“夏洛特小姐还指责过朱莉娅夫人。”

我耸了耸肩膀，我当然知道。我是一个蠢货，不过，无论如何……

外面的喧闹声突然将我们的对话打断。

“可是，妈妈！”一个稚嫩的声音叫嚷道，“我想自己照顾自己的胡萝卜！”

“我们先去看看曾祖父。”

“曾祖父跟我说我可以拯救自己的胡萝卜！”

我微微一笑，古斯塔夫抬起了一只眼皮。

“啊——”他开玩笑地说道，“最早的根……对于树魔的一生来说，这是一个伟大的时刻。我唯一的遗憾就是不能看到汉斯收获他第一季的胡萝卜了。”

“我先走了，你和家里人好好待一会儿吧。”我起身说道，“我只是想跟你说声再见，我的老朋友。”

他用关节粗大的爪子紧紧抓住了我的手，绿色的眼睛变得越来越暗淡了。

“再见，先生，请您照顾好所有人。”

我点了点头，嗓子有些难受。打开门，汉斯和他母亲站在门前，后面还跟着一群面容忧伤的树魔。

“先生！”汉斯的母亲惊呼道，“请您原谅我，我不知道……”

“我走了。”

我经过他们身边，没有过多客套的寒暄。我的情绪太过波动，以至于无法说出任何鼓励的话语。我听到身后的门关上的声响，但没有回头。我需要在寒冷中走一走。古斯塔夫的心脏已经变得非常虚弱了，我几乎听不到他的心跳声。我深呼吸，将注意力都集中在鼻子前的一团雾气上。又下雪了，矮妖们在倒地的树木周围奔跑着，愉快地叫着。我抬起头，该回城堡了，我还有很多事情要做。

朱莉娅将自己裹在一件大大的黑色外衣中，站在客厅里的大窗户前，一只手抓着栏杆，她的另一只手上打着厚厚的石膏。这一次，她没有打理自己的头发，而是让头发如瀑布般落在自己因为紧张而颤抖的肩膀上。我来到她身边，顺着她的眼神看过去。仆人们开始拾捡坍塌的南塔楼的石砖，以便在新的庄园里按原样重建一座塔楼。

“我为你的朋友感到难过。”她喃喃地说道，没有抬起眼睛。

“你父亲的事，我很抱歉。”我真诚地说。

她转过了脸。是伤心？是生气？是愤恨？还是耻辱？我眯起了眼睛。她那闪烁着品红色光的心脏在悲伤地跳动着。这么说来，她不恨我吗？不过，她知道我把瓦尔德留在了伊尼亚斯的胃里。过了三天左右，他就被伊尼亚斯的胃液溶解掉了。

“他罪有应得。”朱莉娅试图让自己的声音变得冷酷，“他知道如果挑衅天蝎家族自己会落到何种下场。”

“朱莉娅，你也是天蝎家族的一员。”

她的心脏跳得更剧烈了，还染上了一抹绿色。这是希望吗？

“我在想，”她继续说道，将视线固定在已经坍塌的塔楼上，“也许我们可以把树林一起带走？无论如何，在我们的新庄园里，有浇灌它们的森林巨魔们陪伴，总比在这里孤独地衰亡好……”

“你想怎么办到呢？”

“我在网上查了一下，有些公司可以提供这类服务。如果你愿意的话，我可以打个电话。”

我看着她，内心有些触动。她是为了我才这样做的吗？古斯塔夫说得有道理，她是个好人。我将自己的手放在了她冰凉的手上。她的身体马上就紧绷了起来。

“谢谢你，”我柔声地说道，“听你的安排吧……”

就像昨夜一样，朱莉娅没有动。我没办法解读她那变得不规则的心跳。我很清楚，是我自己吓坏她了。可是，她想让我放开她吗？我又想起了古斯塔夫跟我说的最后几句话。于是，我的手将朱莉娅的手抓得更紧了。

“朱莉娅，如果我们可以在新家附近找到一个惬意的俱乐部，你愿意跟我一起去上舞蹈课吗？”

她吓了一跳。她的手差点儿就从我的手里挣脱。

“什么？”她惊恐地盯着我，好像我刚咬了她一口似的。

哦，天啊！我就知道这不是什么好主意。

图书在版编目(CIP)数据

“天蝎幻想三部曲”天蝎．Ⅲ，假面之坠／(法)罗克珊·当布尔著；何欣怡译．— 重庆：西南师范大学出版社，2021.1
ISBN 978-7-5697-0180-7

Ⅰ．①天… Ⅱ．①罗… ②何… Ⅲ．①幻想小说－法国－现代 Ⅳ．① I565.45

中国版本图书馆 CIP 数据核字 (2020) 第 196599 号

“天蝎幻想三部曲”天蝎 Ⅲ：假面之坠

“TIANXIE HUANXIANG SANBUQU” TIANXIE Ⅲ: JIAMIAN ZHI ZHUI

[法]罗克珊·当布尔(Roxane Dambre) 著　何欣怡 译

总 策 划：卢　旭 闫青华
执行策划：何雨婷
责任编辑：何雨婷
特约编辑：姚敏怡 李炳韬
装帧设计：夏玮玮
出版发行：西南师范大学出版社
重庆市北碚区天生路1号　邮编：400715
http://www.xscbs.com　市场营销部电话：023-68868624
印　　刷：重庆紫石东南印务有限公司
成品幅面尺寸：148mm×210mm
印　　张：12.625　字　数：250千字
版　　次：2021年1月 第1版
印　　次：2021年1月 第1次印刷
著作权合同登记号：版贸核渝字（2020）第 189 号
书　　号：ISBN 978-7-5697-0180-7

定　　价：70.00元

读者 Readers 回函表

WIPUB BOOKS

电子回函表入口

姓名：______ 性别：______ 年龄：______ 职业：______ 教育程度：______

邮寄地址：______ 邮编：______

E-mail：______ 电话：______

您所购买的书籍名称：《“天蝎幻想三部曲”天蝎Ⅲ：假面之坠》

您对本书的评价：

书名：	□满意	□一般	□不满意	故事情节：	□满意	□一般	□不满意
翻译：	□满意	□一般	□不满意	书籍设计：	□满意	□一般	□不满意
纸张：	□满意	□一般	□不满意	印刷质量：	□满意	□一般	□不满意
价格：	□便宜	□正好	□贵了	整体感觉：	□满意	□一般	□不满意

您的阅读渠道（多选）：

□书店 □网上书店 □图书馆借阅 □超市/便利店 □朋友借阅 □找电子版

□其他 ______

您是如何得知一本新书的呢（多选）：

□别人介绍 □逛书店偶然看到 □网络信息 □杂志与报纸 □新闻

□广播节目 □电视节目 □其他

购买新书时您会注意以下哪些地方（多选）：

□封面设计 □书名 □出版社 □封面、封底文字 □腰封文字 □前言、后记

□名家推荐 □目录

您喜欢的书籍类型（多选）：

□文学-奇幻小说 □文学-侦探/推理小说 □文学-情感小说 □文学-散文随笔

□文学-历史小说 □文学-青春励志小说 □文学-传记

□经管 □艺术 □旅游 □历史 □军事 □教育/心理 □成功/励志

□生活 □科技 □其他 ______

请列出3本您最近想买的书：______、______、______

请您提出宝贵建议：______

★感谢您购买本书，请将本表填好后，扫描或拍照后发电子邮件至wipub_sh@126.com，您的意见对我们很珍贵。祝您阅读愉快！

图书翻译者征集

为进一步提高我们引进版图书的译文质量，也为翻译爱好者搭建一个展示自己的舞台，现面向全国诚征外文书籍的翻译者。如果您对此感兴趣，也具备翻译外文书籍的能力，就请赶快联系我们吧！

您是否有过图书翻译的经验：□有（译作举例：________________）

□没有

您擅长的语种：□英语 □法语 □日语 □德语

□韩语 □西班牙语 □其他 __________

您希望翻译的书籍类型：□文学 □生活 □心理 □其他 __________

请将上述问题填写好、扫描或拍照后，发电子邮件至wipub_sh@126.com和xscbsr@sina.com，同时请将您的译者应征简历添加至邮件附件，简历中请着重说明您的外语水平等。

期待您的参与！

西南师范大学出版社
上海万墨轩图书有限公司